Morten Ramsland

Sumobrüder

Roman

*Aus dem Dänischen
von Ulrich Sonnenberg*

Schöffling & Co.

Die Übersetzung wurde freundlicherweise durch den
Translation Pool des Danish Arts Council's Committee
for Literature gefördert.

Deutsche Erstausgabe

Erste Auflage 2011
© der deutschen Ausgabe:
Schöffling & Co. Verlagsbuchhandlung GmbH,
Frankfurt am Main 2011
Originaltitel: *Sumobrødre*
Copyright © Morten Ramsland & Rosinante / Rosinante & Co.,
Kopenhagen 2010. Published by agreement
with the Gyldendal Group Agency
Alle Rechte vorbehalten
Satz: Reinhard Amann, Aichstetten
Druck & Bindung: Pustet, Regensburg
ISBN 978-3-89561-421-7

www.schoeffling.de

Sumobrüder

Krötentennis

Ich schlug die Kröte wie jeden anderen Ball, allerdings konnte ich mich nur schwer konzentrieren, weil Olsenbande-Kjeld danebenstand und quasselte. Die Kröte landete einen Meter neben Frank. Er hielt seinen orangefarbenen Schläger in der Hand und sah sich die Kröte an. Frank war klein und kompakt, aber ziemlich flink.

»Davon wird man blind«, sagte Olsenbande-Kjeld.

»Du lügst«, erwiderte Frank.

»Nein, das stimmt«, sagte Olsenbande-Kjeld. »Peter Pans Vetter hat mal …«

»Wir haben keine Lust, Geschichten von Peter Pans Vetter zu hören.«

Wir hatten Krötenpisse in Jans Auge getröpfelt, um zu beweisen, dass man davon nicht blind wird. Wir fingen die Pisse in einer Tasse auf, die wir unter die Kröte hielten. Hinterher mussten wir uns Überbiss schnappen und ihm Paprika in den Mund streuen, weil er petzen wollte.

»Du bist uns was schuldig, weil du gelogen hast!«, schrie Frank Olsenbande-Kjeld zu.

»Ihr habt das nicht richtig gemacht. Zum Glück! Sonst wäre dein kleiner Bruder jetzt blind.«

Frank hörte nicht auf zu schreien, weil er die Kröte nicht zurückspielen wollte. Er hatte sie mit seinem orangefarbenen Schläger aufgesammelt. Die Kröte versuchte herunterzukrabbeln. Blut tropfte ihr aus dem Maul und eins der Hinterbeine stand so merkwürdig ab. Es war kein Spaß mehr, aber Frank war an der Reihe, er musste sie zurückschlagen. Er schloss einen Moment die Augen, dann warf er die Kröte in die Luft und schlug. Sie flog auf Olsenbande-Kjeld zu. Der duckte sich, doch die Kröte traf ihn an der Schulter, fiel auf die Straße und hörte auf, sich zu bewegen.

»Verdammte Tierquäler!«

Wir liefen die Straße hinunter, Olsenbande-Kjeld folgte uns. Er trug als Einziger von uns ein Hemd. Nur waren seine Hemden immer zu klein; sie spannten über dem Bauch und ließen ihn noch dicker aussehen. Ein Fleck zeichnete sich an der Stelle ab, an der ihn die Kröte getroffen hatte.

»Du hast letzte Woche selbst mit einer Tennis gespielt«, sagte ich.

»Die war schon krank. Darum war das nicht so schlimm«, behauptete Olsenbande-Kjeld.

»Wenn sie krank gewesen ist, war es besonders schlimm«, sagte Frank.

»Sie wäre sowieso gestorben«, verteidigte sich Olsenbande-Kjeld.

Frank verschwand im Gebüsch und zog sich die Hose bis zu den Knöcheln herunter. Lange blieb er in der Hocke sitzen. Wir wussten genau, was er machte.

Als er fertig war, suchte er einen Stock, steckte ihn in die Kacke und hob sie auf. Er ging zu dem Haus, in dem der Spasti wohnte, und warf den Haufen in den Garten. Er versuchte, das Petersilienbeet zu treffen. Das Haus des Spastis hatte den größten Garten im Paradiesgarten. Eigentlich hieß unser Viertel Paradies*apfel*garten, aber irgendwie interessierte sich niemand für die Äpfel.

»Du hast nicht getroffen.«

»Na klar.«

»Du hast den Rasen getroffen«, erklärte Olsenbande-Kjeld.

»Das Petersilienbeet.«

»Den Rasen.«

»Ich hoffe, bei denen gibt's heute Abend Petersiliensoße.«

Olsenbande-Kjeld ging nach Hause. Frank versuchte mich zu überreden, auch ins Gebüsch zu gehen. Er zog mich am Ärmel. Er flüsterte mir ins Ohr. Er hatte blonde Haare und braune Augen, in die ich gern hineinsah. Schließlich ging ich ins Gebüsch. Frank suchte inzwischen einen Stock. Allerdings fiel es mir schwer, so auf Kommando. Frank trippelte ungeduldig auf der Stelle. Er wippte mit dem Fuß auf und ab.

»Bist du bald fertig?«

Wir liefen mit meiner Kacke an einem Bambusstock zurück zum Haus des Spastis. Wie Frank zielte auch ich auf das Petersilienbeet. Der Stock war lang und elastisch, perfekt für einen ordentlichen Wurf. Ich wollte ihn aufwärts schwingen, damit die Kacke in einem hohen Bogen über die Hecke geschleudert wurde, aber sie löste sich zu schnell von dem Stock und flog stattdessen zur Seite. In diesem Moment kam Sofies Vater um die Ecke und kreuzte die Flugbahn der Kacke. Frank riss die Augen auf. Sofie begleitete ihren Vater. Aus beiden Mundwinkeln ragte ein Lutscher. Die Kacke traf ihren Vater an der Schläfe und rutschte ihm über die Halbglatze. Sie hinterließ einen braunen Fleck. Er fasste sich an den Kopf und schaute sich verwirrt um. Er hatte keine Ahnung, was passiert war; Sofie schon. Sie zog die beiden Lutscher aus dem Mund und starrte mich wütend an. Ihre Augen verwandelten sich in zwei schmale Schlitze, ihr Gesichtsausdruck verfinsterte sich. Allerdings sagte sie ihrem Vater nichts. Er wischte sich die Kacke mit seinem Taschentuch ab und blickte verärgert zum Himmel. Sofies Vater hinkte. Er war irgendwann mal mit seinem Moped auf einen parkenden Lastwagen gefahren, zu betrunken, um noch vernünftig zu lenken.

Wir liefen zum Moor und ließen uns ins Gras fallen.

»Und er hat geglaubt, es wäre ein Vogelschiss!«

Frank brachte kaum die Worte heraus. Er zappelte mit den Beinen und hielt sich den Bauch.

»Ein Riesenvogelschiss«, japste ich. »Der größte der Welt.«

Auf dem Heimweg trafen wir meinen Vater, der mit dem Fahrrad Richtung Paradiesgarten fuhr. Er hatte einen großen Koffer auf den Gepäckträger geschnallt.

Es sah komisch aus, denn eigentlich war er viel zu dick für ein Fahrrad. Normalerweise fuhr er mit dem Auto, aber das hatte er verkauft, weil ein Brief gekommen war.

»So viel?«, sagte Mutter, als er ihr den Brief zeigte.

Vater beugte sich über sie und las mit. Sie standen eng beieinander, doch die Distanz zwischen ihnen war sehr groß.

Vater hatte ihr eine Hand auf die Schulter gelegt. Sie schob sie beiseite.

»Es war ein großer Fehler«, hatte er gesagt.

Mutter hatte genickt.

Immer wieder entschuldigte er sich, aber damit war sie nicht zufrieden. Sie hatte die letzten paar Abende geweint, nachdem wir ins Bett gegangen waren. Sie hatte ihm den Besenstiel ins Kreuz gehauen, und er war nicht einmal böse geworden. Während des Frühstücks hatte sie ihm ein halbes Glas Milch über den Kopf gegossen. Normalerweise führte sie sich nicht so auf.

»Was hast du in dem Koffer?«, rief ich ihm zu, als er vorbeifuhr.

»Geschäftsgeheimnisse«, rief er zurück und winkte. Das klang interessant, doch auch zu Hause wollte er uns nicht zeigen, was in dem Koffer war. Selbst Mutter erzählte er nichts. Als Mutter das Abendessen zubereitete, schloss er sich im Schlafzimmer ein und beschäftigte sich mit seinem Koffer. Überbiss kam nach Hause, er grinste blöd. Es gab Hühnchen. Ich legte ihm meine abgenagten Hühnerknochen auf den Teller.

Mutter war noch immer sauer auf Vater, also versuchten wir sie zu überreden, uns zu erzählen, wie sie sich kennengelernt hatten. Normalerweise verbesserte das ihre Laune. Sie fanden es toll, wenn wir nach dem Gemälde fragten, das im Wohnzimmer über dem dunkelblauen Sofa hing. Es hieß *Braunes Pferd vor gelber Mühle*. Wegen dieses Bildes hatten sie sich kennengelernt.

»Weil es so hässlich war, dass niemand es kaufen wollte«, sagte Vater und schaute Mutter an, die so tat, als hätte er nichts gesagt.

Überbiss fand es am spannendsten, wie Vater die ganze Nacht versucht hatte, das Bild zu verkaufen.

»Hattest du gar keine Angst?«

»Natürlich hatte ich Angst.«

»Wieso eigentlich?«, fragte Überbiss.

»Die Leute haben mich ausgelacht. Die Frauen zeigten mit dem Finger auf mich. Die Betrunkenen drohten mir Prügel an. Und der Türsteher wollte, dass ich verschwinde.«

»Und was hast du gemacht?«

»Ich bin auf die andere Straßenseite gegangen und habe mich hinter einem Baum versteckt. Ich habe versucht, die Gäste anzulocken. Wenn es gelang, habe ich ihnen das Bild gezeigt.«

»Und sie fingen an zu lachen«, sagte Überbiss, »und sind einfach alle weitergegangen.«

Vater breitete die Arme aus. »Du hast auch gelacht«, sagte er zu Mutter.

»Vibeke hat gelacht«, korrigierte ihn Überbiss. Vibeke war Mutters Freundin. So ging die Geschichte. Vibeke hatte gelacht, Mutter nicht. Sie hatte Vater bedauert, weil er den ganzen Abend im Freien stand. Sie ging mit Vibeke in das Konzert, und als sie ein paar Stunden später wieder herauskamen, stand er noch immer da. Er hatte das Gemälde verkaufen wollen, um eine Eintrittskarte bezahlen zu können, doch dann schenkte er es Mutter. Sie musste nichts bezahlen.

Das braune Pferd hatte er aus einem alten Bild herausgeschnitten, das er in einem Container gefunden hatte, dann hatte er das Pferd auf eine Holzfaserplatte geklebt und die gelbe Mühle dazugemalt. Das Bild war noch nicht trocken, als Mutter es geschenkt bekam. Vater sagte, sie solle die Farbe nicht berühren, aber sie hatte es trotzdem getan. Wenn man genau hinsah, konnte man noch immer ihren Fingerabdruck sehen.

So verliebten sie sich. Vater hörte auf, Bilder zu verkaufen, die er aus alten Gemälden ausschnitt. Er hörte überhaupt mit der Malerei auf.

»Stattdessen hast du eine richtige Arbeit bekommen«, sagte Überbiss lächelnd.

Ich legte ihm noch mehr Hühnerknochen auf den Teller. Ich fand sein Gerede doof.

Der Spasti

Sofie wartete auf mich, als ich am nächsten Tag an der Siedlung um die Ecke bog. Sie hatte einen Stock in der Hand. Stiernacken stand neben ihr. Sofort drehte ich mit dem Fahrrad um und hoffte, mein Vorsprung wäre groß genug. Stiernacken rannte los, Sofie folgte ihm auf den Fersen. Ein heftiger Schlag traf mich auf den Rücken, ich fing an zu japsen. Ein weiterer Schlag brannte an meinem Ohr. Ich konnte das Tempo nicht halten und bog auf den Gartenweg des Spastihauses. Sofie und Stiernacken blieben auf dem Bürgersteig stehen.

»Jetzt hast du verschissen!«, schrie Sofie.

»Wir machen dich fertig!«, brüllte Stiernacken.

Sobald ich wieder zu Atem gekommen war, wollte ich das Fahrrad stehen lassen und auf der anderen Seite des Hauses aus dem Garten verschwinden, aber als ich an der Haustür vorbeilief, kam der Vater des Spastis heraus. Jetzt hatte ich wirklich ein Problem. Er packte mich am Arm.

»Du kommst mit rein«, schnaufte er.

»Kadarf!«, schrie ich.

Er zog mich über den Flur in die Küche. Es roch nach Kohl und Zwiebeln. Sie aßen gerade zu Abend. Der

Spasti heulte laut auf, als er mich sah. Er fuchtelte wild mit den Armen. Er hatte Essen im Gesicht.

Ich versuchte, es zu lassen, aber es gelang mir nicht.

»Kadift«, sagte ich.

»Wer ist das?«, fragte seine Mutter und sah mich an. Der Spasti warf einen Teller um.

»Dur dint.«

»Was sagt er? Willst du etwa auch noch frech werden, oder was soll das?«, wollte sie wissen. Ich wusste nicht, was ich sagen sollte. Es sprudelte einfach aus mir heraus. Alle drei guckten mich an. Sie waren ganz still geworden.

»Nun lass doch, Mona«, sagte der Vater des Spastis.

»Ich will nur wissen, ob er das ist.«

»Ist das im Grunde nicht vollkommen egal?«

»Das ist ganz und gar nicht egal.« Sie stand auf und kam auf mich zu. Sehr dicht heran. Zwischen ihren Zähnen hingen Essensreste. Sie blickte mich noch immer unverwandt an. »Weißt du, wer …«, sie schluckte etwas hinunter, »… Unrat in unseren Garten wirft?«

Innerlich vereiste ich. Sie hatten mich aus dem Fenster beobachtet.

»Lass doch den Jungen, Mona.«

»Irgendjemand wirft Unrat in unseren Garten. Auch das Haus wurde getroffen. Wenn du meine Meinung hören willst, dann ist das eine verdammte Schweinerei. Und zurzeit passiert das fast jeden Tag.« Ihre Augen wurden schmal. Wenn der Vater des Spastis nicht gewesen wäre, hätte sie mir bei lebendigem Leib die Haut abgezogen.

»Was für Unrat?« Ich versuchte, meine Stimme so normal wie möglich klingen zu lassen.

Der Spasti heulte wieder auf. Es war ein merkwürdiges Geräusch. Er zappelte mit dem ganzen Körper.

»Was sagt er?«, fragte ich und bereute es sofort.

»Red anständig«, sagte seine Mutter.

Plötzlich verstand ich es. *Scheiße,* heulte er. Ich hatte nicht gedacht, dass er überhaupt reden konnte.

»Kann er noch mehr sagen?«

»Na, das will ich doch hoffen«, sagte sein Vater und klopfte mir auf die Schulter. »Und wenn du jemanden Kot in unseren Garten werfen siehst, dann bitte ihn doch, es zu lassen, ja?«

Ich nickte.

»Ja, sicher.«

»Hast du Hunger?«, erkundigte er sich.

»Nein.«

Er brachte mir ein Wassereis und zog einen Stuhl für mich heran. Ich setzte mich. Das Eis schmeckte nach Himbeere. Der Vater lächelte die ganze Zeit. Ich lutschte das Eis, so schnell ich konnte.

Es war nicht das erste Mal, dass Sofie und Stiernacken mich verprügeln wollten, nur hatten sie diesmal einen guten Grund. Wir fanden immer einen Grund, um jemanden zu verprügeln. Alle prügelten sich. Das ganze Viertel war Kriegsgebiet. Nur die Schule galt als kampffreie Zone, denn die Lehrer spielten verrückt, wenn wir uns prügelten. Das war das Schlimmste überhaupt. Schlimmer als Schwänzen. Aber es passierte trotzdem ständig. In der Schule wurden die Prügel versprochen. Und nach dem Unterricht wurden die Drohungen wahr gemacht.

Der Spasti bekam auch ein Eis, als er aufgegessen hatte. Ich wäre am liebsten nach Hause gegangen, aber der Vater sagte, Henrik würde mir gern sein Zimmer zeigen. Dort stand alles ordentlich in Reih und Glied. Über der Liege hing ein Regal mit Kassetten, auch auf dem Fußboden standen zwei Plastikkisten mit Kassetten. Ich musste sie mir immer wieder ansehen.

Irgendwann hatten Frank und ich die erste Stunde geschwänzt, um uns den Kleinbus anzugucken, der ihn morgens abholte. Der Bus war voller Spastis, und alle sahen komisch aus. Ein paar von ihnen konnten allein laufen, aber deshalb wirkten sie nicht weniger merkwürdig. Sie sahen durch die Scheiben des Busses, auf uns. Sie saßen dadrin in ihren Rollstühlen und mit ihren seltsamen Apparaten. Sie starrten uns an, als wären wir Wesen aus dem äußeren All, und wir fanden den Gedanken entsetzlich, einer von ihnen zu sein und in diesem Bus sitzen zu müssen.

»Hörst du auch gern Kassetten? Besuch uns doch mal nach der Schule und hör dir zusammen mit Henrik die Bänder an.«

Ich antwortete nicht. Stattdessen fragte ich, ob ich mein Fahrrad bis morgen bei ihnen stehen lassen könnte. Der Vater hatte nichts dagegen. Ich lief in den Garten hinter dem Haus und von dort auf die Straße.

Familienbesuch

Zweimal im Jahr fuhren wir nach Nordjütland, um Onkel Karl und Tante Marie zu besuchen. In ihrem Haus durften wir nicht auf die Schwellen treten. Dieses Mal nahmen wir den Zug und hatten ein ganzes Abteil für uns allein.

»Wollt ihr nicht wissen, was ich in den Taschen habe?«, erkundigte sich Vater.

Überbiss warf sich auf ihn und zog ihm eine Tüte *Matador Mix* aus der Tasche. Ich riss sie ihm aus den Händen. Wir stopften sie in kürzester Zeit in uns hinein.

»Hast du noch mehr?«, wollte Überbiss wissen.

Vater stand am Fenster und blickte hinaus. Der Fahrtwind ließ sein Doppelkinn tanzen. Mit seinen dicken Fingern drückte er das Fenster herunter. Er zog einen Riegel Toms *Guldbarre* aus der anderen Hosentasche. Er war geschmolzen, aber uns war das egal. Wir rissen jeder an einem Ende des Papiers, um den größten Teil zu bekommen. Überbiss stöhnte vor Anstrengung, da flutschte mir plötzlich das Papier aus den Händen, und der Schokoladenriegel flog ihm an den Kopf. Überbiss machte den Mund auf und verschlang den ganzen Riegel mit zwei Bissen.

»Das ist unfair!«, schrie ich.

Vater und Mutter lachten, sie fanden es lustig. Überbiss leckte sich den Mund.

»Das war deine eigene Schuld«, sagte er.

Hinterher gab ich ihm einen Pferdekuss. Vater und Mutter merkten es nicht. Dann flüsterte ich ihm ins Ohr, dass ich ihn verprügeln würde, wenn er das nächste Mal auf die Toilette musste. Ich sagte, ich würde ihn mit dem Kopf in Vetter Sørens Aquarium tauchen. Als der Zug in Nordjütland hielt, hatte Überbiss in die Hose gepinkelt. Er hatte versucht einzuhalten. Mutter seufzte und Vater trat ungeduldig von einem Bein aufs andere.

»Ist er nicht zu groß, um noch in die Hose zu pinkeln?«, fragte ich.

Mutter zuckte die Achseln.

»Vielleicht sollte er Windeln tragen, wenn er's nicht hinkriegt«, fuhr ich fort.

»Hör schon auf«, sagte Mutter und gab mir einen Stoß in die Rippen.

Überbiss musste eine andere Hose anziehen, während wir den Zug verließen. Er hüpfte auf einem Bein aus dem Abteil. Mutter half ihm beim Aussteigen, Vater kam hinterher und atmete schwer.

Alle drei standen auf dem Bahnsteig und warteten. Sie waren mit zwei Autos zum Bahnhof gekommen, um uns abzuholen, weil sie zu vornehm waren, um auf dem Rückweg mit sieben Personen in einem Auto zu sitzen.

»Wieso haben die zwei Autos und wir keins?«, fragte Überbiss.

»Idiot«, sagte ich.

In ihren lautlosen Autos sausten wir über die Landstraße. Wir waren Astronauten, eingeschlossen in der Kapsel eines Raumschiffs von fremden Menschen.

»Wieso habt ihr euren Wagen eigentlich verkauft?«, wollte Vetter Søren wissen.

»Ich hab ein gutes Angebot bekommen«, gab Vater zur Antwort.

»Wie gut?«

»Mehr, als in deine Hosentasche passt.«

»War doch eine ziemlich alte Schüssel, oder?«, fragte Onkel Karl.

Vater seufzte und blickte aus dem Seitenfenster.

»Verkaufst du hin und wieder ein paar Schnürsenkel?«

Vater zuckte die Achseln.

»Viel Geld lässt sich mit Schnürsenkeln vermutlich nicht verdienen«, sagte Karl. »Wie kommt man als Vertreter eigentlich ohne Auto aus?«

Vater trommelte mit den Fingerspitzen ans Seitenfenster. Ich mochte es nicht, wenn sie so mit ihm redeten. Er kurbelte das Fenster ein Stück herunter, weil er schwitzte. Dann drehte er es wieder hoch.

Das Haus war riesig, und die nächsten Nachbarn wohnten fünfhundert Meter weit entfernt. Wir rannten hinein und vergaßen, dass wir nicht auf die Schwellen treten durften.

»Ich bin nicht draufgetreten«, behauptete Überbiss.

»Das ist ganz einfach nicht wahr«, sagte Tante Marie.

»Ich habe es mit meinen eigenen Augen gesehen.« Sie bückte sich und fuhr mit einem Fingernagel über die Schwelle.

»Er hat's mit Absicht gemacht«, sagte ich und bekam von Mutter einen Stoß in den Rücken.

»Nein, hab ich nicht!«

Wir gingen ins Wohnzimmer, um Frau Jensen zu begrüßen. Sie saß stets auf demselben Stuhl und rauchte Zigaretten. Sie hatte graue Haare. Eines ihrer Beine war doppelt so dick wie das andere. Sie hatte das dicke Bein auf einen Hocker gelegt und las die meiste Zeit Illustrierte. Sie war fast schon tot. Wir durften sie nie anders als Frau Jensen nennen und mussten ihr die Hand geben, weil sie alt war. Ihre Hand fühlte sich weich und schlaff an. Ein bisschen wie ein Klumpen Weißbrotteig, nur nicht so klebrig.

Hinterher wuschen wir uns die Hände. Sie roch, und nun saß der Geruch an unseren Händen.

»Das sind die Geschwüre an ihrem Bein«, erklärte Søren.

»Geschwüre?«, fragte Überbiss nach.

»Sie stinken, weil sie verfaulen«, sagte Søren. »Wenn sie älter wird, kommen vielleicht sogar noch Maden.«

Es fiel uns schwer, uns Frau Jensen noch älter vorzustellen. Bei Frau Jensen handelte es sich um den ältesten Menschen, den wir je gesehen hatten. Offenbar war sie Tante Maries Mutter. Ich stellte es mir doof vor, eine Mutter zu haben, die so alt war. Manchmal bestrafte Tante Marie sie.

»Ich muss auf die Toilette«, sagte Frau Jensen.

»Du musst einen Moment warten«, erwiderte Marie.

Frau Jensen sagte es mehrfach. Ich behielt die Uhr im Auge. Es verging über eine Stunde, bis Marie den Toilettenstuhl holte. Ich ging zu dem Sessel, um nachzusehen, ob Frau Jensen draufgepinkelt hatte. Es gab einen Fleck, aber ich konnte nicht erkennen, ob es sich um Pisse handelte. Ich wollte nicht daran riechen.

Ich fragte Vater, warum Frau Jensen bei Tante Marie und Onkel Karl wohnte.

»So macht man das hier«, antwortete er.

»Werden dein Vater und deine Mutter auch bei uns einziehen, wenn sie alt sind?«

»Wir wohnen nicht in Nordjütland.«

Normalerweise wollte er nicht über seine Eltern sprechen, aber heute schien es anders zu sein. Er stand vom Sofa auf und griff nach einer Schale mit Chips. Dann setzte er sich wieder und sah mich an. Er war nicht sauer. Er war ernst. Er steckte sich eine ordentliche Handvoll Chips in den Mund und kaute lange daran.

»Dein Großvater ist ein Arschloch. Er hat mir und Karl das Leben zur Hölle gemacht. Er hat uns gequält, bis wir alt genug waren, um von zu Hause abzuhauen. Erst Karl, dann ich. Und als Karl verschwunden war, wurde es noch mal so schlimm.« Vater beugte sich vor und senkte die Stimme: »Meine Eltern, diese alten Teufel, waren gleich schlimm, aber sag das nicht Karl. Er glaubt, Vater wäre der Mistkerl gewesen.«

»Hat eure Mutter euch auch gequält?«

»Nein, aber sie hat es ihm überlassen, und das war das Schlimmste. Sie hätte ihn ja auch rausschmeißen können.«

Er nahm sich noch eine Handvoll Chips. Ich überlegte, ob ich ihn noch mehr fragen sollte. Jetzt, da er doch angefangen hatte zu erzählen.

»Ist Mutters Mama ebenso alt wie Frau Jensen?»

Mutter kam ins Wohnzimmer.

»Wann wurde deine Mutter geboren?«, fragte Vater. Er war ziemlich redselig und knabberte ununterbrochen Chips.

»Keine Ahnung«, antwortete sie. Wenn wir über ihre Mutter redeten, bekam sie immer so einen harten Zug um den Mund.

»Wieso ist sie abgehauen?«, wollte ich wissen.

»Wer sagt denn, dass sie abgehauen ist?«, fragte sie zurück.

»Großvater.«

»Ich will nicht über sie reden«, erklärte Mutter.

Mutter war damals erst sieben, daher habe ich unsere Großmutter mütterlicherseits nie kennengelernt, aber wir haben ihren Vater auch nicht sehr häufig gesehen, weil er sich ständig beklagte.

»Das Leben hat ihn bitter werden lassen«, meinte Mutter.

»Ach, er ist schon in Ordnung«, sagte Vater.

»Sein Gerede ist unerträglich«, sagte sie.

Ich hatte gehört, wie er sich über die Würmer beschwerte, die seinen Salat annagten, über Käfer, die seinen Spargel fraßen, und über Milben, die seine Gurken vernichteten. Er hatte einen riesigen Garten, aber wir durften nicht darin spielen. Wir hatten auf den Wegen und dem Rasen zu bleiben.

»Jetzt ist aber Schluss!«

Wir lagen in unseren Schlafsäcken unter Vetter Sørens Aquarium. Die Beleuchtung war ausgeschaltet.

»Ich will nichts mehr davon hören …!«

Wir schlichen uns aus dem Zimmer zur Treppe, um ins Wohnzimmer hinunterzuschauen. Vater saß in einem schwarzen Sessel. Er hatte die Socken ausgezogen und die Füße auf einen Hocker gelegt. Auf dem Tisch standen eine Menge Flaschen. Mutter und Tante Marie waren nicht da. Es war Nacht.

»'s war Mutter«, nuschelte Vater. »Vater is' es doch egal gewesen, ob jemand schon mal verheiratet war. Es war Mutter, dieses Biest.«

»Sprich nicht so über Mutter!«, brüllte Onkel Karl. Er lag mit einem Glas auf dem Bauch auf dem Sofa. Die mandelfarbene Flüssigkeit am Boden des Glases tanzte.

»Ich rede über Mutter, wie's mir passt!«, brummte Vater, fuchtelte mit den Armen und stieß ein paar Bierflaschen vom Tisch. »Du hast mir nich' zu sagen, was ich zu tun und zu lassen habe.«

»Sie hat sich Sorgen gemacht, weil du eine geschiedene Frau kennengelernt hast, das war alles. Im Übrigen haben wir uns wegen dir alle Sorgen gemacht. Verdammt noch mal, weil du dich auf Müllplätzen herumgetrieben hast, um irgendwelchen Plunder zu sammeln. Welche normale Familie hätte sich da keine Sorgen gemacht?«

»Normal?« Vater starrte Onkel Karl mit einem Auge an. Das andere hatte sich ein wenig nach innen gedreht, zur Nase hin.

»Ja, wir anderen hatten zumindest eine Arbeit. Wir haben nicht versucht, den Leuten irgendwelchen Plunder zu verkaufen und ihnen weiszumachen, es handele sich um Kunst.« Onkel Karl schnipste mit den Fingern.

»Das war kein Plunder!«

»Es war jedenfalls irgendwelcher alter Krempel.«

»Halt endlich mal deine verdammte SCHNAUZE!« Vater erhob sich. Er stand jetzt neben Onkel Karl. Sein Auge schielte noch immer. Schließlich setzte er sich wieder.

»Du könntest ihr auch mal 'ne Karte zum Geburtstag schicken.« Onkel Karl trank von der mandelfarbenen Flüssigkeit.

»Schickt sie meinen Kindern etwa Geburtstagskarten?«

»Anfangs hat sie's getan.«

»Anfangs, ja, aber ich rede von heute!«

»Das liegt doch nur daran, dass du die Sachen zurückgeschickt hast, du Idiot.«

»Mir sind diese Arschlöcher egal; Hauptsache, sie mischen sich nicht in mein Leben.«

»Machen sie ja auch nich' mehr.«

»Vater quatscht auch bei jeder Gelegenheit über Mutter, ob man's nun hören will oder nicht. Ihr zwei seid vom gleichen Kaliber.«

»Du hast doch angefangen, von ihr zu reden«, maulte Onkel Karl.

»Is' ja gar nicht wahr. Du warst es.«

»Hm!«

»Seit wir gekommen sind, versuchst du, dieses Thema anzuschneiden. Und du versuchst es jedes Mal wieder.«

»Ganz sicher nicht.«

»Ständig müsst ihr über Mutter quatschen. Die arme Mutter ist zuckerkrank, die arme Mutter hat Wasser in den Beinen, der armen Mutter geht es schlecht, weil sie ihr Leben an diesen Penner verschwendet hat. Unseren Vater.«

»Du siehst Gespenster.«

»Ich werd dir jetzt mal was sagen. Deine ARME Mutter hat Vater immer alles weitergetratscht, damit es richtig Krach gab. Sie hat keine einzige Gelegenheit ungenutzt gelassen, damit es ihr noch ein bisschen schlechter ging als ohnehin.«

»Das stimmt doch gar nicht. Sie hat sich zwischen uns gestellt, wenn er cholerisch wurde«, keuchte Onkel Karl. »Ich höre mir das nicht länger an.«

»Ha!«, brüllte Vater.

»Das hat sie immer getan.«

»HA!«, brüllte Vater noch einmal. »Du bist so dämlich, dass du nicht mal gemerkt hast, was damals los war.«

»Wenn hier einer dämlich ist, dann du.« Onkel Karl stieß das Glas um. »Du bist damals dämlich gewesen, und du bist noch immer dämlich. Erst ziehst du ein Geschäft auf, und dann bist du gezwungen, dein Auto zu verkaufen, weil du deine Wichsgriffel nicht bei dir behalten kannst und jetzt Alimente zahlen musst. Wovon willst du denn leben, du Blödmann? Willst du wieder mit Farbe beschmierten Krempel vom Müllplatz verkaufen?«

»Halt deine verdammte Schnauze, oder du bekommst den Arsch voll!«

»Vor dir habe ich keine Angst!«, brüllte Karl zurück. »Komm bloß her, du bist doch so dämlich, dass du dich nicht einmal prügeln kannst. Das hast du übrigens nie gekonnt!«

Es sah aus, als wollte Vater Onkel Karl einen Schlag an den Kopf verpassen. Er hob die geballte Faust und ließ sie drohend in der Luft hängen, doch dann öffnete er plötzlich die Terrassentür und verschwand in der Dunkelheit. Von draußen hörten wir ein ziemliches Geschrei, nur waren die Worte kaum zu verstehen. Aber Vater konnte nirgendwohin, ringsum gab es nur Acker. Am nächsten Morgen saß er neben Onkel Karl – lächelnd. Er aß ein weichgekochtes Ei und ein Brötchen mit Mettwurst: »Habt ihr gut geschlafen, Jungs?«

Das Videogerät

Nicht lange danach erwachte ich eines Nachts durch ein Geräusch in der Küche, die Kaffeemaschine brodelte. Kurz darauf hörten wir Vater pfeifen. Er hatte seinen Schlips auf den Küchentisch geschmissen, stapfte mit weit aufgeknöpftem Hemd durch die Küche und aß Weißbrot mit Mettwurst und Mayonnaise. Wir schlichen aus unserem Zimmer. Es war zwei Uhr. Er war drei Tage unterwegs gewesen und hatte Geschenke mitgebracht; hastig weckten wir Mutter. Erst wollte sie nicht aufstehen, aber schließlich zog sie doch ihren roten Seidenmorgenmantel an und kam mit. Irgendwann einmal war der Morgenmantel schick gewesen, jetzt wirkte er ausgeblichen und abgetragen. Mutter sah müde aus. Vater pfiff noch immer, er hatte Schweißflecken auf dem Rücken und unter den Armen. Er küsste Mutter auf den Mund und drückte Überbiss ein Geschenk an den Bauch; er riss sofort das Papier ab. Ein Transistorradio. Überbiss glotzte es verständnislos an.

»Was soll ich damit?«

»Es ist deins«, sagte Vater.

Überbiss strahlte.

»Meins ganz allein?«

»Das will ich wohl meinen!«

Auch für mich gab es ein Transistorradio. Mit einem Kassettenrekorder. Da ich keine Kassetten hatte, stellte ich es auf UKW ein. Es klang lustig, wenn man am Sucher drehte.

»Woher hast du die Radios?«, wollte Mutter wissen.

Vater antwortete nicht. Er bückte sich und fischte einen schwarzen Kasten aus seiner Tasche. Unverpackt, nur mit einer roten Schleife darum. In der Schleife steckte eine Rose, die ihre Blätter hängen ließ. Er überreichte Mutter den Kasten.

»Was ist das?«, fragte sie und stellte den Kasten auf den Tisch.

»Ist das ein Videoapparat?«, flüsterte Überbiss. Er konnte es kaum glauben. Seine abgekauten Fingernägel berührten vorsichtig den schwarzen Kasten.

Vater nickte. Wir kannten niemanden, der schon ein Videogerät hatte.

»Was sollen wir damit?«, fragte Mutter.

»Man kann sich damit Videos ansehen«, flüsterte Überbiss.

»Axel, Herrgott noch mal!«, sagte Mutter.

Wenn sie ihn Axel nannte, war sie wütend. Vater bückte sich erneut und griff in die Tasche. Er zog ein Videoband heraus. Wir rissen es ihm aus der Hand. Der Film handelte von einem Mann, dessen Familie von Rockern getötet wird. Aus Rache bringt er alle Rocker um, außer einem, der die Chance bekommt, sein eigenes Leben zu retten, wenn er sich sein Sprunggelenk durchschneidet. Der Mann gibt ihm eine Eisensäge, aber der Rocker ist ein Schlappschwanz, er muss sterben.

Vater schlief sofort auf dem Sofa ein.

Als Mutter das erste Viertel gesehen hatte, sollte Überbiss mit ins Schlafzimmer. Sie fand den Film krank und wollte nicht, dass er den Rest sah. Er protestierte, aber Mutter nahm ihn am Schlafittchen und trug ihn ins Bett. Fünf Minuten später kam er zurück ins Wohnzimmer geschlichen. Ich saß vor Vater auf dem Boden, den Rücken an seine Beine gelehnt. Ich saß gern so. Es klang komisch, wenn er atmete. Seine dicken Backen wackelten. Überbiss rutschte im Laufe des Films immer näher an mich heran. Ich schubste ihn mit dem Fuß weg. Noch lange danach hatte er Albträume und träumte von kleinen Männern auf grünen Mopeds.

»Sie dürfen mir meine Füße nicht absägen«, sagte er.

Zwei Fremde

Überbiss saß auf der Treppe und wartete, als ich aus der Schule nach Hause kam. Er hatte die Metallstangen seiner neuen Zahnspange selbst angelegt, so wie Mutter es ihm gezeigt hatte. Nachts und am Nachmittag sollte die Spange mit ein paar Metallstäben verbunden werden, die hinter seinem Kopf verspannt wurden. In der Schule reichte die eigentliche Spange. Er trug sie wegen seines Überbisses.

Als er mich sah, fing er sofort an zu heulen. Ich rüttelte vorsichtig an einer der Metallstangen, aber das machte es nur schlimmer. Der Nackenbügel saß schief. Er hatte ihn doch nicht richtig angelegt. Ich dachte, er würde wegen des Bügels heulen.

»Die haben den Apparat mitgenommen«, sagte er mit tränenerstickter Stimme. »Die sind einfach reingegangen und haben ihn mitgenommen, obwohl ich gesagt habe, dass sie das nicht dürften. Sie haben Leberwurst auf den Boden geworfen, und ihr Hund hat sie aufgeleckt.«

»Wer?«

»Die beiden Männer.«

Ich trug ihn in die Küche und setzte ihn auf den Tisch. Fast hätte ich ihn fallen lassen, so schwer war er. Ich sagte, er müsse jetzt keine Angst mehr haben. Der leere

Leberwurstfetzen lag noch immer auf dem Küchenboden.

»Es war ein Schäferhund«, flüsterte Überbiss.

Ich ging ins Wohnzimmer. Sie hatten das Videogerät und sämtliche Kabel mitgenommen, ein paar Schubläden aufgezogen und den Inhalt auf dem Boden ausgeschüttet. Auf dem Teppich gab es Fußspuren, sie hatten sich nicht die Schuhe ausgezogen. Die Fußspuren würde die Polizei brauchen können.

»Wir dürfen nichts anfassen«, sagte ich. Mir gefiel der Ernst in meiner Stimme.

Überbiss nickte.

»Hast du etwas angefasst?«

Er glotzte blöd.

»Wenn du etwas berührt hast, kann die Polizei ihre Fingerabdrücke nicht mehr finden.«

»Ich habe bestimmt nichts angefasst.«

»Gut. Dann wird die Polizei sie sicher erwischen.«

»Die kommen ins Gefängnis«, stammelte Überbiss.

»Im Gefängnis wird die Polizei sie verprügeln«, sagte ich. »Das machen die immer so.«

»Und ihr doofer Hund kommt auch ins Gefängnis«, erklärte Überbiss mit einem zufriedenen Lächeln.

»Dem wird bestimmt der Pelz geschoren, weil er völlig verlaust ist.«

»Er wird ein ganzes Jahr lang jeden Morgen und jeden Abend in den Arsch getreten.«

»Dieses Mistvieh«, sagte ich.

»Diese verlausten Diebe«, sagte Überbiss.

Als Mutter nach Hause kam, konnten wir nicht länger still sitzen. Wir hüpften im Haus herum. Wir schlugen mit den Fäusten Löcher in die Luft. Sie sollte die Polizei anrufen, aber sie wollte erst einmal nachsehen, ob irgendetwas fehlte. Sie kontrollierte die ganze Wohnung und stellte schließlich fest, dass nur das Videogerät fehlte. Danach sah sie Überbiss an.

»Schätzchen«, sagte sie und drückte ihn an sich. »Hast du große Angst gehabt?«

Überbiss nickte und ließ sich drücken.

Mutter ging zum Telefon, griff zum Telefonbuch und fing an zu blättern. Ich trat in die Luft und schnalzte ständig mit der Zunge. Jetzt würde die Gerechtigkeit siegen. Rief sie den Notruf oder das Polizeirevier an?

»Die haben nach Vater gefragt«, berichtete Überbiss.

»Sie wollten sicher sein, dass kein Erwachsener zu Hause ist«, erklärte Mutter. »Das machen Einbrecher oft so.«

»Die haben gesagt, ich soll den Fetten grüßen und ihm schönen Dank sagen, fürs letzte Mal.«

Mutters Gesicht wurde ausdruckslos. Sie klappte das Telefonbuch zu.

»Sagen die so etwas auch oft?«

Mutter ging in die Küche.

»Sagen sie hässliche Sachen, bevor sie klauen?« Überbiss lief hinter ihr her.

»Wir warten mit dem Anruf, bis ich mit eurem Vater gesprochen habe«, sagte Mutter mit müder Stimme.

»Wieso denn?«, wollte ich wissen.

Es klingelte an der Haustür. Überbiss lief in unser Zimmer, um sich zu verstecken, aber es waren nicht die beiden Männer mit dem Hund, die zurückkamen. Vor der Tür stand der Vater des Spastis. Ich rannte ebenfalls in unser Zimmer, um mich zusammen mit Überbiss zu verstecken. Der Vater des Spastis hatte offenbar herausgefunden, wer ihnen die Kacke in den Garten warf.

»Sind sie das?«, flüsterte Überbiss aus dem oberen Bett.

Ich hörte sie reden, aber ich verstand nicht, worüber sie sprachen.

»Lars!«, rief Mutter kurz darauf.

Ich zog die Bettdecke über den Kopf, genau wie Überbiss. Sie rief mehrmals. Immer lauter.

»Lars!«

»Lars!!«

Schließlich kam sie, um mich zu holen. Sie packte mich am Arm und zerrte mich in den Flur. Ich ließ meine Beine so schlapp werden, dass sie mich schleppen musste. Ich versuchte, einen ihrer Daumen nach hinten zu biegen, doch sie bohrte mir ihre Fingernägel in die Arme, bekam rote Flecken im Gesicht und starrte mich mit wütenden runden Augen an.

»Sie können sie ihm jetzt geben«, sagte sie zum Vater des Spastis, als wir am Ende des Flurs standen.

Er hielt mir ein Stück Papier entgegen.

Ich wollte zurück zu Überbiss laufen, aber Mutter hielt mich fest. Es war ein mit der Rückseite auf ein Stück Papier geklebtes Polaroidfoto, irgendetwas stand mit Tusche geschrieben darauf. Er hatte mich fotografiert, als ich die Scheiße in ihren Garten warf. Ich wusste es. Er hatte es Mutter gezeigt.

Sie schob mich nach vorn. Ich sollte das Bild nehmen, aber ich kniff die Augen fest zusammen und zischte:

»Darf! Dit darf!«

Sie hielt mir den Mund zu, um mich zur Ruhe zu bringen. Das tat sie oft, wenn ich diese merkwürdigen Wörter sagte.

»Ich weiß nicht, was in ihn gefahren ist.«

»Darf! Dit! Dargardormal! Mamudit!«

Sie hielt die Hand fester vor meinen Mund.

»Hurk«, sagte ich.

»Jetzt nimm endlich diese Geburtstagseinladung!«, schrie sie mich an. »Was um alles in der Welt ist denn los mit dir!«

Putzwolle

W as sollen wir ihm schenken?«, fragte Brillen-Bo, der in meine Klasse ging.

»Wir gehen einfach nicht hin«, sagte Frank.

»Wir essen den Kuchen und gehen dann wieder«, schlug Olsenbande-Kjeld vor.

»Wir klauen den Kuchen und verschwinden sofort«, meinte Jens.

In der Schule hatten wir Themenwoche und redeten über den Geburtstag des Spastis. Ich schnitt Ameisen aus alten Zeitschriften und Magazinen und klebte sie auf Papptafeln. Hinterher beschriftete ich kleine Textfelder, die zu den Bildern passten, aber Jens steckte Stecknadeln in die Augen der Ameisen, wenn ich nicht hinsah, und Olsenbande-Kjeld malte ihnen mit Filzstift Brillen auf.

»Das heißt Papptafel«, sagte er. »Nicht Tapppafel.« Mir fiel es schwer, das Wort richtig auszusprechen.

»Vielleicht sollten wir ihm ein Heft mit nackten Frauen schenken«, schlug Jens vor. »Franks Vater hat jede Menge davon auf'm Klo.«

»Du lügst«, sagte Frank.

»In einem Korb.«

»Ist gar nicht wahr.«

»Ich hab's selbst gesehen.«

»Das stimmt nicht!«

»Ich hab die Hefte schon oft gesehen.«

Ich schloss die Augen und versuchte mir die Hefte vorzustellen. Nur mussten erst die Ameisen aus meinem Kopf verschwinden. Ich konnte mich an Zeitungen in dem Bambuskorb erinnern. Die anderen Hefte sah ich nur sehr verschwommen vor mir.

»Wenn er eins davon als Geburtstagsgeschenk bekommt, wird er sich total freuen«, meinte Jens.

»Aber seine Mutter muss es ihm hinhalten.«

»Sie muss dann jedes Mal umblättern, wenn er es sagt.«

Nach der Schule liefen wir sofort zu Frank nach Hause. Er ging widerwillig mit und versuchte so zu tun, als wäre es ihm egal. Zum Glück verließ seine Mutter mit dem Baby gerade das Haus, so dass wir sofort anfangen konnten.

Wir durchsuchten die Schubladen im Schlafzimmer, wir öffneten die Luke zu dem niedrigen Keller und sprangen mit einer Taschenlampe hinunter. Wir hoben den Teppich an den Ecken an, um nachzusehen, ob er sie dort versteckte. Wir stürzten uns auf die Kleiderschränke und durchwühlten Unterhosen und Socken.

Am Boden eines Schrankes fanden wir einen Plastikpimmel. Hautfarben. Olsenbande-Kjeld zog ihn heraus. Er hielt ihn mit zwei Fingern, als hätte er Angst, dass er dreckig wäre.

»Igitt.«

»Riech doch mal dran«, schlug Brillen-Bo vor.

»IGITT!«

»Vielleicht hat Franks Vater seinen Pimmel verloren«, meinte Jens.

Er sah überhaupt nicht lebensecht aus. Eher so wie ein Plastikfinger, den ich mal in einem Scherzartikelladen gesehen hatte, nur größer und gelber.

»Ist er weich oder hart?«, wollte Brillen-Bo wissen.

»Igitt«, erwiderte Olsenbande-Kjeld.

Frank riss ihm das Ding aus der Hand und warf es zurück in den Schrank.

Olsenbande-Kjeld wollte den Pimmel wieder herausholen, aber Frank knallte die Tür zu und stellte sich vor den Schrank.

»Er hat seine ganzen Hefte weggeschmissen«, sagte er.

»Im Schrank hat ein Pimmel gelegen«, sagte Brillen-Bo, als könnte er es noch immer nicht recht fassen.

Wir wollten unsere Durchsuchung im Flur fortsetzen. Wir stellten das Wohnzimmer und die Küche auf den Kopf, dann kam Franks Zimmer dran. Er teilte sich das Zimmer mit seiner großen Schwester Lene und mit Jan. Überall lagen Mädchensachen.

Jens fand eines von Lenes Höschen und zog es Brillen-Bo über den Kopf, bog seinen Arm auf den Rücken und sagte, er solle um Gnade bitten. Brillen-Bo wehrte sich und warf Franks Angel um, die hinter der Tür stand.

Ich hob die Angel auf und versuchte, Brillen-Bo das Höschen vom Kopf zu angeln, während Jens ihn festhielt.

»Er kann den Haken ins Auge bekommen«, sagte Olsenbande-Kjeld und zog weitere Höschen und Haarspangen aus einer Schublade.

»Nicht, wenn er die Brille aufhat«, meinte Jens.

Ich angelte ein paar der Höschen, die Olsenbande-Kjeld in der Hand hielt. Ich schwang die Angel. Die Höschen beschrieben einen großen Kreis. Olsenbande-Kjeld wühlte weiter in den Schubladen. Er fand Lenes Tagebuch und fing an zu lesen.

Jens ließ Brillen-Bo los und riss Olsenbande-Kjeld das Tagebuch aus den Händen. Olsenbande-Kjeld versuchte, das Tagebuch zurückzubekommen. Er bekam ein paar Seiten zu fassen und riss sie heraus.

»Hört auf damit!«, rief Frank. Aber das Tagebuch war bereits kaputt. Jens begann aus seiner Hälfte vorzulesen: »›Ich ertrage ihn nicht … er ist ekelhaft … Ich habe meine Fingernägel satt …‹ He … wie sehen ihre Nägel eigentlich aus?«

»Hübsch«, sagte Brillen-Bo.

»Sie hat auch ihre Pickel satt!«, rief Jens. »Hat sie welche?«

Niemand antwortete ihm. Wir konnten uns nicht erinnern.

»Und ihr Haar auch!« Er schlug sich auf die Schenkel. »Weil es fettig ist. Ha! Und hier kommt das Beste. Sie hat es satt, dass ihr zweiter Zeh länger ist als der große Zeh. Hört mal, sie hat eine Liste über all die Dinge angelegt, die sie an sich selbst nicht leiden kann.« Jens war dermaßen beschäftigt, dass ihm unsere Blicke nicht auffielen.

Wir guckten Lene an. Und sie guckte uns an. Vielleicht war sie die ganze Zeit im Haus gewesen, ohne dass wir es mitbekommen hatten. Wie versteinert standen wir da, als sie sich von hinten an Jens anschlich und ihm einen Arm um den Hals legte. Sie hatte sich die Augen schwarz geschminkt, in ihrem Haar gab es gebleichte Strähnchen.

Als er sie bemerkte, war es zu spät. Sie drückte zu. Seine Augen spielten verrückt. Einen kurzen Moment blickten sie uns anklagend an, dann wurden sie kreisrund vor Angst. Sein Kopf lief erst rot an, dann blau. Die Adern an seiner Stirn pochten. Die Halsschlagader schwoll an. Sie drückte weiter zu. Er bekam ihr Haar zu fassen und riss daran, aber dadurch wurde sie nur noch wütender. Das Weiße in seinen Augen färbte sich rosa, blutunterlaufen. Er fing an, am ganzen Körper zu zittern.

Inzwischen waren Brillen-Bo und Olsenbande-Kjeld abgehauen. Ich wollte auch weg, aber meine Beine versagten.

Es verging eine Ewigkeit, bevor sie ihn losließ. Er bewegte sich nicht mehr, sondern fiel regungslos auf den Boden, und erst als er zu ihren Füßen lag, verlor sie das Interesse an ihm und blickte stattdessen auf die herausgerissenen Tagebuchseiten auf dem Bett, die Höschen auf dem Boden und die Höschen am Angelhaken, dann stürzte sie sich mit den Fingernägeln voran auf Frank. Sie zerkratzte ihm die Nase. Sie versuchte, mit ihren Fingern seine Augen zu erreichen. Sie schlitzte ihm die Lippe auf und riss an seinen Haaren. Sie rammte ihm ihr Knie in den Bauch. Dabei gab sie keinen Laut von sich. Frank biss sie in den Arm. Sie schlug seinen Kopf gegen die Wand, bis seine Zähne ihren Arm freigaben; er versetzte ihr einen Faustschlag an die Brust, kam auf die Beine und rannte aus dem Zimmer.

Lene lief ihm hinterher und stellte ihm im Hof ein Bein, Frank rutschte auf dem Bauch über die Fliesen. Sie setzte sich auf ihn, drehte ihn auf den Rücken und fing an, seinen Hinterkopf auf die Steinplatten zu schlagen. Frank riss ihr ein kleines Büschel Haare aus. Er bekam ihren Zeigefinger in den Mund und biss zu. Beide heulten. Franks Gesicht war zu einer seltsamen Grimasse verzerrt. Wahnsinn leuchtete in ihren Augen.

Ich wollte an ihnen vorbei, traute mich aber nicht. Es gab nur einen schmalen Durchgang bis zur Pforte, weil ein Schuppen den größten Teil des Hofes einnahm. Ich hätte über die beiden steigen müssen, um nach Hause zu kommen.

Dann trat jemand mit einem Schlag die Pforte auf. Lene lockerte ihren Griff um Frank, und beide hoben die Köpfe. Jetzt fingen sie ernsthaft an zu weinen. Ihr Vater erschien. Sein Haar war durchsichtig, und seine Augen hatten die Farbe eines grauen, trüben Tages. Aus seinen Taschen ragten die unterschiedlichsten Sachen: eine Rohrzange, ein Zollstock, ein Hammer.

Er fummelte an seinem Hosenbund. Die beiden auf den Fliesen verhielten sich vollkommen ruhig und wagten nicht, sich zu bewegen. Er zog den Gürtel aus der Hose und begann auf sie einzuprügeln.

Ich entwischte in den Schuppen. Die Tür stand einen Spaltbreit offen. Drinnen fanden sich ein dreckiger Sessel, eine große, halbvolle Tonne mit alter Putzwolle und eine Menge Werkzeugkisten. Es roch nach verfaultem Tang. In einer Ecke stapelten sich Bierkästen. Gewöhnlich zerlegte Franks Vater sein Auto auf der Straße und trug die Einzelteile dann in den Schuppen, um sie zu reparieren oder sauber zu machen. Manchmal verbrachte er das ganze Wochenende hier drin.

Ich kletterte in die Tonne mit der Putzwolle und schloss die Augen. Der Gestank nach verfaultem Tang war erstickend. Nielsen, wie Franks Vater genannt wurde, verprügelte die beiden noch immer. Sie jaulten und winselten. Sie versuchten, ins Haus zu kriechen, aber er schlug nur umso härter mit dem Gürtel auf sie ein.

Schließlich mussten sie sich gegenseitig entschuldigen. Ich hörte das Geräusch von ein paar Ohrfeigen. Dann riss er die Tür des Schuppens auf und stürmte herein, noch immer den Gürtel in der Hand. Ich tauchte in die Putzwolle und ließ mich auf den Boden sinken. Ich fühlte mich geradezu durchsichtig vor Angst und schnappte wie ein Fisch nach Luft.

Franks Vater holte zwei Flaschen Bier aus einem der Kästen und ging wieder. Er schloss die Tür und sicherte sie mit einem Riegel.

Ich war gefangen. Ich stieg aus der stinkenden Tonne und versuchte, die Tür zu öffnen, es war unmöglich. Der Schuppen hatte keine Fenster. Ich wagte nicht, um Hilfe zu rufen, sondern setzte mich unter einen Tisch und wartete. Wenn Frank vorbeikäme, wollte ich ihm zuflüstern, dass er mich herauslassen sollte.

Ich hörte jemanden, hatte aber Angst, es könnte sich um Nielsen handeln. Schließlich schlief ich ein. Ich träumte, in der Tonne zu versinken. Der Boden verschwand unter mir, und ich konnte nicht wieder heraus.

Als ich aufwachte, dachte ich an Mutter. Sie würde sich Sorgen machen. Ich konnte sie spüren. Ich war hungrig und fror, meine Zunge fühlte sich geschwollen an. Ich schaltete das Licht ein und fing an, in den Schränken zu wühlen. Ich schaute in sämtliche Werkzeugkästen. Ich kletterte auf den Tisch und öffnete einen Hängeschrank, der direkt unter dem Dach an der Wand befestigt war. Ich steckte die Hand hinein, in der Hoffnung, irgendetwas Essbares zu finden, und dann rutschten sie mir entgegen. Es waren mindestens zweihundert. Ein paar trafen mich am Kopf, die anderen fielen einfach auf den Tisch oder auf den Boden. Es hörte überhaupt nicht wieder auf. Unglaublich, dass so viele in einen Schrank passten. Sie flogen in sämtliche Ecken des Schuppens wie ein Strom nackter Körper, glänzender Hinterteile, offener Mösen und Ständer. Sie spritzten gegen die Wände. Ich hatte so etwas noch nie gesehen.

Ich setzte mich und fing an zu blättern. *Weekend-sex*, las ich, und *Rapport*. Mein Magen zog sich zusammen. Es gab Bilder und Texte. Ein Postbote riss einer Frau die Kleider herunter. Eine Dame lag mit dem Weihnachtsmann im Bett. Er hatte keine Hose an. Sein Pimmel war enorm. Er hatte ihn in sie gesteckt, von hinten. Es gab auch Comics von Frauen, die von Raumwesen gekidnappt wurden. Und spezielle Seiten auf schwarz-weißem Papier mit kurzen Texten, die richtige Menschen verfasst hatten: »Paar sucht gepflegten Hausfreund.« Was war ein Hausfreund? »Caroline leckt gern.« Mit einem Bild von Caroline. Sie hatte einen Pimmel im Mund, und irgendetwas Weißes lief ihr das Kinn herunter. Es gab auch ein Foto einer nackten Frau, die auf einem Bauernhof neben einem Schwein stand. Sie machte irgendetwas mit dem Schwein. Ich konnte nicht erkennen, was. Ihre Augen glänzten. Hier gab es etwas, das ich nicht verstand. Etwas, das ich gern wissen wollte. Mein Herz raste. Übelkeit breitete sich in meinem Magen aus. Ich steckte die Hand in die Hose und zupfte an meinem Pillermann, aber irgendwie hatte ich das Gefühl, nicht das Richtige zu tun. Ich wollte alle Hefte lesen, bevor es zu spät war.

Ich hörte Schritte vor dem Schuppen. Irgendjemand machte sich an der Tür zu schaffen, und ich kletterte wieder in die Tonne mit der Putzwolle. Der Riegel wurde aufgeschoben. Franks Vater kam herein. Er hatte einen Bademantel an. Das Licht der nahen Straßenlaterne fiel in den Schuppen. Er schloss die Tür hinter sich, drehte von innen den Schlüssel um und fing an, die Hefte aufzusammeln. Er sagte nichts, nahm sich ein Bier und hebelte es auf.

Als er die Hälfte der Hefte aufgehoben hatte, begann er leise zu stöhnen. Ich hörte ein seltsames Geräusch. Es klang wie ein toter Fisch, der gegen einen Schenkel klatscht. Ich zitterte in der Tonne, die nach verfaultem Tang roch, und plötzlich kam er zur Tonne und steckte die Hand hinein. Er streifte mein Haar, griff sich ein Bündel Putzwolle und zog es heraus. Sein Stöhnen wurde lauter und lauter, das Geräusch eines toten Fischs an einem nackten Schenkel beinahe unerträglich. Er schrie einmal auf, sehr kurz. Dann wurde das Büschel wieder in die Tonne geworfen. Es traf mich am Kopf, es war klebrig, und ich spürte, wie irgendetwas Warmes an meinem linken Ohr herunterlief. Ich wollte es abwischen, wagte aber nicht, mich zu rühren. Er würde mich totschlagen, wenn er mich entdeckte. Er würde mich in kleine Stücke schneiden und mich in einen seiner Werkzeugkästen stecken.

Ich schnaufte nur einmal, das war alles.

»Was zum Henker ...«, sagte er.

Er kam zur Tonne zurück, und ich drückte mich so weit wie möglich auf den Boden und hoffte, dass die Tonne so bodenlos war wie in meinem Traum. Seine Hand fummelte in der Putzwolle, bis sie mein Haar zu fassen bekam und daran zog. Mein Kopf tauchte auf. Er ließ mich sofort los, trat zwei Schritte zurück und riss die Augen auf.

Ich dachte, er würde mich verprügeln, aber er schien Angst zu haben – als hätte er ein Gespenst gesehen. Er starrte mich einfach nur mit kugelrunden Augen an und ließ die Hefte fallen, die er in der Hand hielt. Ich stürzte zur Tür und versuchte, den Schlüssel umzudrehen. Er klemmte. Franks Vater war erstarrt. Sein Bademantel stand offen. Sein schlaffer Pimmel hing ihm zwischen den Schenkeln. Er glänzte im Licht und war nur ein bisschen kleiner als der vom Weihnachtsmann. Endlich sprang der Schlüssel um. Ich taumelte aus dem Schuppen und rannte zum Parkplatz.

Das Moor

Wir hatten nicht nur vor Sofie und Stiernacken Angst. Auch vor Adler und Flammendes Inferno. Vor dem Fetten John. Vor Feuerwehrhauptmann und dem Kleinen Schwein. Vor Eierkopf und Bär. Außerdem gab's noch Jens Peter S. und Neger-Michael, Specknacken und Mechaniker-John. Es gab so viele.

Sie fingen Olsenbande-Kjeld auf dem Heimweg von der Schule. Stiernacken, Mechaniker-John und Flammendes Inferno. Wir hatten uns unterhalten und sie nicht bemerkt, bis sie plötzlich auf uns zustürmten. Olsenbande-Kjeld war am langsamsten.

Zu viert mussten sie ihn festhalten. Olsenbande-Kjeld bekam einen knallroten Kopf und brüllte wie am Spieß. Wir blieben ein Stück entfernt auf dem Fußweg zu Schule stehen. Wir zitterten vor Anspannung und freuten uns, im Augenblick nicht in Olsenbande-Kjelds Haut zu stecken.

Sie schleppten ihn zum Moor. Wir hatten viele Geschichten gehört, was dort passieren konnte. Was die großen Jungs mit den kleineren anstellten – und manchmal auch unter sich. Es gab eine Menge selbst gebauter Höhlen im Moor. Wir folgten ihnen in sicherem Abstand. Hin und wieder lief einer von ihnen auf uns zu, und wir rannten in alle Richtungen davon.

Sie schmissen Olsenbande-Kjeld in eine der Höhlen. Er versuchte sich freizukämpfen, aber sie setzten sich auf ihn, drehten ihm die Arme auf den Rücken und stopften ihm eine Socke in den Mund.

Olsenbande-Kjeld war der Einzige, der sich wehrte. Wir anderen hätten einfach nur dagesessen und den Mund gehalten.

»Holt meinen Vater!«, schrie er, als es ihm gelang, die Socke auszuspucken.

Er hoffte, sie würden Angst bekommen und ihn loslassen, aber sein Vater kam nicht vor Viertel vor sechs nach Hause. Alle wussten es. Olsenbande-Kjelds Vater ging ins Bad und zog sich um. Um sechs setzte er sich dann an den Tisch, und jeden Abend stand das Essen pünktlich bereit.

Einmal war das Abendessen noch nicht fertig, als er sich hinsetzte. Also stand er wieder auf und ging noch einmal ins Bad. Als er zum zweiten Mal erschien, hatte Olsenbande-Kjelds Mutter das Essen aufgetragen. Der Vater von Olsenbande-Kjeld wurde eigentlich nie böse. Er arbeitete in einem Lager. Er konnte gut Gabelstapler fahren und hatte mal eine Prämie bekommen, weil er an seinem Arbeitsplatz der Beste war. Die Prämie bestand aus einem Kasten Bier und zehn Tüten Schweineschwarten-Chips. Die Schweineschwarten bekam Olsenbande-Kjeld. Er füllte sie in seine Butterbrotdose. Wir anderen durften sie nicht probieren. Einen ganzen Monat aß er in jeder Pause vor unseren Augen Schweineschwarten-Chips. Schließlich kippten wir in der ersten Pause die Schulmilch in seine Brotdose, um es ihm heimzuzahlen. Er merkte nichts. In der großen Pause waren sämtliche Schweineschwarten-Chips aufgequollen und weich. Olsenbande-Kjeld aß sie trotzdem.

Er sagte, es wäre ihm egal.

Er sagte, ist doch klasse, jetzt muss ich nicht auch noch meine Milch trinken. Er bedankte sich mehrmals, während er aß. Er sagte, wir wären ganz große Erfinder. Er sagte, wir hätten eine Prämie verdient. Er sagte, er würde uns als Prämie etwas von den Schweineschwarten-Chips abgeben, wenn er noch mehr hätte. Er sagte, natürlich könnte er uns auch noch morgen von den Schweineschwarten etwas abgeben, aber er wüsste nicht so genau, ob er dann noch so gute Laune hätte.

Er aß die Hälfte seiner Schweineschwarten-Chips. Dann konnte er nicht mehr. Olsenbande-Kjeld verschwand auf der Toilette. Dort blieb er den Rest der großen Pause. Wir legten die Ohren an die Tür. Wir kletterten die Trennwand in der Kabine daneben hoch, um rüberzugucken.

»Lasst mich in Ruhe scheißen«, stöhnte Olsenbande-Kjeld.

Aber Jens hatte ihn gesehen. Er hatte den ganzen Kopf in die Kloschüssel gesteckt.

Eines Abends war Olsenbande-Kjelds Vater nicht pünktlich nach Hause gekommen. Es wurde sechs, es wurde halb sieben. Olsenbande-Kjelds Mutter bat Olsenbande-Kjeld, seinen Vater zu suchen. Er fuhr mit dem Rad in die Richtung, aus der sein Vater kommen musste. Er fuhr eine Weile herum. Dann kam er an eine Kreuzung voller Polizeiautos und Krankenwagen. Ein Auto hatte einen Radfahrer überfahren. Olsenbande-Kjeld bekam Angst. Auf der Straße lagen kaputte Sachen. Ein Polizist versperrte ihm den Weg. Trotzdem sah er unter dem Vorderreifen des Autos das demolierte Fahrrad seines Vaters. Der Polizist sagte, er solle so schnell wie möglich nach Hause fahren.

Olsenbande-Kjeld heulte auf dem ganzen Rückweg. Sein Vater war tot. Das Fahrrad war vollkommen hinüber. Den leblosen Körper seines Vaters hatte man in einem Krankenwagen abtransportiert, kurz bevor Olsenbande-Kjeld an den Unfallort gekommen war.

Er quiekte wie ein Schwein. Er schluchzte. Er konnte kaum atmen, als würde er erwürgt. Schließlich musste er anhalten. Er hustete und übergab sich, weil er Blut auf der Straße gesehen hatte. Eine Menge Blut.

Er ging vor unseren Augen zu Boden.

Unsere Mägen schnürten sich zusammen. Unsere Herzen hörten auf zu schlagen, und unsere Gedanken gefroren zu Eis.

Wir standen an den Straßenecken und beobachteten ihn. Wir wagten nicht, zu ihm zu gehen, und wir wagten auch nicht davonzulaufen.

Endlich lief ein Mädchen aus unserer Klasse auf ihn zu und legte einen Arm um ihn. Sie weinte mindestens ebenso sehr wie Olsenbande-Kjeld. Wir weinten alle zusammen. Es war unfassbar, dass man sterben konnte, wenn man mit dem Fahrrad von der Arbeit nach Hause fuhr. Sogar Stiernacken weinte.

Als Olsenbande-Kjeld nach Hause kam, hatte sein Vater aus der Notaufnahme angerufen. Man hatte ihn mit sieben Stichen an der Stirn genäht, außerdem hatte er eine Gehirnerschütterung und sich die Hand verstaucht.

Zwei Stunden später kam er nach Hause. Er musste vierzehn Tage daheimbleiben. Er kaufte sich ein neues Fahrrad und kam nie wieder zu spät von der Arbeit.

»Holt meinen Vater!«, schrie Olsenbande-Kjeld. »Er hat heute frei!«

Sie stopften ihm die Socke wieder in den Mund, weil sie keine Lust hatten, sich sein Gebrüll anzuhören. Sie hielten ein brennendes Feuerzeug unter seinen Oberschenkel.

Olsenbande-Kjeld strampelte wie ein Wahnsinniger. Zum Glück trug er Jeans.

Sie nannten ihn »fettes Schwein« und »Fettsack«. Das war das Schlimmste, was man zu ihm sagen konnte. Normalerweise wurde er rasend vor Wut, doch als sie es ziemlich oft gesagt hatten, verbarg er sein Gesicht in den Händen. Seine Schultern bebten.

»Anständige Jungs heulen nicht!«, grinste Mechaniker-John.

»Flennt er?«, fragte Stiernacken und zog Olsenbande-Kjeld die Socke aus dem Mund.

»Fette Jungs schon!«, feixte Mechaniker-John.

»Dann müssen wir ihn wohl trösten«, sagte Flammendes Inferno und fing an, mit einem Stock am Ausgang der Höhle im Schlamm zu stochern.

»Wenn du nicht so eine fette Sau wärst, hätten wir deinen Vater gern geholt«, sagte Stiernacken.

»Vor allem, wenn der Vater der fetten Sau zu Hause wäre«, fügte Mechaniker-John hinzu.

Flammendes Inferno kratzte den Schlamm mit dem Stock auf und füllte eine alte Plastiktüte damit, die er in die Höhle trug. Stiernacken und Mechaniker-John hielten Olsenbande-Kjeld fest, während Flammendes Inferno ihm den Schlamm ins Gesicht schmierte.

»Sitz still. Wir waschen dir nur die Tränen ab.«

Sie zappelten und kämpften dort drinnen.

»Ist deine eigene Schuld, wenn du was in die Augen kriegst!«

»Es nützt nichts«, sagte Stiernacken hinterher. »Die fette Sau heult immer noch.«

Sie fingen Peter Pans kleine Schwester und brachten sie zu Olsenbande-Kjeld in die Höhle. Sie sagten, sie solle sich ausziehen. Sie sagten, sie würde jetzt mit dem fetten Kjeld verheiratet, damit er wieder etwas zu lachen hätte. Sie zitterte am ganzen Körper, als sie ihre Hose auszog. Sie weinte, aber man hörte keinen Ton. Neben den großen Jungs wirkte sie klein und zart. Nur Olsenbande-Kjeld heulte und schrie weiter. Es war grässlich.

Wir konnten nicht hinsehen. Sie zwangen sie, sich zu küssen. Als sie ihm die Jeans auszogen und in das Schlammloch am Eingang der Höhle warfen, liefen wir davon und sahen ihn erst am nächsten Tag wieder. Er wollte nicht erzählen, was passiert war, und wurde fuchsteufelswild, als wir Peter Pans kleine Schwester erwähnten.

Lügen

Als Vater nach Hause kam, erzählten wir nichts von dem Videogerät. Er zog seinen Schlips ab, schmiss Überbiss lachend seine Socken in den Nacken und knallte die Füße auf den Wohnzimmertisch. Er hatte Haare an den großen Zehen. An den anderen Zehen nicht. Überbiss hielt sich die Nase zu und tat so, als bekäme er keine Luft mehr.

Ich setzte mich dicht neben Vater und spürte seine Körperwärme durch das Hemd. Seine Augen waren ebenso blau wie die von Überbiss. Meine waren grün. Überbiss sah ihm viel ähnlicher als ich, und das wurde oft von irgendwelchen Leuten kommentiert. Ich achtete darauf, ihn nicht zu berühren. Ich wollte nicht riskieren, ihm lästig und weggeschubst zu werden. Unter den Armen und auf dem Rücken hatte er Schweißflecken, fünf Tage war er nicht zu Hause gewesen.

Überbiss setzte sich auf die andere Seite und fing an zu erzählen. Ich ärgerte mich und versuchte, ihm mit der Hand einen Schlag aufs Knie zu versetzen, aber Vater hielt meinen Arm fest. Ich verpasste Überbiss stattdessen mit der anderen Hand einen Karateschlag auf die Schulter. Vater packte mich an beiden Armen und forderte Überbiss auf, mich in den Bauch zu kneifen.

»Wieso hilfst du immer ihm?«, stöhnte ich.

Mutter ging in die Küche und kam mit einem Teller belegter Weißbrote zurück. Erst schmierte sie Mayonnaise statt Butter auf die Brote, dann belegte sie sie mit Schlackwurst und gab noch einen Klacks Mayonnaise obendrauf. Vater küsste sie auf den Hals.

»Ich habe die Schnürsenkel verkauft«, sagte er.

»Alle?«, fragte Mutter.

»Sie waren ganz verrückt danach. Ärgerlich, dass es sich um einen Restposten handelte. Ich hätte ihre Kassen plündern können. Was wollen wir mit dem ganzen Geld machen, Jungs?«

Wir alle dachten darüber nach, aber niemand wollte etwas sagen.

»Ich würde tausend Tüten Lakritzbonbons kaufen, wenn ich eine Million hätte«, erklärte Überbiss schließlich.

»Kriegt man für 'ne Million eine Raumrakete?«, fragte ich.

»Klar.«

»Kann man dafür ein ganzes Jahr lang jeden Tag in den Zoo gehen?«, wollte Überbiss wissen.

»Natürlich«, sagte ich.

Es war wie immer. Vater tat das, was er auch sonst tat. Wir machten es uns gemütlich. Wir lagen auf dem Sofa. Der Fernseher lief. Und doch war es nicht dasselbe. Ich sah es Mutter an. Sie presste die Lippen zusammen. Sie war hier, andererseits aber auch wieder nicht. Sie lachte, ohne sich zu freuen.

»Hast du ihn gesehen?«, erkundigte sie sich.

Vater nickte. Er zwinkerte Überbiss zu und kniff ihn in die Wange.

»War er süß?«

Wieder nickte Vater.

»Na, das ist doch immerhin was«, sagte Mutter. Ihre Stimme zitterte.

Kurz bevor wir ins Bett gingen, fiel es ihm auf. »Wo habt ihr den Apparat hingestellt?«

Mutter sagte nichts. Ich sagte nichts. Er sah uns an. Sein Blick wanderte von mir zu Mutter und wieder zu mir zurück.

Wir hatten nichts gesagt. Wir hatten so getan, als wäre alles in Ordnung. Nicht die ganze Wahrheit zu sagen, war das Gleiche wie zu lügen. Kein schöner Moment für ihn. Fünf Tage nicht zu Hause gewesen zu sein, und dann logen wir ihn an.

»Zwei Männer sind gekommen und haben ihn mitgenommen. Wir wussten nicht, ob es deine Freunde sind«, sagte Überbiss.

Vater beugte sich über den Couchtisch und schnappte sich das letzte Wurstbrot. Er biss hinein und kaute lange.

»Ach ja«, sagte er dann. »Das hatte ich vollkommen vergessen. Hoffentlich haben sie euch nicht erschreckt?«

»Überhaupt nicht.«

Mutter war nicht mehr wütend wegen des Videogeräts. Stattdessen wurde sie böse, als Vater vom Arzt nach Hause kam und mitteilte, er hätte einen Blutdruck wie ein Zwanzigjähriger. Denn hinterher hatte sie ihn auf der Toilette erwischt, als er seine neuen Tabletten gegen erhöhten Blutdruck nahm. Sie nahm einen Topf und schmiss ihn in den Abwasch. Sie ließ auf dem Herd alles überkochen. Sie nahm einen Schneebesen und warf ihn nach Vater.

»Ich kann dir nicht vertrauen, Axel.«

Überbiss versteckte sich unter der Bettdecke.

»Ich wollte nicht, dass ihr euch Sorgen macht.«

»Du wolltest nicht aufhören zu rauchen«, sagte Mutter.

»Quatsch.«

»Du bist vierunddreißig und hast einen Blutdruck wie ein alter Mann.«

»So schlimm ist es nun auch wieder nicht.«

»Wie viel wiegst du? Hundertzwanzig? Hundertdreißig?«

Vater lachte laut auf. Mutter schmiss einen Kochlöffel nach ihm und schmollte, bis sie zu Bett ging. Vater blieb im Wohnzimmer sitzen. Er sah fern, bis der Kasten nichts mehr hergab. Wir hörten ihn auf und ab gehen. Wir hörten, wie Mutter aufstand.

»Kommst du nicht ins Bett?«, flüsterte sie.

Wir verstanden nicht, was er antwortete. Die Schritte im Wohnzimmer brachen ab. Es wurde still. Wir hörten Mutter leise weinen. Dann ließ das Weinen nach, und es drangen andere Geräusche durch die Wand – sie vögelten. Das war beinahe ebenso schlimm. Sie hatten die Tür zum Schlafzimmer nicht geschlossen. Ich stopfte mir die Zipfel meiner Socken in die Ohren, aber es war schwer, sie drin zu behalten, und obwohl ich ganz unter die Bettdecke kroch, hörte ich sie immer noch. Ich schaute hinüber zu Überbiss. Er schlief. Ich warf ihm eine Socke an den Kopf. Wenn ich schon zuhören musste, dann auch er. Ich stieg aus dem Bett und kitzelte ihn unter der Nase. Er zuckte. Ich lief rasch zurück in mein Bett. Er bemerkte mich nicht, aber jetzt war er auch wach. Geschah ihm recht. Er fummelte an seinem Nackenbügel.

Am besten war es einzuschlafen, bevor sie anfingen zu vögeln. Es war unmöglich einzuschlafen, wenn sie erst einmal begonnen hatten. Einmal hatte ich sie überrascht. Mitten am Tag. Sie hatten nichts an. Vater lag auf Mutter und wandte mir den Kopf zu, als ich hereinkam. Dann rollte er blitzschnell zur Seite und zog sich die Bettdecke über. Mutter war ganz nackt. Sie hatte es nicht so eilig, unter die Decke zu kommen. Ich wollte die Tür zuwerfen, war aber unfähig, mich zu bewegen. Ich starrte sie nur regungslos an. Niemand sagte etwas. Sie sahen mich an.

»Nun geh schon«, sagte Mutter schließlich. Ich ging, schloss die Tür und blieb auf der anderen Seite stehen, um zu horchen. Sie fingen nicht wieder an. Ich wäre am liebsten davongelaufen.

»Belauschst du uns etwa?«, fragte Vater hinterher.

Ich zuckte die Achseln.

»Er belauscht seine Eltern nicht. Sag so etwas nicht zu ihm«, sagte Mutter zu Vater.

Ich spürte meine Ohren. Vater hörte nicht auf: »Der Junge ist neugierig. Das ist ganz natürlich. Das war ich in deinem Alter auch.« Er kicherte.

»Hör auf«, sagte Mutter und schlug ihm mit einem Küchenhandtuch auf den Hintern. Er lief ihr ins Wohnzimmer nach.

Am nächsten Morgen war er aufgebrochen, bevor wir wach wurden. Mutter war ihm immer noch böse, weil er wegen der Blutdrucktabletten gelogen hatte.

»Hör auf, so zu schmatzen«, ermahnte sie Überbiss.

Er versuchte es, allerdings fiel es ihm schwer. Er schmatzte immer, und durch die Spange wurde es nur noch schlimmer. Mutter schüttelte während des Essens den Kopf. Sie stand viel zu hastig auf und warf ihren Teller in die Spüle. Der Lärm war lauter, als sie erwartet hatte.

Überbiss warf sein Milchglas um.

»Ich werde noch wahnsinnig!«, schrie sie und schlug auf den Tisch.

Dann war der Ärger verflogen. Jetzt lächelte sie, weil es ihr leidtat, dass sie auf den Tisch gehauen und Überbiss angefahren hatte.

Die Rettungsaktion

Wir mussten etwas tun, bevor er platzte. Wir durchwühlten die Schubladen und fanden ein paar Fotos von Vater mit einem kleinen Baby. Wir hätten ihn fast nicht wiedererkannt. Er war nicht besonders dick.

»Wer ist das auf dem Foto?«, fragte Überbiss.

»Das bist du«, antwortete Mutter.

»Und der andere?«

»Das ist dein Vater.«

Eigentlich wussten wir es ja. Wir wollten nur ganz sicher sein. Wir fanden ein Foto mit einem anderen Baby.

»Und wer ist das?«, fragte Überbiss wieder.

»Das ist dein Bruder.«

»Ist der andere Vater?«

Mutter nickte.

Auch auf diesem Bild war er nicht dick. Er wirkte fast kleiner als Mutter.

Wir fingen mit der Mayonnaise an. Wir stürzten uns auf die Butter. Wir probierten Pflanzenmargarine und Butterfett. Die in Fett gerösteten Zwiebeln schmeckten einigermaßen. Der Rest war entsetzlich. Mein Mund fühlte sich an, als wäre er verkleistert. Eine dicke Fettschicht hing an den Zähnen und am Gaumen. Sie ließ sich beim Zähneputzen nicht abbürsten. Das Fett glänzte im Badezimmerlicht, wenn wir die Zunge herausstreckten.

»Es ist leichter, wenn du dir beim Essen die Nase zuhältst«, sagte Überbiss.

Zunächst wollten wir nichts wegwerfen. Mutter würde es merken. Aber die Packungen waren fast leer. Wir vergruben sie hinten im Garten und trampelten die Erde flach, bis nichts mehr zu sehen war.

Wir wollten das Haus ausräumen. Hätten wir seine Zigaretten rauchen können, hätten wir es auch getan. So begnügten wir uns damit, die Streichhölzer abzubrennen. Wir steckten Kerzen an und pusteten sie wieder aus. Es musste sorgfältig gemacht werden. Sollten wir den Zucker auch aufessen? Wenn Vater nach Hause kam, würde es nur noch Gemüse, Roggenbrot und Hafergrütze geben. Davon wurde man nicht dick.

Mutter schimpfte, weil sie ständig einkaufen musste. Sie konnte sich nicht erklären, wieso die Margarine zum Braten schon wieder alle war. Wir hatten das Sonnenblumenöl vergessen. Sie briet Fischstäbchen darin, hätte aber lieber Margarine benutzt. Als das Essen fertig war, hatten wir keinen Hunger.

»Ich finde, ihr seid so still«, sagte Mutter. »Geht's euch nicht gut?«

Ich konnte mich kaum bewegen. Mein Herz klopfte und alles drehte sich in mir. Ich musste dringend aufs Klo.

Mutter brachte Überbiss ins Bett und maß seine Temperatur. Normalerweise gab es immer Theater, wenn sie mit dem Thermometer kam; heute gab er keinen Ton von sich. Sie nahm ihm die Spange ab und las ihm eine Geschichte vor. Er hatte kein Fieber. Sie wollte auch meine Temperatur messen, aber ich weigerte mich. Wir wollten ihr nichts erzählen.

Im Laufe der Nacht übergab sich Überbiss zweimal. Er versuchte, leise zu sein, damit er Mutter nicht weckte. Ich hielt es mit Schluckbewegungen zurück. Jedes Mal, wenn ich spürte, wie in mir die Übelkeit hochkam, schluckte ich und hielt eine halbe Minute den Atem an. Ich zählte die Sekunden. Ich musste in dieser Nacht viermal aufs Klo. Beim Kacken fielen mir die Schluckbewegungen schwer.

Am nächsten Tag durften wir zu Hause bleiben.

»Offenbar habt ihr eine Magen-Darm-Grippe«, meinte Mutter. Sie schmierte uns Butterbrote und ging zur Arbeit. Ich versprach, auf Überbiss aufzupassen. Wir waren nicht mehr krank, nur müde. Es war fantastisch, den ganzen Tag allein zu Hause verbringen zu dürfen. Wir holten die alten Fotoalben heraus und schauten sie uns noch einmal an.

»In ein paar Wochen sieht er wieder so aus«, sagte Überbiss und zeigte auf ein altes Foto von Vater.

»Wenn wir ihm auf der Straße begegnen, gehen wir vielleicht einfach an ihm vorbei, weil wir ihn nicht wiedererkennen«, sagte ich.

»Mutter wird sich freuen.«

Wir wussten, dass es nicht stimmte. Sie würde die

Lebensmittel nachkaufen, aber wir redeten nicht darüber. Wir taten so, als hätten wir es geschafft. Es war fürchterlich, so viel Fett essen zu müssen.

Nachdem wir uns sämtliche Fotos angesehen hatten, fragte ich Überbiss, ob es jemanden gebe, den ich für ihn verprügeln sollte. Im ersten Moment schwieg er.

»Lille Bjarne«, sagte er nach einer Weile.

Ich nickte.

»Und die Zwillinge und Enkelkind«, fügte er hinzu.

»Warum?«

»Die ziehen mich wegen meiner Spange auf.«

Lille Bjarne

Ich fand Lille Bjarne am Moor. Er angelte mit seinem Fischernetz. Ich trat ganz ruhig an ihn heran und tat so, als würde ich nach Fröschen Ausschau halten. Der Boden war sumpfig, aber nicht so schlimm, dass die Schuhe im Schlamm versanken.

Ich stellte mich neben ihn und guckte in seinen Eimer. Er hatte drei Rückenschwimmer und einen Blutegel gefangen. Ich fragte ihn, ob er wisse, wer ich sei.

»Ja«, antwortete er.

Noch hatte er nicht Lunte gerochen.

»Und weißt du, wer mein kleiner Bruder ist?«

Er nickte. Allmählich begann er zu verstehen. Wieso ich mir beispielsweise die Mühe machte, mit so einem kleinen Scheißer wie ihm zu reden. Ich gab ihm eine Ohrfeige, ziemlich fest. Sie traf ihn genau an der richtigen Stelle. Er kam überhaupt nicht dazu zu reagieren. Er griff sich nicht einmal an die Wange. Er war starr vor Schreck. Seine Augen wurden feucht. Man konnte die Abdrücke meiner Finger auf seiner Wange sehen. Er wagte nicht, sich zu bewegen. Er stand da und schaute auf eine Stelle unter meinen Augen. Sein Kopf hing schief. Er wagte auch nicht, sich aufzurichten, sondern stand ganz still, wie eine schockstarre Kröte.

Ich ließ ihn eine Weile so stehen. Ich spreizte die Finger meiner rechten Hand. Wenn ich ihn noch einmal schlug, würde er anfangen zu heulen. Ich hob die Hand. Noch immer rührte er sich nicht. Eine Weile blieb ich mit erhobener Hand stehen und ließ meine Augen schmal werden. Ich rümpfte ein wenig die Nase, damit er sah, dass ich noch immer sauer war.

Dann rief ich Überbiss, der sich hinter ein paar Büschen versteckt hielt. Überbiss kam langsam auf uns zu. Er war einen halben Kopf kleiner als Lille Bjarne. Als Lille Bjarne ihn sah, fing er sofort an zu heulen.

»Ich habe ihm nichts getan«, flennte er.

Wir wussten, dass er log. Sie hänselten Überbiss wegen der Spange. Sie wollten nicht mit ihm spielen. Sie hatten ihm den Ranzen abgenommen und in eine Pfütze gelegt. Vorher hatten sie den Ranzen geöffnet, damit das Wasser hineinlaufen konnte. Als Überbiss nach Hause kam, waren sämtliche Bücher nass. Er hatte sie auf die Heizung gelegt und den Heizkörper aufgedreht. Die Bücher wellten sich. Es sah eigenartig aus. Er wurde von den Lehrern ausgeschimpft, aber wenn er petzte, würden sie es wieder tun. So waren die Regeln. Sie würden etwas noch Schlimmeres tun.

»Knall ihm eine«, forderte ich Überbiss auf.

Überbiss atmete immer hastiger. Er hatte einen knallroten Kopf. Er konnte nicht still stehen.

Ich sagte zu Lille Bjarne, er müsse jetzt mit Überbiss kämpfen. Ich würde mich nicht einmischen. Ich würde nur dafür sorgen, dass alles fair zuging.

»Das ist gemein«, schniefte Lille Bjarne.

Ich hob die Hand und ließ meine Augen wieder zu Schlitzen werden. Wie ein Stier sog ich die Luft durch die Nase ein. Ich war sicher, er konnte es hören.

»Es ist gerecht. Wir werden sehen, wer von euch der Stärkere ist, du oder Überbiss. Wir bringen das jetzt zu Ende.«

Überbiss hüpfte wie ein Boxer auf und ab. Er schlug Löcher in die Luft. Seine Augen waren kugelrund vor Aufregung.

Ich sagte zu Lille Bjarne, er solle die Jacke ausziehen, um besser zuschlagen zu können.

Er heulte, als er sich die Jacke auszog. Er zitterte vor Angst, als ich ihm befahl, sich die Ärmel aufzukrempeln. Er wusste, dass ich ihn verprügeln würde, wenn er Überbiss etwas tat. Überbiss wusste es auch. Er war wie entfesselt. Er sah aus wie ein richtiger Boxer. Er hatte beide Hände zu Fäusten geballt. Er wollte es nicht dabei belassen, nur ein paar Ohrfeigen auszuteilen.

Ich sagte: »Fangt an.«

»Noch nicht!«, schrie Lille Bjarne.

Überbiss boxte ihm sofort in den Magen, so dass er zu Boden ging. Er setzte sich auf ihn, klemmte Lille Bjarnes Kopf zwischen seine Schenkel und schlug ihm mit beiden Händen gleichzeitig ins Gesicht. Lille Bjarne lag auf dem Rücken, die Hände über dem Kopf. Er heulte. Er versuchte nicht, sich zu wehren. Er lag einfach nur da und ließ sich von Überbiss verprügeln. Es war ein merkwürdiger Anblick.

Ich ließ Überbiss Lille Bjarne verhauen, solange er Lust hatte. Schließlich hörte er auf. Er saß noch immer auf Lille Bjarne und hatte dessen Kopf zwischen seine Schenkel geklemmt. Lille Bjarne schützte sein Gesicht mit den Händen, aber wir sahen trotzdem, dass er aus der Nase blutete. Sein Gesicht war übel zugerichtet. Überbiss zog ihm die Hand weg und spuckte ihm zweimal ins Gesicht. Lille Bjarne wischte es nicht ab.

Dann stand Überbiss auf. Er boxte ein paar Mal in die Luft.

Ich nahm den Eimer mit den drei Rückenschwimmern und dem Blutegel und goss ihn über Lille Bjarne aus. Er lag im Schlamm und heulte.

Überbiss hüpfte noch immer herum.

Ich trat Lille Bjarne in den Hintern und erklärte, wir seien noch nicht fertig mit ihm. Dann drehten wir uns um und gingen nach Hause. Wir fühlten uns wie zwei Sieger. Ein paar kleinere Jungen hatten uns beobachtet. Sie flohen, als wir näher kamen. Wir verbreiteten Angst und Schrecken.

Ich klopfte Überbiss auf die Schulter und sagte, das hätte er gut hingekriegt. Überbiss strahlte.

»Und morgen finden wir die Zwillinge«, fügte ich hinzu.

Überbiss nickte.

Am nächsten Tag wollte er nicht mit. Er saß in seinem Zimmer, als ich von der Schule nach Hause kam. Er las Micky-Maus-Hefte und hob nicht einmal den Kopf, als ich ins Zimmer trat. Ich war eigentlich ziemlich versessen darauf, die Zwillinge zu verprügeln.

»Ist irgendwas passiert?«

Überbiss schüttelte den Kopf.

»Was haben sie gemacht?«

»Ich lese«, fauchte Überbiss mich an.

Ich nahm ihm das Micky-Maus-Heft weg und riss die Seite heraus, die er gerade las. Er hatte geweint. Ich zerknüllte die Seite und stopfte sie mir in den Mund. Normalerweise müsste er jetzt lachen. Er tat es nicht. Auf seinen Wangen zeichneten sich lange Streifen ab.

Ich tat so, als würde ich die Papierkugel schlucken und ersticken. Ich ließ mich zu Boden fallen und zappelte mit Armen und Beinen, wobei ich merkwürdige Geräusche von mir gab. Aber er reagierte nicht. Dann stand ich wieder auf, zog mir die Papierkugel aus dem Mund und warf sie ihm an die Stirn.

»Spasti!«, sagte ich.

Der Geburtstag

Unsere Eltern gaben sich beim Geburtstag des Spastis wesentlich größere Mühe als normalerweise. Sie kauften tollere Geschenke. Uns wurden mit Wasser Seitenscheitel gezogen. Wir sahen aus wie artige Jungs aus alten Filmen.

Mutter begleitete uns. Es war ein Sonntag. Überbiss durfte die Spange abnehmen. Er war glücklich. Wir brachten ein Geschenk von uns beiden mit. Die Auswahl war uns nicht leicht gefallen.

»Wie wäre es mit einem Kran?«, hatte Mutter vorgeschlagen.

»Er kann mit einem Kran nicht spielen, er kann seine Arme nicht benutzen«, entgegnete ich.

»Oder einem Buch?«

»Er kann kein Buch umblättern.«

»Aber sein Vater oder seine Mutter können ihm doch vorlesen?«

»Und wenn sie dazu keine Lust haben?«

»Natürlich haben sie Lust dazu.«

Ich schlug vor, ein paar Kassetten zu kaufen. »Gute Idee«, sagte Mutter und kaufte zwei.

Vater schlief auf dem Sofa, als wir mit den Kassetten nach Hause kamen. Er hatte keine Süßigkeiten in den

Taschen. Er sah müde aus. Ich setzte mich zu ihm. Er rückte auf dem Sofa ein Stück zur Seite, und ich erzählte ihm von meinen Tafeln mit den Ameisen. Er nickte. Ich sah ihm an, dass er nicht zuhörte.

»Die Königin kann zwanzig Jahre leben«, erklärte ich.

»Eine Arbeiterin stirbt, wenn sie ein Jahr gelebt hat.«

Er schaute woandershin.

»Sie kitzeln Blattläuse unter dem Bauch, bis ihnen Zucker aus dem Arsch kommt.«

»Leben die von Scheiße?«, fragte Überbiss.

»Idiot«, sagte ich.

»Redet anständig«, ermahnte uns Mutter.

»Sie transportieren die Zuckerstoffe in ihre unterirdischen Höhlen. Einzelne südamerikanische Ameisenarten stopfen sie ins Maul von speziell entwickelten Arbeitsameisen mit aufgeblähten Unterkörpern.« Das stand auf meiner Tafel, ich konnte es auswendig, obwohl die Tafel voller Schreibfehler war – das jedenfalls hatte mein Dänischlehrer gesagt.

»Die Ameisen funktionieren als lebende Vorratsbehälter. Ihre einzige Funktion ist es, der Gemeinschaft zu dienen.«

Er zeigte keinerlei Interesse.

»Der Spasti kann sprechen«, sagte ich.

Vater schaute mich an.

»Natürlich kann er sprechen«, sagte Mutter.

»Er kann Scheiße sagen.«

»Habe ich nicht gesagt, dass du anständig reden sollst?«

»Er kann Scheiße sagen, weil jemand Scheiße in ihren Garten wirft.«

»Das ist ja schrecklich«, sagte Mutter.

»Menschenkacke«, sagte ich.

»Weißt du, wer so was macht?«, erkundigte sich Vater. Jetzt hatte ich seine Aufmerksamkeit. Ich zuckte die Achseln. Aber ich wusste nicht, was ich sagen sollte, um ihn fröhlicher zu stimmen. Nur Sachen, die ihn noch mürrischer werden lassen würden.

»Die Soldaten des Ameisenheeres sind viermal so groß wie gewöhnliche Arbeiterinnen«, sagte ich. »Das ist wissenschaftlich erwiesen.«

Vater drehte mir den Rücken zu und tat so, als würde er schlafen. Er furzte, als er sich umdrehte. Überbiss hielt sich die Nase zu. Er ging zu Vater und machte Furzgeräusche an seinem Ohr. Vater schlug nach ihm. Überbiss gelang es, der Hand auszuweichen, und gab weiterhin Furzlaute von sich.

Vater brummte irritiert.

Überbiss zog eine Amselfeder heraus und fing an, Vater im Ohr zu kitzeln. Er hatte sie auf dem Parkplatz gefunden.

Ich raunte ihm ins Ohr, er solle ein Glas Wasser holen. Überbiss verschwand in der Küche und kam mit dem Wasser zurück. Er hatte nicht begriffen, dass Vater schlechte Laune hatte.

»Gieß es ihm in den Nacken«, flüsterte ich.

Doch bevor Überbiss das Glas ausschütten konnte, drehte Vater sich um. Er nahm ihm das Wasserglas ab und warf Überbiss in die Luft. Er packte ihn und klemmte ihn unter seinen Schenkel.

Überbiss quietschte vor Vergnügen. Vater hätte eigentlich sauer sein müssen. Seltsamerweise war er es nicht. Ich hatte damit gerechnet, dass er Überbiss auf sein Zimmer schickte, statt mit ihm zu spielen.

Ich ging auf die Toilette und las über Ameisen.

Die Erwachsenen verhielten sich dem Spasti gegenüber anders. Sie wollten gern mit ihm reden, nahmen sich aber nicht die Zeit, auf seine Antworten zu warten. Stattdessen rieten sie. Sie legte ihm ihre eigenen Worte in den Mund, obwohl seine Arme zappelten und sein Körper protestierte. Sie rieten fast immer falsch. Es war unglaublich, dass ein Junge so langsam sein konnte.

Dafür konnte er sehr gut krakeelen. Er saß in seinem Rollstuhl und lärmte, während wir in einer Reihe standen, um unsere Geschenke abzuliefern. Nur wir aus dem Paradiesgarten waren eingeladen. Der Spasti konnte die Geschenke nicht selbst auspacken, darum nahm seine Mutter sie entgegen und legte sie auf einen Tisch. Sie würde jetzt ein paar auspacken und den Rest später, sagte sie. Und jedes Mal, wenn sie ein neues Geschenk auspackte, krakeelte er.

Sein Vater übersetzte: »Er sagt, so etwas hätte er sich schon immer gewünscht.«

Wir wussten genau, dass der Spasti reden konnte wie wir. Man vergaß es nur so leicht.

Jedes Mal, wenn seine Mutter ein neues Geschenk

auspackte, stieg die Spannung. Und besonders spannend war es, weil ich noch ein zweites Geschenk mitgebracht hatte. Erst wollte ich es irgendwo im Haus verstecken, aber als wir das Wohnzimmer betraten, war ich verwirrt und legte es hastig unter ein paar Zeitungen auf einem flachen Tisch neben dem Sofa. Mein Herz klopfte. Nur Frank wusste von meinem heimlichen Geschenk.

»Sag schon, was ist es?«, flüsterte er mir ununterbrochen zu.

Ich wollte es nicht erzählen. Ich bereute ein bisschen, es mitgenommen zu haben, als ich sah, wie vornehm hier alles war. Doch jetzt ließ es sich nicht wieder aus dem Haus schaffen.

Der Spasti bekam eine Menge Geschenke, die er nicht brauchen konnte. Einen Trecker. Ein Puzzlespiel. Ein Pling-Plong-Spiel. Das konnte er nun gar nicht gebrauchen. Er bekam einen Fußball. Und einen Pistolengurt. Den Pistolengurt konnte er schon anlegen, aber die Pistolen nicht herausziehen. Er war ganz verrückt nach dem Gurt und wollte ihn gar nicht wieder ablegen. Es waren total doofe Geschenke für einen Spasti, aber ihm schien es egal zu sein, dass er sie nicht brauchen konnte. Er war einfach glücklich, dass er sie geschenkt bekommen hatte.

»Und nun lasst uns zu Tisch gehen!«, rief sein Vater. Das Geschenk lag noch immer ungeöffnet unter den Zeitungen auf dem kleinen Tisch.

Auf dem Weg zum Kaffeetisch stellte Olsenbande-Kjeld Jens ein Bein. Nur so aus Spaß.

»Pass auf die Torte auf«, sagte Jens, als er aufstand.

»Wieso?«

»Man wird fett davon.«

»Onkel«, flüsterte Olsenbande-Kjeld und versuchte, mit der Zunge seine eigene Nasenspitze abzulecken.

Jens bekam einen roten Kopf. Gleich würde er ausrasten. Wir guckten ihn gespannt an. Sie würden sich prügeln, trotz der Erwachsenen.

»Onkel, Onkel«, wiederholte Olsenbande-Kjeld. Er ging ganz nah an Jens heran und schubste ihn mit dem Oberkörper.

Jens pumpte sich auf und schob wie ein Schimpanse die Arme auseinander. Er sog Luft durch die Nase ein. Er ballte die Fäuste und ließ seine Augen schmal werden.

Der Vater des Spastis kam zu ihnen und legte ihnen die Arme um die Schultern.

»Nun setzt euch«, sagte er.

Sie setzten sich.

»Deine Mutter kann nicht Fahrrad fahren«, sagte Jens. Das stimmte. Olsenbande-Kjeld hatte mal versucht, es ihr beizubringen.

»Onkel Hängeschwanz«, gab Olsenbande-Kjeld zurück.

Jens' ältere Schwester hatte ein Baby. Darum nannte Olsenbande-Kjeld ihn »Onkel«. Jens' große Schwester ging auf unsere Schule, als sie schwanger wurde. Nach der Geburt kam sie mit ihrem Baby in die Schule, um es ihren alten Klassenkameraden zu zeigen. Jens war davongerannt und hatte sich im Gruppenraum versteckt. Er hatte die Tür abgeschlossen und weigerte sich herauszukommen, obwohl wir klopften. Schließlich schloss Der Bart, unser Mathematiklehrer, auf. Er sagte, wir sollten uns auf unsere Plätze setzen, aber wir liefen ihm in den Gruppenraum nach. Jens ließ sich nicht blicken. Allerdings gab es im Gruppenraum eine große Kiste mit Klamotten zum Verkleiden. Der Bart machte die Kiste auf – und Jens lag darin. Er hatte die Augen geschlossen und weigerte sich, sie zu öffnen.

»Was ist das denn für eine Art, sich zu benehmen?«, fuhr Der Bart ihn an. »Es gibt nichts, wofür du dich schämen müsstest!«

Er verlangte, dass Jens seine große Schwester begrüßte. Jens rührte sich nicht. Der Bart bückte sich und hob ihn wie ein Baby aus der Kiste. Jens machte sich schwer, seine Augen blieben geschlossen. Der Bart trug ihn aus dem Gruppenraum ins Klassenzimmer. Er sagte ihm eine Menge Dinge, ziemlich laut. Er sagte, Jens sollte dazu stehen, wer er sei. Er sagte, seine große Schwester brauche jetzt seine Unterstützung. Er sagte, Jens solle aufhören, sich wie ein verzogener Bengel aufzuführen. Er sagte, er solle seine Augen aufmachen.

Am Ende öffnete Jens die Augen. Der Bart stellte ihn auf den Boden und schob ihn vorsichtig in Richtung Flur. Er lächelte uns anderen zu. Als Jens endlich auf den Flur kam, war seine große Schwester nach Hause gegangen.

Der Bart seufzte.

»Hornochse«, sagte er.

Jens konnte das Baby nicht ausstehen. Er rannte davon, wenn er seine Mutter oder die große Schwester mit dem Kinderwagen sah. Er nannte es »Wichsfleck« und sagte, es hätte nie zur Welt kommen dürfen.

Wir überredeten Jens eines Tages, seiner großen Schwester etwas nachzurufen. Er schrie so laut, dass sie es unmöglich überhören konnte.

»Wichsfleck!«

Sie drehte sich nicht um. Sie reagierte überhaupt nicht, sondern ging mit ihrem Kinderwagen einfach weiter. Ihr Gesicht konnten wir nicht sehen. Es passierte am Supermarkt. Sie hatte Windeln gekauft und ging gerade nach Hause.

»Wichsfleck, Wichsfleck, Wichsfleck!«, brüllte Jens.

Es dauerte ungefähr zehn Minuten vom Supermarkt bis zum Haus von Jens' Familie. Elf Minuten später erschien ihr Vater in seinem orangefarbenen Lada mit den roten Rostflecken. Er fuhr neben uns und trat auf die Bremse. Die Reifen quietschten. Er krabbelte über den Beifahrersitz, weil die Tür auf der Fahrerseite nicht funktionierte, und kletterte mit den Armen zuerst aus dem Auto. Er trug einen blauen Trainingsanzug, hatte einen roten Kopf und sagte kein Wort. Jens steckte in Schwierigkeiten. Wir keuchten vor Spannung. Er packte Jens am Arm und schleppte ihn zum Auto. Jens wehrte sich. Er fing an zu heulen. Sein Vater hob ihn mit einem Arm hoch und warf ihn wie einen Sack Kartoffeln auf den Rücksitz. Dann krabbelte er wieder über den Beifahrersitz und setzte sich ans Steuer. Er gab Gas, und die Reifen quietschten, als er wendete. Den Rest des Wochenendes sahen wir Jens nicht mehr, aber er nannte das Baby nie wieder Wichsfleck.

Die Mutter des Spastis war sofort bei ihnen. Sie hatte gesehen, wie Jens Olsenbande-Kjeld Sahnetorte an den Kopf warf, und zog ihn am Ohr.

»Bei uns schmeißt man nicht mit Torte!«, schrie sie ihn an.

Olsenbande-Kjeld wischte sich hastig die Schlagsahne von der Wange. Seine Augen strahlten vor Erleichterung. Sie hatte ihn nicht »Onkel Hängeschwanz« sagen hören.

Wir sahen Jens an, dass es wehtat. Sie zog ihn mit sich in die Küche, jetzt musste er dort draußen seine Schokolade allein trinken.

Wir grinsten. Das war souverän. Die Mutter des Spastis hatte Haare auf den Zähnen. Nicht wie der Vater, der uns auf die Schultern klopfte, lächelte und uns die Hand gab. Sie würde in der Küche über Jens herfallen. Ihre Fingernägel waren rot lackiert. Sie würde ihn böse anstarren, bis er anfing zu heulen.

»Hör auf, so zu schreien«, sagte sie zu dem Spasti, als sie ohne Jens zurück an den Tisch kam. »Wie du sabberst«, fügte sie hinzu und wischte ihm den Mund mit einem Küchentuch ab, bevor sie sich setzte. Sie wischte fester, als es nötig gewesen wäre. Dem Spasti war es egal. Er krakeelte noch lauter und warf eine Tasse um. Schokolade lief über die Tischdecke, und sofort sprang sie wieder auf, weil sie Angst hatte, die Schokolade könnte ihr in den Schoß tropfen. Sie trug ein dunkelblaues Kleid und hautfarbene Strumpfhosen. Die Haare ihrer Beine stachen durch die Nylonstrümpfe. Brillen-Bo bemerkte es als Erster. Wir dachten, sie würde den Spasti ausschimpfen wegen der Schokolade, aber sie lächelte nur gequält. Mir fiel auf, dass sie in der Wohnung Schuhe trug. Uns hatte sie gebeten, die Schuhe auszuziehen.

»Kannst du nicht einen Augenblick warten?«, fragte sie.

Der Spasti musste pinkeln. Er zappelte mit Armen und Beinen. Ein Zucken zog seinen Kopf an die Schultern. Ein weiterer Stoß ließ den linken Arm in einer plötzlichen Explosion über den Kopf schießen. Er traf seine Mutter an der Schulter. Er tat es nicht mit Absicht, er konnte bloß seine Arme nicht kontrollieren. Dreimal am Tag musste er Medikamente nehmen, um seinen Körper besser unter Kontrolle zu bekommen; allerdings halfen sie nicht besonders.

Sie fuhr ihn ins Badezimmer. Schwellen gab es in ihrem Haus nicht. Nur eine kleine Rampe, über die man den Rollstuhl rollen konnte, wenn der Spasti auf die Toilette musste. Aber wenn der Rollstuhl im Badezimmer stand, ließ sich die Tür nicht mehr ordentlich schließen. Sie musste die Tür einen Spalt aufstehen lassen.

Wir dachten alle dasselbe. Sie würde seinen Pimmel anfassen. Er konnte ihn nicht selbst rausholen. Wir hielten es nicht für möglich. Es musste andere Möglichkeiten geben. Wir schickten Überbiss los, um es zu beobachten. Er wollte nicht. Wir drohten ihm mit Prügel, wenn er nicht hinterherging.

Er blieb lange weg.

»Er pinkelt in eine Flasche«, berichtete Überbiss leise, als er zurückkam.

Wieso in eine Flasche? Warum nicht in die Toilette wie alle anderen? Natürlich konnte er nicht im Stehen pinkeln wie wir. Aber er könnte sich doch hinsetzen und wie ein Mädchen pinkeln. Wir drängten uns im Flur zusammen.

»Trinken sie es?«, fragte Franks kleiner Bruder. Frank versetzte ihm einen Schlag.

»Wie hat sie seinen Pillermann in die Flasche gekriegt?«, wollte Olsenbande-Kjeld wissen.

»Sie hat den Reißverschluss aufgezogen und ihn rausgeholt. Er hat ›Au‹ gesagt, als sie es gemacht hat. Und dann hat sie ihn in die Flasche gesteckt und den Spasti pinkeln lassen«, erzählte Überbiss.

»Hat sie seinen Pimmel die ganze Zeit festgehalten?«, fragte Frank.

Überbiss nickte.

»War er steif?«, fragte Brillen-Bo.

Überbiss schüttelte den Kopf. »Das konnte ich nicht erkennen.«

Wir sahen es vor uns. Sie hatte rote Fingernägel. Sie

hat ihn in den Schwanz gekniffen. Warum hätte er sonst »Au« sagen sollen? Es war absolut unglaublich.

»Was hat sie hinterher mit der Flasche gemacht?«, erkundigte sich Frank.

»Im Klo ausgeschüttet.«

Der Spasti kam mit seiner Mutter aus dem Badezimmer. Ich ließ die anderen im Flur stehen und lief ins Wohnzimmer zu dem kleinen Tisch mit den Zeitungen. Auf dem Gabentisch lagen noch immer einige ungeöffnete Päckchen, aber mein Geschenk konnte ich zwischen den Zeitungen nicht finden. Seltsam. Mir ging Franks Vater und das Geräusch des toten Fischs durch den Kopf; dann fand ich es endlich und versuchte, es mir unters Hemd zu stopfen. Es war zu eng. Es war mein einziges Hemd, und ich konnte es nicht leiden – ich hasste es, so herausgeputzt zu sein. Ich mochte es auch nicht, wenn mir das Haar mit Wasser gekämmt wurde. Wie bei einer Puppe, mit der jemand spielt. Als würde man jemand anders gehören, so wie der Spasti seiner Mutter. Es wäre eine Katastrophe, wenn sie das Geschenk auspackte. Sie würde es nur an ihm auslassen. Blöd, dass ich nicht vorher daran gedacht hatte.

Ich konnte das Geschenk nicht unters Hemd stecken. Das Blut pochte in meinen Fingerspitzen. Ich zog den Hosenschlitz auf, um das Geschenk in meiner Unterhose zu verstecken. Es musste die Unterhose sein. Wenn ich es einfach in die Hose gesteckt hätte, wäre es durch ein Hosenbein herausgefallen.

»Was machst du da eigentlich?«, hörte ich sie plötzlich fragen. Sie stand mit dem Spasti in der Tür, die anderen steckten hinter ihr die Köpfe herein. Sie verschränkte die Arme vor der Brust.

»Sag mal«, fuhr sie fort, »… stiehlst du etwa?«

»Das ist mein Geschenk«, brachte ich stammelnd heraus und stopfte es so tief wie möglich in meine Unterhose.

Der Spasti stieß ein Heulen aus. Sein Vater drückte sich an den anderen vorbei und kam ins Wohnzimmer. Die Jungs folgten. Sie warf ihrem Mann einen Blick zu, als wäre es seine Schuld.

»Es war eine lächerliche Idee«, fauchte sie. »Das habe ich ja die ganze Zeit gesagt.«

Der Vater des Spastis seufzte sehr tief. Ich stand regungslos da und wusste nicht, von welcher Idee sie redete. Meinte sie *meine* Idee? Wusste sie, was in dem Päckchen war? Das konnte nicht sein. Es musste sich um etwas anderes handeln. Vermutlich sprach sie von der Geburtstagsfeier.

Sie kam auf mich zu. Sie rollte mit den Augen, als würde sie allmählich wahnsinnig, aber sie tat es absichtlich, sie tat so als ob. Der Spasti heulte noch lauter als vorher. Seine Arme tanzten wie Trommelstöcke über dem Kopf. Er saß in seinem Rollstuhl und versperrte die Tür. Er schrie so laut, dass Überbiss sich die Ohren zuhielt. Ich wusste nicht, ob er lachte oder weinte. Wenn der Vater des Spastis seiner rasenden Frau geholfen hätte, hätten sie mich ganz leicht einfangen können, aber das tat er nicht.

Erst ging ich, dann rannte ich. Die Mutter des Spastis rannte auch, immer wieder um den Esstisch herum. Schließlich sprang ich über den Couchtisch und versuchte, durch die Terrassentür zu entwischen. Ich bekam sie nicht auf. Ich drehte mich um, lief ihr zwischen die Beine, krabbelte unter den Esstisch und versteckte mich dort.

»Kommst du wohl sofort heraus!«, schrie sie und bückte sich.

Ihr Gesicht stand auf dem Kopf. Die Adern an der Stirn schwollen groß und deutlich an. Ihr Haar stand ab. Sie sah unheimlich aus. Sie wollte mich vor allen anderen zum Weinen bringen.

Sie bekam ein Bein zu fassen und zog mich heraus. Ich schloss die Augen und wehrte mich.

Sie fasste mich in die kurzen Haare hinter meinen Ohren und zerrte mich auf die Beine.

»Gib das Geschenk her!«

»Dur get niet durdar«, stammelte ich.

Sie wies auf die Beule in meiner Hose. Mit einem der Finger, die gerade den Pimmel des Spastis berührt haben mussten. Ich knöpfte die Hose auf und zog das Geschenk heraus.

Sie sagte »Danke« und zog mich in die Küche zu Jens; ihre Finger hatte sie noch immer in meinen Haaren. Ich war froh, dass sie das Geschenk nicht sofort aufgemacht hatte.

»Du bleibst jetzt hier«, erklärte sie. »Ich rufe deine Mutter an, damit sie dich abholen kommt.«

Jens fing an zu lachen, aber nicht, weil er es lustig fand.

»Ich werde auch deine Mutter anrufen«, sagte sie zu ihm. »So ein Benehmen ist ganz einfach unmöglich!«

Als sie verschwunden war, sprang ich vom Stuhl, lief in die Waschküche, griff mir aus dem Haufen Schuhe meine Turnschuhe und rannte aus der Tür. Ich rannte, so schnell ich konnte. Erst durch Paradiesgarten, dann über die Wiese hinter dem Parkplatz bis hinunter zum Moor.

In einiger Entfernung sah ich einen Moment Stiernacken hinter ein paar Büschen. Irgendjemand schrie. Vielleicht verprügelte er gerade jemanden. Meine Socken waren nass. Ich zog meine Schuhe an und lief weiter ins Moor. Ich hatte keine Lust zurückzugehen. Am liebsten wäre ich immer weitergelaufen. Ich wünschte, das Moor wäre unendlich groß, aber auf der einen Seite lagen die Kläranlage und die Textilfabrik und auf der anderen die Fußballplätze und Felder. Natürlich hätte ich durch ein Loch im Stacheldrahtzaun der Kläranlage klettern und dort weiterlaufen können, aber das war nicht dasselbe. Irgendjemand würde mich finden, auch dort.

Es war beinahe dunkel, als ich zum Paradiesgarten zurückkehrte. Brillen-Bo und Olsenbande-Kjeld spielten noch draußen.

»Woher hattest du es?« Sie nahmen sich das Wort aus dem Mund.

«Hab's im Moor gefunden.« Ich wollte ihnen nicht

von Franks Vater erzählen. »Wir haben doch drüber geredet, wir wollten ihm eins schenken.«

»Wetten, dass er's nicht behalten darf?«, sagte Brillen-Bo und hüpfte auf der Stelle. »Sie schmeißt es garantiert weg.«

»Sie ist total durchgedreht«, berichtete Olsenbande-Kjeld und fuchtelte mit den Armen.

»Sie hat die Nase gerümpft, als wär's 'n Stück Scheiße oder so was. Als ob es stinken würde!«, rief Brillen-Bo.

»Sie hat uns allesamt rausgeschmissen.«

In den nächsten Tagen hätten viele gern gewusst, was sie mit dem Pornoheft gemacht hatte. Einige wühlten sogar im Mülleimer, um es zu finden. Mehrmals. Vielleicht dachte die Mutter des Spastis, sie würde wieder terrorisiert, aber es ging nur darum, das Pornoheft zu finden. Es hörte schnell wieder auf.

Sie hatte den Vater des Spastis beschimpft. Sie hatte gesagt, der Geburtstag wäre eine lächerliche Idee gewesen. Aber nie wieder hat jemand Scheiße in ihren Garten geschmissen.

Die Zwillinge

Wir stießen an der Kläranlage auf die Zwillinge. Ein Stacheldrahtzaun umgab die ganze Anlage, aber die Kinder aus dem Viertel hatten ihn an mehreren Stellen aufgeschnitten; inzwischen war er löchrig wie ein Sieb. Die Luft um die Anlage roch nach faulen Eiern, und wenn der Wind aus einer bestimmten Richtung kam, trieb der Gestank hinüber zum Paradiesgarten. Besonders hart traf es Brillen-Bos Familie, weil ihre Fenster direkt zur Kläranlage hinausgingen. Weil alles nach faulen Eiern stank, war sein Vater so wütend, dass er eine Unterschriftensammlung organisierte. Er verlangte die Schließung der Anlage. Er brachte uns dazu, einen ganzen Tag mit Transparenten, die er selbst gemalt hatte, vor dem Eingangstor zu stehen. Aber der Gemeinde war es egal. Ein Reporter der Wochenzeitung fotografierte Brillen-Bo und seinen Vater. Sie kamen in die Zeitung. Brillen-Bo schnitt das Foto aus und klebte es in sein Federmäppchen. Er zeigte es wirklich jedem. Wir konnten es schließlich nicht mehr sehen und malten beiden einen Schnurrbart, als er auf dem Klo war. Brillen-Bo tobte. Er wollte wissen, wer es gewesen war. Wir sagten, wir alle zusammen. Er versuchte, die Bärte mit einem Radiergummi wegzuradieren. Er radierte ein Loch ins Papier.

»Jetzt seht euch das an!«, schrie er.

»Ist deine eigene Schuld«, sagte Frank.

Brillen-Bo begann am ganzen Körper zu zittern. Er wollte denjenigen verprügeln, der es getan hatte. Er ging auf Frank zu und packte ihn am Kragen.

Frank lächelte nur.

Brillen-Bo schlug ihm in den Bauch, aber Frank hatte die Bauchmuskeln angespannt, so dass nichts passierte. Nun hatte Frank das Recht, sich zu revanchieren. So waren die Regeln. Er schlug zu, und Brillen-Bo spannte seine Bauchmuskeln nicht an. Er klappte zusammen.

Frank ging zu Brillen-Bos Tisch und riss den Zeitungsausschnitt aus dem Federmäppchen. Er riss ihn ein paar Mal mittendurch. Dann knüllte er die Fetzen zusammen und warf sie in den Papierkorb. Als Brillen-Bo wieder zu Atem kam, fing er an zu heulen.

»Wir hatten abgemacht, den beiden Bärte anzumalen«, sagte Jens. »Aber nicht, den Ausschnitt zu zerreißen.«

»Ach, halt die Klappe!«, erwiderte Frank.

»Was wäre wohl, wenn jemand einen Zeitungsausschnitt von dir und deinem Vater zerrissen hätte?«, fragte Olsenbande-Kjeld.

»Hätte ich einen Zeitungsausschnitt von mir und meinem Vater, würde ich ihn selbst zerreißen.«

Frank setzte sich.

Am nächsten Tag klebte ein neuer Ausschnitt in Brillen-Bos Federmäppchen. Er hatte uns angeschmiert. Er besaß zu Hause mindestens zwanzig Exemplare der

Zeitung. Wir malten auch auf den neuen Ausschnitt Bärte, aber Brillen-Bo beschwerte sich nicht einmal. Er fand, er sähe älter aus mit einem Schnauzbart.

»Wenn ich erwachsen bin, werde ich mir genau so einen Bart stehen lassen«, erklärte er und zeigte darauf.

Brillen-Bos Vater hatte dem Reporter gesagt, nicht nur im Paradiesgarten und der ganzen Umgebung wäre der Gestank schlimmer als ein Misthaufen und ein Müllplatz zusammen, die Kläranlage verunreinige darüber hinaus auch den Bach. Und das Wasser des Baches würde ins Moor fließen und so auch das Moor verschmutzen: Die Frösche starben und die Fische verschwanden. Der Bach lief danach in den Fjord, der Fjord mündete im Meer, und das Meer grenzte an die Weltmeere. So hing alles zusammen.

Wenn ein Fischer auf Hawaii einen kranken Schwertfisch fing und seine Kinder jedes Mal kotzen mussten, wenn sie davon aßen, lag das an unserer Kläranlage.

Das klang richtig, obwohl es gelogen war. Es gab jede Menge Frösche im Moor. Wir diskutierten, wer es ihm sagen sollte. Wir trauten uns schon, Brillen-Bos Vater so etwas zu sagen. Wir trauten uns auch, mit Olsenbande-Kjelds Vater zu reden. Bei Franks Vater trauten wir uns nicht. Auch bei Jens' Vater trauten wir uns, aber der wollte nicht mit uns reden.

Ich sollte es Brillen-Bos Vater sagen. Wir hatten gelost. Ich stellte mich vor ihn. Er saß am Küchentisch und las Zeitung.

»Es gibt jede Menge Frösche im Moor. Die sind nicht tot.«

Er sah mich an.

»Man kann mindestens zehn in einer Stunde fangen. Manchmal sogar noch mehr.«

Brillen-Bos Vater schaute mich noch immer durch seine dicke Brille an. Er hatte einen Vollbart und trug blaue Cordhosen und dicke Pullover. Er hatte immer dieselben fußgerecht geformten Schuhe an. Sie hatten Löcher, aber das war ihm egal. Er sagte, es wären Luftlöcher. Vater wäre nie auf die Idee gekommen, solche Schuhe anzuziehen. Ein Mann, der Schnürsenkel verkauft, kann keine Löcher in den Schuhen haben.

Brillen-Bos Vater lächelte. Soweit ich es beurteilen konnte, war es ihm peinlich, bei einer Lüge ertappt worden zu sein. Er hatte alles Mögliche über das Moor gesagt, nur um den Gestank von faulen Eiern loszuwerden. Mein Herz klopfte.

Aber er erfand eine noch größere Lügengeschichte. Er sagte, das Wasser der Kläranlage würde die Frösche krank werden lassen. Die männlichen Frösche würden Scheiden entwickeln und die weiblichen Frösche Penisse. Sie wüssten nicht mehr, wie sie miteinander vögeln sollten, und es kämen keine Jungen mehr.

»Es gibt doch massenhaft Kaulquappen«, wandte ich ein.

Er sagte, die Kaulquappen wären auch krank. Er sagte, die wenigen richtigen männlichen Frösche, die noch da waren, würden sich gegenseitig vergewaltigen.

Sie könnten sich überhaupt nicht mehr zurechtfinden. Er sagte, das alles läge nur an der Kläranlage und der Scheißtextilfabrik.

»Meine Mutter arbeitet in der Textilfabrik.«

»Dann weiß sie ja genau, wovon ich rede«, erwiderte Brillen-Bos Vater.

Die Textilfabrik lag einen Kilometer von der Kläranlage entfernt und hatte ein unterirdisches Rohr, durch das ihr Abwasser floss.

»In dem Wasser, das in den Bach läuft, findest du so ziemlich alle Farben des Regenbogens«, sagte Brillen-Bos Vater.

Das war allerdings richtig. In den Bach lief rotes Wasser, wenn sie in der Fabrik rote Textilien produzierten. Und blaues Wasser, wenn die Textilien blau gefärbt wurden.

»Von den Farben wird niemand krank«, sagte ich. »Die sind total sauber.«

Das hatte Mutter gesagt.

Brillen-Bos Vater lächelte resignierend.

Ich erklärte den anderen, er wäre ein großer Lügner.

»Ist er nicht!«, protestierte Brillen-Bo. »Er arbeitet darüber. Er liest eine Menge Bücher.«

»Scheißbücher«, sagte Jens.

»Er liest Pornohefte darüber«, sagte Olsenbande-Kjeld. »Und sieht überall Mösen und Schwänze.«

»Du hältst besser die Schnauze«, erwiderte Brillen-Bo. »Deine Mutter kann doch nicht mal Fahrrad fahren.«

»Ich bin dabei, es ihr beizubringen«, sagte Olsenbande-Kjeld und lächelte breit. »Ich kriege von meinem Vater unseren alten Fernseher, wenn sie's gelernt hat.«

Die Kläranlage bestand aus vielen runden Betonbassins mit stinkendem Wasser. In einigen Becken lagen nur Steine. Andere waren voller Schlamm.

Die Beckenränder waren so breit, dass man darauf sitzen konnte. Frank und ich hatten mal an einem Becken gesessen, in dem nur Steine lagen. Es stank nicht so schlimm wie die anderen. Wir kletterten immer auf die Becken und setzten uns auf den Rand. Manchmal kamen die Angestellten angelaufen. Es war gefährlich, dort zu sitzen. Man konnte hineinfallen und ertrinken. Aber es ging darum, so lange wie möglich auf dem Rand sitzen zu bleiben, bis die Angestellten ganz nah waren. Es musste fürchterlich sein, in der Pisse und Scheiße anderer Leute zu ertrinken.

Wenn wir geschnappt wurden, schleppten sie uns in den Kontrollraum und riefen die Eltern an. Wenn die Eltern nicht zu Hause waren, konnte es eine Ewigkeit dauern, bevor man abgeholt wurde. Wir durften nicht pinkeln, wenn wir dort drinnen saßen. Wir bekamen auch nichts zu trinken. »Daran hättest du früher denken sollen«, sagten sie, wenn man sie bat, auf die Toilette gehen zu dürfen. Olsenbande-Kjeld hatte sich dabei mal in die Hose gepinkelt. Seine Mutter wollte ihn nicht abholen. Sie sagte nur, Olsenbande-Kjelds Vater würde kommen, sobald er Feierabend hatte.

Die Zwillinge kletterten gerade durch ein Loch im Zaun, als wir ihnen begegneten. Sie gingen in die Klasse unter uns. Beide waren sehr dünn. Einige von uns nannten sie »die Schnaken«.

Ich flüsterte Frank zu, dass ich den Zwillingen noch Prügel schuldete. Wir standen dicht beieinander, als ich es ihm sagte. Er hielt mich am Arm, und ich spürte einen zustimmenden Kniff. Seine Fingernägel waren schwarz. Er lächelte.

»Wollt ihr ein Geheimnis sehen?«, fragte er.

Sie nickten. Wir sahen ihnen an, dass sie nur ungern mitgehen wollten. Sie kamen nur mit, um uns keinen Anlass zu liefern, sie zu verprügeln. Ein Geheimnis nicht sehen zu wollen, war eine Aufforderung, Prügel zu beziehen.

Die Zwillinge hatten beide dunkles, lockiges Haar, das nach oben zu wachsen schien anstatt herabzufallen.

Der einzige Unterschied zwischen ihnen war der ein wenig herabhängende Mundwinkel bei einem der beiden, wie bei einem Spasti. Dem anderen fehlte nichts. Er war nur unglaublich dürr.

»Was wollt ihr uns denn zeigen?«, fragte der eine nervös.

Ihre Wangen wurden rot, aber das war nichts im Vergleich dazu, wie sie aussehen würden, wenn wir mit ihnen fertig waren.

Ich hätte ebenso gut einen spannenden Film sehen können: Mein Herz klopfte, und ich hörte das Blut in meinen Ohren rauschen.

»Ein Geheimnis, Idiot«, antwortete Frank und schubste ihn.

Wir standen in einem großen Gebüsch. Es bestand überwiegend aus Holundersträuchern und wilden Rosen. Ein Pfad führte durchs Gebüsch zu dem offenen Gelände um die Bassins. Das Gestrüpp umgab uns, es wuchs auch über unseren Köpfen. Der Weg teilte sich in mehrere kleinere Pfade, die in alle Richtungen wiesen. Einige von ihnen endeten blind. Andere führten aus dem Gebüsch heraus zu anderen Wegen.

Es war ein Labyrinth. Am Ende der Sackgassen lagen manchmal benutzte Kondome.

Die Zwillinge wollten nicht weitergehen. Sie waren jetzt ausgesprochen nervös. Ich hörte sie miteinander tuscheln. Sie wurden kurzatmig und tauschten ständig Blicke aus.

»Sagt mal, wo wollen wir eigentlich hin?«, erkundigte sich der mit dem Mundwinkel.

»Wir wollen nirgendwohin«, sagte ich.

Die Stelle war perfekt. Man konnte uns weder in der Anlage noch vom Fahrradweg aus hören, der zum Paradiesgarten führte.

Die Zwillinge glotzten uns schwachsinnig an.

»Begreift es endlich«, sagte Frank. »Es gibt kein Geheimnis.«

Der mit dem Mundwinkel war kurz vorm Heulen. Ich hatte Bauchschmerzen. Mein Puls raste.

»Wir haben euch nur hierher gebracht, um euch zu verprügeln«, erklärte ich.

Sofort drehten sie sich um und fingen an zu laufen. Jeder von uns rannte einem der Zwillinge nach. Wir mussten sie fangen, bevor sie Tempo aufnahmen. Wir konnten nicht so schnell laufen wie sie. Ihre Beine waren zu lang und zu dünn.

Ich lief ein paar Meter und warf mich nach vorn, die Beine voraus. Ich wollte ihm einen Fuß wegtreten, damit er stolperte und vornüberfiel, doch Frank tat dasselbe wie ich, und unsere Füße verhakten sich. Wir stolperten. Ich rutschte über den Pfad. Die Zwillinge fingen an zu feixen.

»Blödmänner, Blödmänner, Blödmänner!« Sie waren jetzt weit genug entfernt. Sie hatten keine Angst mehr. Sie hüpften begeistert auf und ab.

»Müsst ihr jetzt nach Hause und euch von Mama ein Pflaster auf die Knie kleben lassen?«

»Haltet die Schnauze.«

»Müsst ihr jetzt nach Hause und euch ein Pflaster holen?«

Frank entdeckte sie vor mir. Bevor ich sie sah, hatte er die tote Ratte bereits am Schwanz hochgehoben. Sie war groß und aufgedunsen. Rund um die Kläranlage gab es mehr Ratten als an anderen Orten, trotzdem war es ein unwahrscheinliches Glück. Eine tote Ratte fand man selten. Er schwang sie über dem Kopf, erst langsam, dann schneller. Schließlich ließ er los. Die Zwillinge duckten sich. Die Ratte flog durch die Luft und explodierte, als sie ein paar Meter vor ihnen aufschlug. Die Zwillinge sammelten sie mit einem Stock auf.

»Blödmänner, Blödmänner!«

Drohend hoben sie den Stock, als wollten sie die Ratte nach uns werfen.

»Muttersöhnchen!«, schrie Frank und schlug mir auf den Rücken. »Ihr traut euch ja doch nicht zu schmeißen, bäh!«

Er wandte den Zwillingen den Rücken zu und zog mich mit sich. Seine Hand lag noch immer auf meinem Rücken. Er beugte sich mit dem Kopf zu mir hinunter, bis unsere Augen sich beinahe berührten, und ich legte meine Wange an seine Schulter, während wir davongingen. Wir warteten auf die Ratte, aber sie kam nicht, und wir sahen uns auch nicht um.

Als wir zum Parkplatz kamen, fiel es mir ein. Ich hatte vollkommen vergessen, ihnen zu sagen, warum sie Prügel beziehen sollten.

Das Festmahl

Nach der Schule ging ich mit zu Frank. Bei ihm war niemand zu Hause. Wir schlugen zwei Eier in eine Schale, schütteten Zucker darüber und schlugen die Masse schaumig, bis wir einen cremigen Eierschaum hatten. Dann bereiteten wir uns jeder eine Portion Cornflakes mit Milch und verteilten den Schaum über die beiden Teller. Die Milch verrührten wir mit ein bisschen Honig. Aus der Ketchup-Flasche kam ein ordentlicher Klecks dazu.

»Das wird ein Festmahl«, sagte Frank.

Wir durchsuchten die Schränke nach weiteren Zutaten. Wir schütteten geröstete Zwiebeln über die Cornflakes. Wir fanden ein Glas Hering und kippten die Heringslake und kleine Heringsstücke auf die Teller. Frank rührte Remoulade hinein. Wir streuten noch eine dicke Lage Zucker darüber und würzten das Ganze mit einer Prise Pfeffer.

»Wer als Letzter fertig wird, ist ein Schlappschwanz«, sagte Frank.

Ich kippte Rote-Bete-Saft dazu.

»Das wirst du«, sagte ich. Mein Herz klopfte. Ich spürte es bis in den Magen. Jedes Mal, wenn ich »Schlappschwanz« sagen wollte, kam »Schnapsschwanz« heraus.

»Wer nicht aufisst, muss den Kopf hineinstecken«, erklärte Frank und schmierte Leberwurst an den Tellerrand. Seine Stimme klang ganz trocken.

Wir setzten uns gegenüber. Frank legte seine Digitaluhr auf den Küchentisch. Ich durfte sie nicht anfassen. Sie war wasserdicht und leuchtete im Dunkeln. Ich hatte keine Uhr. Ich hatte mal eine, aber die war kaputtgegangen, als Überbiss drauftrat. Mutter hatte mir eine neue versprochen, aber das war auch schon über ein Jahr her. Manchmal lief ich mit der kaputten Uhr herum, es war allerdings nicht dasselbe.

Frank drückte den Knopf der Stoppuhr, und wir fingen an. Es ging darum, beim Essen so wenig wie möglich zu kauen. Die Cornflakes waren jetzt weich, sie mussten nicht mehr gekaut werden. Wenn man zu viel kaute, wurde einem übel, und dann konnte man gleich aufgeben. Man musste sich den Löffel in den Mund stecken und sofort schlucken.

Ich verschlang fünf, sechs Löffel voll. Ich war gut, denn ich hatte geübt, als ich mit Überbiss das Fettzeug aufgegessen hatte. Ich wollte irgendwann mal Fresswettbewerbe gewinnen. Wir hatten im *Guinness-Buch der Rekorde* von einem Mann gelesen, der eine über drei Meter lange Birke aufgegessen hatte. Ich würde alles Mögliche essen und jedes Mal, wenn ich etwas Neues verschlungen hatte, in die Zeitung kommen. Dann bekam ich ein großes Stück Hering in den Mund und spuckte es wieder auf den Teller. Ich konnte es nicht runterschlucken. Es war erlaubt, das Essen wieder auf den Teller spucken, wenn man es nur irgendwann aufaß. Ich wollte den Hering am Schluss essen. Ich schob ihn zur Leberwurst an den Tellerrand und drückte ihn in die Lebermasse, damit er hängen blieb.

Frank stöhnte, während er aß. Er fing an, blass zu werden. Die Cornflakes waren knallrot vom Rote-Bete-Saft.

Obwohl mir übel wurde und kalter Schweiß ausbrach, war ich sicher, dass ich Frank besiegen würde. Ich würde ihn fertigmachen. Er hatte Angst vor seinem Vater. Er wurde von seiner großen Schwester verprügelt. Er war ein Waschlappen. Es fiel mir leichter, die Cornflakes zu essen, wenn ich so über Frank dachte. Ich hatte schon lange davon geträumt, einmal auszuprobieren, wie schnell ich eine ganze Schachtel Negerküsse verdrücken konnte, aber ich hatte nicht das Geld für so viele Negerküsse, und Mutter wollte sie mir nicht kaufen.

Es kam ganz unten aus dem Magen. Es war säuerlich und prickelte auf der Zunge, die inzwischen taub war. Ich würgte nicht wirklich. Ich hatte nur das Gefühl, als ließe sich irgendetwas nicht mehr zurückhalten.

Ein dicker Strahl spritzte mir aus dem Mund und platschte in die Cornflakes. Es spritzte über den Tisch. Auch auf Franks Teller landete etwas, aber ihm war es egal.

Ich konnte es nicht fassen. Ich war so sicher gewesen, dass ich gewinnen würde. Meine Cornflakes sahen widerlich aus. Ich konnte sie unmöglich aufessen. Ich schaute hinüber zu Frank. Er aß konzentriert. Er sah

mich nicht an, bevor er den letzten Löffel voll runter-
geschluckt hatte. Dann begann er aufzustehen und
wischte sich dabei mit dem Ärmel Ketchup, Eierschaum, Heringslake und halb flüssige Leberwurst aus
den Mundwinkeln. Er reckte beim Aufstehen seine
Arme in die Luft. Er tat es sehr langsam. Ich konnte es
kaum mit ansehen. Es dauerte eine Ewigkeit, bis er endlich stand.

Erst als er beide Hände ganz über den Kopf gehoben
hatte, brüllte er: »Der Sieger heißt Frank, der Beste, der
Klügste! Der, den keiner verarscht!«

Er sah mich an: »Machst du es selbst, oder soll ich es
tun?«

Hastig presste ich mein Gesicht auf den Teller. Ich tat
so, als wär's mir egal. Ich versuchte sogar, dabei noch zu
lächeln. Mein Haar färbte sich rot vom Rote-Bete-Saft.
Es roch säuerlich, weil es in meinem Magen gewesen
war. Ich konnte nicht anders, ich musste an den Plastikpimmel im Schlafzimmerschrank und an die Pornohefte im Schuppen denken. Wenn Franks Vater jetzt
nach Hause käme, würde ich aus dem Fenster flüchten.
Es war einfach. Wir hatten es schon unzählige Male getan. Ich würde mich aus dem Fenster werfen wie ein
Verbrecher auf der Flucht vor der Polizei.

Die Sonne schien durchs Küchenfenster. Es war lange
nicht mehr geputzt worden. In den Gardinen hingen
Spinnweben.

Frank drückte mein Gesicht fest auf den Teller und
lachte laut. Ich hatte verloren. Ich hatte nicht das Recht,

mich zu wehren. Ich hoffte, er würde mich bald loslassen, aber er ließ mich über eine Viertelstunde mit dem Gesicht in dem Teller sitzen. Er stellte seine Digitaluhr. Ich durfte den Kopf nicht heben, bevor sie piepte.

Hinterher wusch ich mir unter dem Wasserhahn der Spüle die Haare. Sie blieben rot. Frank holte eine Flasche Bier aus dem Kühlschrank und öffnete sie. Ich dachte, wir sollten sie trinken. Er goss einen Schluck in die Spüle, dann knöpfte er seine Hose auf.

»Ich muss pissen«, sagte er.

Er steckte seinen Pimmel in die Flasche.

»Mir ist die Idee beim Geburtstag des Spastis gekommen. Ich weiß nicht, wieso mir das nicht schon vorher eingefallen ist.«

Er pinkelte in die Flasche, bis sie so voll war wie vorher. Dann drückte er die Kapsel wieder auf den Flaschenhals. Es war nicht ganz einfach, bis sie richtig saß. Er holte eine Zange und klemmte die Kapsel fest. Seinen Pimmel hatte er noch nicht wieder in der Unterhose verstaut. Frank stellte die Bierflasche zurück in den Kühlschrank.

»Ich habe das diese Woche jeden Tag gemacht«, sagte er. »Der alte Scheißkerl säuft meine Pisse. Und er weiß nichts davon.«

Dann zog er einen Pappkarton mit Rotwein aus dem Kühlschrank. Er war halb voll. Er steckte seinen Pimmel in die Öffnung.

»Trinkt das nicht deine Mutter?«

»Sie sind beide Arschlöcher«, erwiderte Frank und

zog seinen Schwanz heraus. Er sah mich an: »Willst du auch mal?«

Ich schüttelte den Kopf.

Er stellte den Karton zurück in den Kühlschrank. Sein Pimmel stand noch immer in der Luft.

»Ich habe ein Haar«, sagte er und zeigte es mir.

Es war ungefähr drei Zentimeter lang. Ganz hell. Es saß am Sack.

Frank ging ins Wohnzimmer. Er öffnete eine Schublade und nahm eine Packung Gajol-Lakritzpastillen heraus.

»Die gehören meinem Vater«, sagte er. »Wir anderen dürfen nichts davon essen.«

Er schüttete sämtliche Pastillen auf den Wohnzimmertisch, griff nach seinem Pimmel und zog die Vorhaut zurück. Die Eichel war rot und glänzte. Er nahm ein Gajol und legte es mitten auf die Eichel. Dann rollte er die Vorhaut vor, das Gajol verschwand – und zurück, die Lakritzpastille erschien wieder. Er legte sie zurück in die Schachtel. Dann nahm er ein neues Gajol und begann von vorn.

»Komm schon«, forderte er mich auf und reichte mir ein paar Pastillen.

Ich machte es mit fünf. Frank mit neun. Schließlich lutschten wir jeder eine, mit der wir es nicht getan hatten. Frank legte die Packung zurück in die Schublade und sah auf die Uhr.

»Mein Vater kommt bald nach Hause«, sagte er. »Besser, du gehst jetzt.«

Der hässliche Mann im grünen Kombi

Er hielt unten an der Straße. Ein grüner Kombi ohne Rücksitze und voller Gerümpel: alte Pappkartons, Eisenstangen, rostige Nägel und Schrauben, Gartenabfälle. Erst dachte ich, es wäre irgendein alter Mann, der sich in seinem Auto ausruhte, aber das war nicht der Fall. Er war's.

Ich erkannte ihn nicht, weil es so lange her war, seit ich ihn das letzte Mal gesehen hatte, aber ich konnte ihn riechen, als er die Scheibe herunterkurbelte. Wir waren auf dem Heimweg von der Schule. Mir war das Auto nicht aufgefallen. In dem Moment, als ich daran vorbeiging, kurbelte er das Fenster herunter.

»Guten Tag, Lars«, sagte er.

Er hatte eine sehr hässliche Nase, hielt einen kurzen dicken Zigarrenstumpen zwischen seinen Wurstfingern und war fast so fett wie Vater. Der Zigarrenqualm hatte den Innenraum des Wagens vollkommen vernebelt. Seine Haut schien voller großer Löcher zu sein, und er hatte einen kahlen Kopf. Nur die Haare über den Ohren waren sehr lang und glänzten. Eigentlich sollten sie über der Glatze liegen. Ich mochte es nicht, wie er mich überraschte.

Ich wollte weitergehen, aber die anderen glotzten

mich an. Ich musste etwas sagen. Ich wollte dabei weder Frank noch Jens oder Olsenbande-Kjeld ansehen.

»Woher kennst du meinen Namen?«, fragte ich ihn.

Er fing an zu husten. Sein Kopf lief krebsrot an, er bekam kaum noch Luft. Er griff zu einem Asthmaspray und saugte zweimal daran. Dann zog er an seiner Zigarre.

»Ich habe Süßigkeiten mitgebracht«, sagte er.

»Ich mag keine Süßigkeiten«, log ich.

Er streckte eine große Tüte Süßigkeiten aus dem Seitenfenster und wedelte damit, als sei ich ein Fisch, den er an den Haken bekommen wollte.

»Willst du nicht einsteigen?«

Ich schüttelte den Kopf. Ich spürte, wie meine Wangen rot wurden. Die anderen starrten mich an.

»Ich habe auch Schokolade dabei.«

Ich rümpfte die Nase.

»Vielleicht mögen deine Freunde ja Süßigkeiten«, sagte er und wedelte mit drei, vier Riegeln *Guldbarre*.

»Er ist gar nicht zu Hause«, sagte ich. »Er ist in Jütland.«

»Schnürsenkel, wie?«, erwiderte er und hustete.

»Er will dich nicht sehen.«

»Jetzt werd nicht frech.«

»Er kann dich nicht ausstehen. Wir sind alle der Meinung, dass es am besten wäre, wenn du uns in Ruhe lässt.«

Er hielt mir aus dem Seitenfenster ein Foto hin. Es zeigte Überbiss und mich vor einem Weihnachtsbaum.

Es musste letztes Jahr an Weihnachten aufgenommen worden sein.

»Deine Mutter hat es uns geschickt. Sie findet deinen Vater auch kindisch.«

»Er ist nicht kindisch.«

»Sag ihm, dass er seine Mutter umbringt. Frag ihn, ob er das im Sinn hat. Frag ihn, ob seine Mutter sterben soll, ohne ihren Sohn noch einmal gesehen zu haben!« Er hustete und schnappte nach Luft: »Er war immer ein Scheißkerl. Meinetwegen kann er mir den Buckel runterrutschen, aber er soll nicht seine Mutter umbringen. Frag ihn, ob er wenigstens zu ihrem Begräbnis kommen will.«

»Ist sie krank?«

Er antwortete nicht. Blickte nur trübsinnig in die Luft, während seine Zigarre qualmte.

Ich drehte mich um und lief davon. Er steckte den Kopf aus dem Fenster.

»Ihr seid allesamt verrückt! Was ist das überhaupt für ein Benehmen?«, brüllte er hinter mir her.

Ich rannte in die Wohnung. Überbiss war nicht zu Hause. Die Spange lag unter seinem Kopfkissen, obwohl er sie jetzt tragen musste. Olsenbande-Kjeld war mitgekommen. Er war völlig außer sich.

»Das war dein Opa, oder? Wieso wolltest du seine Süßigkeiten denn nicht haben? Warum hast du so mit ihm geredet?«

»Halt die Schnauze«, sagte ich und schmierte mir ein Käsebrot.

»Du hättest die Süßigkeiten doch nehmen und uns geben können. Das hat er doch gesagt. Du hättest es tun dürfen.«

Ich warf ihm das Käsebrot an den Kopf. Er fing es und aß es auf. Ich schmierte mir ein neues.

»Warum wollt ihr mit ihm nichts zu tun haben? Hat er euch etwas getan? Mein Opa ist total nett. Seltsam, so mit seinem Opa zu reden.«

Wir hatten verabredet, zur Kläranlage zu gehen, also schlichen wir uns zum Fußweg zwischen den Häuserreihen. Frank und Jens warteten schon auf uns. Sie lagen an der Ecke auf den Knien und beobachteten meinen Großvater. Der Wagen hielt noch immer dort. Wir wollten versuchen, ihn zu überrumpeln. Wir liefen auf die Straße und rannten davon. Es dauerte eine Weile, bis er den Motor angelassen hatte. Er trat heftig aufs Gas und fuhr uns nach. Kurz darauf hatte er uns erreicht, fuhr neben mir und kurbelte die Scheibe herunter.

»Du bist kein Stück besser als dein Vater!«, brüllte er. »Schnürsenkelverkäufer! Bei meinem nackten Arsch! Ihr seid ein paar verdammte Arschlöcher!« Der Zigarrenstumpen hüpfte bei seinem Geschrei.

Ich bog vom Fußweg ab und rannte über die Wiese. Er fuhr über die Bordsteinkante und verfolgte mich mit dem Auto. Ich dachte, er wollte mich überfahren. Er öffnete die Seitentür und hing im Sicherheitsgurt aus dem Auto, wobei er brüllte und schrie.

»Dein Vater ist ein Stück Scheiße! Du bekommst den Arsch voll, wenn ich dich in die Finger kriege! Ich werde dir beibringen, wie man sich älteren Menschen gegenüber benimmt!«

Die anderen stoben auseinander, mir folgte der Wagen auf den Fersen. Wenn ich jetzt stolperte, würde er mich überfahren. In der Nähe sah ich einen Mann. Er hinkte – es musste Sofies Vater sein. Er führte gerade den Hund aus. Der Hund hieß Dead Meat und war schwarz und gedrungen. Manchmal tranken Sofies Vater und Franks Vater zusammen Bier. Sofies Vater war ständig besoffen. Niemand im Paradiesgarten konnte ihn leiden. Ich lief auf ihn zu, um ihn um Hilfe zu bitten, aber Großvater war Sofies Vater egal. Er fuhr mir weiter nach. Sofies Vater sprang um sein Leben. Er riss an der Leine, um den Hund vor den Rädern des Kombis zu retten.

Ich rannte weiter. Wenn er mich überfahren wollte, hätte er es jetzt tun können, aber er wollte mich offenbar bloß herumjagen. Ich lief zu ein paar Büschen. Großvater fuhr direkt hinter mir. Er hing noch immer im Sicherheitsgurt aus der Wagentür und brüllte. Der Zigarrenstumpen tanzte. Seine Legerhaare flatterten in alle Richtungen.

Ich sprang in einen der Büsche und ließ mich zu Boden fallen. Ich landete auf dem Bauch, die Luft wurde mir aus den Lungen gepumpt. Mein Pullover riss am Hals auf. Ich ignorierte die Schmerzen und krabbelte weiter unter den Busch. Ich hörte, wie Großvater in das Gebüsch fuhr. Ich hatte Angst, zerquetscht zu werden. Mein Pullover riss jetzt ganz auf. Ich schnitt mich an der Wange. An dieser Stelle war das Gebüsch ungefähr fünfzehn Meter breit. Auf der anderen Seite war ein Fußweg. Ich krabbelte unter sämtlichen Büschen durch und kam heil auf der anderen Seite heraus. Ich lief um die Büsche, ich wollte sehen, was mit dem Auto passiert war. Es stand ein paar Meter im Gebüsch. Großvater gab Gas, aber der Wagen rührte sich nicht von der Stelle. Fetter Rauch quoll aus dem Auspuffrohr. Die Autotür stand noch immer offen, sie sah merkwürdig verzogen aus.

Sofies Vater ging auf den Wagen zu und fing an zu toben. Dead Meat bellte. Großvater stieg aus dem Auto. Sofies Vater packte ihn am Kragen.

»Was ist denn das für eine schwachsinnige Art zu fahren?«, brüllte er.

Großvater kletterte hastig zurück ins Auto. Er versuchte, die Tür zuzuwerfen, aber sie ließ sich nicht mehr ordentlich schließen. Er trat aufs Gaspedal. Erde wurde unter den Rädern aufgewirbelt, die Räder drehten durch, ohne Halt zu finden. Der Wagen rührte sich nicht von der Stelle.

»Kennst du den?«, fragte mich Sofies Vater.

»Ich habe ihn nie zuvor gesehen«, antwortete ich.

Sofies Vater schüttelte nur den Kopf.

»Ich hab ein paar Bretter, die können wir unter die Reifen legen«, sagte er und verschwand mit Dead Meat. Großvater kurbelte das Seitenfenster herunter.

»Sieh dir an, was du gemacht hast!«, brüllte er. »Jetzt bekommst du jedenfalls keine Süßigkeiten. Verfluchter Mist!«

Frank, Jens und Olsenbande-Kjeld stießen zu uns. Wir sahen uns gemeinsam meinen Großvater an. Er saß im Auto und schwitzte. Er zündete sich eine neue Zigarre an und schaltete das Autoradio ein. Er pfiff laut zur Musik. Dann nahm er sich einen Riegel *Guldbarre* und nestelte das Papier ab. Er biss die Hälfte auf einmal ab, schmatzte.

»Das schmeckt großartig!«, rief er.

Wir hatten keine Lust, ihm noch länger zuzusehen.

Wir liefen zur Kläranlage und setzten uns auf einen Beckenrand.

Als ich nach Hause kam, saß Überbiss auf seinem Bett, las Comics und aß Süßigkeiten, die sich in einem Riesenhaufen auf der Matratze stapelten. Überall auf dem Boden flog Einwickelpapier herum. Er rülpste und strich sich über den Bauch.

»Willst du mal probieren?«, fragte er mich.

»Woher hast du das?«

»Von Opa. Er hat unten an der Straße in seinem Auto gehalten und auf mich gewartet. Er war total nett. Er hat mich erkannt, weil Mutter ihm ein Foto geschickt hat. Wir sind 'ne Runde gefahren. Ich durfte lenken. Außerdem waren wir in der Imbissbude. Er hat mir einen Hotdog und ein Eis gekauft.«

Ich sagte, er solle die Süßigkeiten in den Mülleimer werfen.

»Vater dreht durch, wenn er es herausfindet.«

Überbiss legte seine Bettdecke über die Süßigkeiten,

warf sich auf die Decke und hielt sich an den Bettkanten fest.

»Ich fand, er war nett!«, schrie er. »Und ich durfte sogar flippern!«

Ich zog ihn an den Beinen, damit er aus dem Bett kam. Mir war es vollkommen egal, ob er nett war oder nicht. Überbiss hielt sich gut an seinem Bettgestell fest.

»Er hat mir ein Bild von Oma gezeigt. Sie würde sich freuen, wenn wir sie mal besuchen!«, schrie er.

Ich stach ihm einen Finger in die Armbeuge, damit er losließ. Er fing an zu heulen. Ich zerrte ihn auf den Fußboden, stellte mich über ihn und sammelte die Süßigkeiten ein. Ich schmiss alles in den Mülleimer unter der Spüle. Ich verknotete die Mülltüte und brachte sie zu dem großen Müllcontainer im Hof. Überbiss maulte, obwohl er das meiste doch bereits aufgegessen hatte.

Ich warf mich aufs Bett und schlug ein Comicheft auf.

»Wieso ist Mutter noch nicht zu Hause?«, wollte ich wissen.

»Weiß nicht«, schniefte Überbiss.

Kurz darauf stand er auf und zog sich seine Stiefel an.

»Der Nackenbügel muss dran«, sagte ich zu ihm.

»Du kannst mich mal.«

»Nach drei musst du ihn anlegen.« Ich warf mein Comicheft nach ihm.

Überbiss duckte sich und verschwand. Einen Augenblick später hörte ich den Deckel des großen Müllcontainers zufallen. Ich guckte aus dem Fenster und sah Überbiss, wie er mit der Mülltüte davonlief.

Ich ließ mich zurück aufs Bett fallen. Meine Hände zitterten, obwohl ich versuchte, sie ruhig zu halten. Ich würde es ihm später besorgen. Hätte ich doch nur flippern dürfen.

Käpt'n Klöten

Peter Pan hatte einen schwarzen Hund, mit dem er morgens vor der Schule Gassi ging. Er stand immer ziemlich früh auf – auch im Winter, wenn es noch dunkel war. Er führte den Hund eine Viertelstunde aus, dann ging er nach Hause und frühstückte.

Der Hund sah ein bisschen aus wie Sofies Hund. Peter Pan behauptete, es wäre ein Labrador, aber er war viel zu gedrungen für einen Labrador. Seine Augen standen eng beieinander, und wenn er lief, zog er ein Bein nach. Wegen des Beins hieß er Käpt'n Haken. Wir nannten ihn nur Käpt'n Klöten.

Peter Pans Eltern stritten sich ziemlich oft und beschlossen in regelmäßigen Abständen, sich scheiden zu lassen. Wenn es mal wieder so weit war, zogen Peter Pan, seine Mutter und seine kleine Schwester zu ihrer Tante und wohnten ein paar Wochen oder Monate dort. Den Hund durften sie nicht mitnehmen, weil seine Tante schon einen Hund hatte. Und Peter Pans Vater hatte keine Lust, morgens mit Käpt'n Klöten Gassi zu gehen, er ließ ihn einfach hinaus in den Garten, damit er dort kacken konnte.

Wenn seine Eltern sich scheiden lassen wollten, wurde Peter Pan jeden Morgen von seiner Mutter zur

Schule gefahren. Im Auto der Tante. Peter Pan hatte zwei dicke Vettern, die ebenfalls im Auto saßen, wenn sie morgens vor unserer Schule hielten. Sie wurden zu einer anderen Schule in der Stadt gebracht. Peter Pan und seine kleine Schwester kamen immer zuerst an die Reihe, weil der Unterricht der Vettern erst eine halbe Stunde später anfing. Mit dem Fahrrad hätten sie in der Hälfte der Zeit dorthin fahren können, aber sie waren zu fett und zu faul. Sie wollten lieber im Auto sitzen, obwohl es viel länger dauerte.

Der älteste der Vettern war zwei Jahre älter als Peter. Er war der fettere, und Peter meinte, er könnte sich gut prügeln. Wir hatten vereinbart, dass Olsenbande-Kjeld ihn sich irgendwann einmal vornehmen sollte, um zu sehen, ob Peter log, aber daraus wurde nichts. Sie wohnten zu weit weg. Wir sahen ihn nur morgens, wenn er mit seinem fetten Arsch auf der Rückbank saß.

Neben seinen fetten Vettern sah Peter komisch aus, weil er so dünn war. Er versuchte, größer auszusehen, indem er die Arme vor den Körper hielt wie einer, der dicke Muskeln hat. Seine Mutter verpasste ihm immer einen Pottschnitt. Und jedes Mal, wenn seine Eltern sich scheiden lassen wollten, schenkten sie ihm ein Pling-Plong-Spiel.

Irgendwann bin ich mal mit ihm nach Hause gegangen. Er war gerade wieder mit seiner Mutter und seiner kleinen Schwester eingezogen, und wir hatten ihn eine Zeit lang nicht im Viertel gesehen, sondern nur unten im Moor, wenn er allein Fußball spielte.

Einmal durfte er sich an der Seite eine Haarsträhne wachsen lassen, direkt hinterm Ohr, wo die Nackenhaare anfingen. Sie war viel länger als der Rest seiner Haare, er konnte damit beinahe seine Nase erreichen. Ein paar von den großen Jungs trugen so etwas. Peter Pan hatte seine Mutter überredet, als sie bei seiner Tante wohnten, aber sein Vater schnitt ihm die Strähne ab, sobald sie wieder zu Hause einzogen. Er tat es, als Peter schlief. Und die Haarsträhne hatte er in den Mülleimer geworfen.

Ich hätte auch gern so eine Strähne gehabt, aber Mutter erlaubte es nicht. Ihre Freundin Vibeke war Damenfriseuse. Sie schnitt uns die Haare.

»Wir wollen uns die Haare nicht von einem Damenfriseur schneiden lassen«, brüllten Überbiss und ich, sobald sie mit ihrer Damenfriseusentasche erschien.

Jedes Mal gab es ein ganz großes Theater. Wir wollten uns im Tarup-Center die Haare schneiden lassen. Viele unsere Kameraden gingen dort zum Friseur. Es war teuer, aber man bekam auch ein Bonbon.

Vibeke fragte uns nie, wie sie uns schneiden sollte. Sie schnitt einfach. Sie fragte Mutter, ob es so wie beim letzten Mal werden sollte, und Mutter nickte. Die beiden waren unglaublich albern und tranken dabei eine Menge Rotwein. Wenn Vater zu Hause war, kam er immer zuerst dran. Dann Überbiss und ich und zuletzt Mutter. Wenn Mutter an der Reihe war, waren sie bereits betrunken. Und wenn sie betrunken waren, redeten sie über Männer. Es konnte mehrere Stunden dauern, bis Mutter frisiert war. Wir anderen gingen zu Bett, Mutter und Vibeke blieben in der Küche sitzen. Zusammen mit Vibeke benahm sie sich anders als sonst. Weniger ernst. Ihre Art zu lachen änderte sich. Irgendwie bekam ihre Stimme mehr Luft. Als ob Luftblasen in ihrem Hals aufstiegen und jedes Mal mit einem kleinen Knall explodierten, sobald sie den Mund aufmachte. Wenn wir am nächsten Morgen aufstanden, lagen Haarsträhnen auf dem Boden. Und einmal lag Mutter unter dem Küchentisch und schlief. Überbiss krabbelte unter den Tisch und kitzelte sie an den Zehen. Vater war nicht zu Hause. Eine Mutter zu haben, die unter dem Küchentisch lag und schlief, war blöd. Ich mochte diese Art der Veränderung nicht, wenn Vibeke mit ihrer Frisiertasche kam, diese merkwürdige Munterkeit, diese Lachanfälle. Alles, was sie normalerweise für wichtig hielt, wurde plötzlich gleichgültig. Im Schlaf hatten sich Haare an ihrem Kleid verfangen. Neben ihr standen eine halb volle Flasche Rotwein und ein voller Aschenbecher. Mutter rauchte nicht, aber Vibeke. Uns fielen die Lippenstiftabdrücke auf den Kippen auf. Wir machten ihr Frühstück und spülten die Rotweingläser und den Aschenbecher aus. Wenn man morgens aufstand, sollte es möglichst nach Kaffee riechen.

Peter und ich spielten in seinem Zimmer mit dem Pling-Plong-Spiel. Ich lag auf dem Bett, Peter auf einem Sitzsack.

»Willst du mal was Komisches sehen?«, fragte er.

»Ja.«

Er rief Käpt'n Klöten. Der Hund kam und wedelte mit dem Schwanz. Er schnupperte immer am Hintern und im Schritt der Leute. Jetzt steckte er seine Schnauze Peter Pan zwischen die Beine und schnüffelte. Er ließ ihn gewähren. Dann kam er zu mir und tat dasselbe. Ich hob die Arme, weil ich Angst hatte, er würde mich beißen.

»Sag ihm, er soll weggehen«, sagte ich.

»Hast du Angst vor ihm? Der tut nichts. Er riecht einmal an den Leuten, und dann kann er sich immer dran erinnern. Er ist ebenso klug wie ein Elefant.«

»Sind Elefanten klug?«

»Wird dein Pimmel auch manchmal steif?«, erkundigte sich Peter Pan.

»Ja.«

»Meiner ständig«, sagte er und rief den Hund. »Hast du Pornohefte?«

Ich schüttelte den Kopf.

»Hast du wirklich dein einziges Pornoheft dem Spasti geschenkt?«

Ich nickte.

»Ich habe gehört, Franks Vater hätte jede Menge. Hattest du es daher? Ich hätte gern eins. Dann würde ich abends in meinem Bett liegen und mir nackte Frauen ansehen. Ich würde eine nackte Frau ausschneiden und an die Wand hängen.«

»Meinst du, deine Eltern würden es einfach so hängen lassen?«

»Na klar. Es gibt nichts, was ich nicht darf. Bei meinem Vater auf der Arbeit gibt's eine ganze Wand voller nackter Weiber.«

»Darfst du auch Stinkbomben bauen?«

»Ich würde ihr meinen Pimmel in die Dose stecken, wenn sie an der Wand hängt, das wäre dann genauso, als würde ich mit ihr pimpern.«

»Sie würden das Bild garantiert herunternehmen und wegschmeißen.«

»Ich würde es der Tante jeden Morgen und jeden Abend besorgen, und wenn ich sie überhätte, würde ich eine neue ausschneiden und stattdessen aufhängen.«

»Die würden sie bestimmt auch abnehmen.«

»Ich würde zwei nebeneinander aufhängen und sie dann beide ficken.« Er zog sich den Reißverschluss seiner Hose auf.

»Mein Vater hat eine Menge Weiber. Sie verhätscheln ihn im Bett, wenn er sich mal wieder von meiner Mutter scheiden lassen will. Und wenn er's ihnen besorgt hat, schmeißt er die gebrauchten Kondome auf den Boden. Die Weiber denken nicht daran, sie wegzuwerfen. Sie verschwinden, sobald Mutter wieder einzieht. Ihnen ist es egal, ob Präser auf dem Fußboden liegen. Ich hab mal einen gefunden. Ich habe ihn aufgehoben und dran gerochen. Es stank widerlich. Ich hätte fast gekotzt.«

»Und was hast du dann damit gemacht?«

»Ich hab ihn Käpt'n Klöten hingehalten. Er wurde richtig wild.«

Peter zog seine Unterhose herunter und ließ Käpt'n

Klöten an seinem Pimmel schnüffeln. Er hob den Zeigefinger, als wollte er mit ihm schimpfen. Käpt'n Klöten saß ganz still, mit der Schnauze unter Peters sehr weißem, langen und sehr dünnen Pimmel. Der Hund winselte leise.

»Ich habe das von meinem Vetter gelernt. Er hat schon Haare. Er kann auch spritzen. Er hat mir gezeigt, wie's geht. Man schiebt einfach, vor und zurück, bis weißes Sperma herauskommt. Er lässt sich jeden Abend von seinem Hund den Schwanz lecken, bevor er schlafen geht. Er sagt, man schläft viel besser, wenn man gerade geleckt worden ist. Sein Schwanz sieht aus wie ein Knüppel. Er hat mich gefragt, ob ich ihn mal in den Mund nehmen wollte, aber ich hatte Angst, dass es mir hochkommt. Ich hab ihm gesagt, er soll ihn sich selbst in den Arsch stecken.«

»Das glaub ich nicht.«

»Dann sieh dir das hier mal an«, sagte er und kniff die Augen zusammen. Er starrte den Hund mit erhobenem Zeigefinger böse an. Der winselte immer lauter.

»Also bitte«, sagte er schließlich.

Der Hund begann zu lecken. Er leckte Peter Pans Eier und die Unterseite seines Pimmels. Er winselte und konnte dabei nicht ruhig stehen bleiben.

Peter steckte dem Hund seinen Pimmel in die Schnauze. Die Zähne waren sehr spitz.

»Sieh dir das an. Er leckt meinen Schwanz.« Er schloss die Augen. »Ah … ahhhh … das kitzelt. Man muss sich nur vorstellen, dass so ein Weibsstück das macht. Ah …« Er zog ihn Käpt'n Klöten aus der Schnauze. Er war total eingeschmiert mit Hunderotz und hatte rote Flecken. Die grünen Adern bildeten ein deutliches Netz, das sich bis zum Bauch zog. Es sah aus, als wäre die weiße Haut durchsichtig geworden.

»Willst du es auch mal probieren?«

Ich schüttelte den Kopf.

»Traust du dich nicht?«

»Ich will nicht, dass er mir den Schwanz abbeißt«, sagte ich.

»Er beißt nie«, sagte Peter. »Komm schon, oder bist du ein Weichei? Hast du etwa Angst vor einem dummen Hund? Ist doch nichts dabei, es mal auszuprobieren. Bist 'n Schisser, was?«

Ich sah es ihm an. Er bereute, dass er's mir gezeigt hatte.

Überbiss verplappert sich

Überbiss erzählte es Vater. Ich trat ihm vors Schienbein, als er vom Eis und dem Hotdog anfing. Ich versuchte, ihm in den Schenkel zu kneifen, als er berichtete, wie lange er am Flipper hatte spielen dürfen, aber es war zu spät.

Zunächst sagte Vater nichts. Er ließ Überbiss erzählen und hörte auf zu kauen. Er hatte sich gerade eine Kartoffel in den Mund gesteckt. In einem seiner Mundwinkel hing ein Klacks zerlassene Butter. Normalerweise würde jetzt gleich die Zunge herausfahren und die Butter auflecken, aber nichts geschah. Ich zählte bis zehn. Die Zunge kam noch immer nicht.

»Du hast Butter am Kinn«, sagte ich zu Vater.

Er hob die Hand und bedeutete mir, den Mund zu halten. Ich zählte bis zwanzig. Überbiss erzählte weiter. Er kapierte nichts. Vater runzelte bereits die Stirn. Es dauerte nicht mehr lange, dann würde er explodieren.

»Fährt er noch immer diesen vergammelten Kombi?«, fragte er schließlich und tunkte mit der Gabel eine Kartoffel in die Buttersoße.

»Der war voll mit altem Kram. Und ich durfte lenken. Wenn ich größer bin, darf ich auch schalten«, antwortete Überbiss.

»Dieses alte Arschloch«, sagte Vater.

»Er war nett. Er hat gesagt, dass ich bald mal kommen soll, um Oma zu besuchen.«

»Hat er dich erkannt?«, fragte Vater.

»Er hatte ein Foto von mir«, sagte Überbiss.

»Ein Foto?«

»Von Weihnachten, letztes Jahr.«

Vater hörte auf, seine Kartoffel durch die Buttersoße zu schieben. Er schaute Mutter an. Gleich würde er ihr die Kartoffel an den Kopf werfen.

»Hör auf, mich so anzusehen«, sagte sie. »Es sind ihre Großeltern, daran können wir nichts ändern. Außerdem kann ich schreiben, wem ich will.«

»Das ist noch lange kein Grund, ihnen ein Foto zu schicken.«

»Ich wollte es ihnen gern schicken, okay?«

»Sie konnten dich nicht leiden«, sagte Vater.

»Sie mussten sich nur erst einmal an mich gewöhnen.«

»Sie haben dich für ein billiges Flittchen gehalten.«

»Sie hatten eine etwas altertümliche Einstellung.«

»Ich verstehe nicht, wie du sie verteidigen kannst«, sagte Vater und zermanschte seine Kartoffel mit der Gabel. Er hob seinen Hintern ein wenig, wendete sich Überbiss zu und ließ einen fahren. Überbiss hielt sich die Nase zu. »Diese alten Arschlöcher«, sagte Vater.

»Ich finde, wir sollten den Kindern erlauben, sie zu besuchen. Du musst ja nicht mitkommen«, sagte Mutter.

»Ihr wollt also ohne mich hin?«, brummte Vater.

»Wir lassen die Kinder allein fahren.«

Vater drehte Überbiss wieder den Hintern zu, doch diesmal kam nichts. Er presste. Er hatte keine Luft mehr im Darm.

»Verdammte alte Narren«, sagte er. »Wieso musste ich auch ausgerechnet in so eine verfluchte Scheißfamilie hineingeboren werden?«

Wenn er so redete, war er nicht wütend. Wenn er besonders viele Schimpfwörter benutzte, war er nie richtig sauer. Dann benutzte er nur sehr wenige. Er tat nur so, als wäre er sauer. Überbiss kam mit allem durch. Wenn ich ihm von Großvater erzählt hätte, wäre er verrückt geworden.

»Wir dürfen also?«, fragte Überbiss.

Der Klacks Buttersoße an seinem Kinn hatte inzwischen eine matte Oberfläche. Nun zeigten sich Risse darin.

»Wie zum Henker soll ich etwas verkaufen, wenn ich kein Auto habe?«

»Was?«, fragte Überbiss.

»Wir müssen uns ein neues anschaffen.«

»Das können wir uns nicht leisten«, sagte Mutter.

»Wieso können wir uns das nicht leisten?«

»Weil wir nicht zurechtkommen«, erwiderte Mutter. »Es hat nie geklappt, aber erst recht nicht nach deinem kleinen Abenteuer.«

»Hör auf damit.«

»Was für ein Abenteuer?«, fragte Überbiss nach.

»Ach, nichts«, sagte Mutter. »Warum suchst du dir nichts in der Fabrik?«

»Ich bin kein Lohnsklave.«

»Unfug«, sagte Mutter.

»Ich bin ein freier Vogel«, behauptete Vater.

»Freie Vögel haben nicht Frau und Kinder.«

Vater schlug sich auf die Brust. Sein Bauch hüpfte.

»Ist doch klar, dass wir nicht zurechtkommen, wenn ich kein Auto habe. Ein Vertreter braucht ein Auto. Am nächsten Ersten wird ein neues gekauft.«

»Auf keinen Fall!«

»Ich kaufe einen kleinen Lieferwagen mit geschlossener Ladefläche. Und ein Schildermaler wird in großen Buchstaben ›Schnürsenkelexpress‹ auf die Seiten schreiben.«

»Nicht von meinem Geld«, erklärte Mutter.

»Es gibt nichts, was ›mein‹ oder ›dein‹ heißt – wir sind doch verheiratet, oder?«

Mutter schlug Vater mit einem Kochlöffel auf den Hintern.

»Dürfen wir oder dürfen wir nicht?«, fragte Überbiss noch einmal.

»Ja«, sagte Mutter.

»Darüber reden wir ein andermal«, sagte Vater.

»Und was sollen wir machen, wenn er wieder versucht, Lars zu überfahren?«

»Wie bitte?«, fragte Vater.

Ich gab Überbiss mit dem Ellenbogen einen Stoß in die Seite. Ihm blieb beinahe die Luft weg. Ich hasste ihn. Er machte alles kaputt.

»Habe ich eben richtig gehört?«, erkundigte sich

Vater. Er hockte sich vor Überbiss und versuchte, ihm in die Augen zu sehen. Überbiss starrte auf den Boden.

»Wer wollte wen überfahren?«

Überbiss musste es jetzt erzählen. Er wand sich auf seinem Stuhl. Es war notwendig, aber es war auch ebenso ärgerlich. Ich hatte mir immer eine Oma gewünscht. Eine, die mir Süßigkeiten schenkte und Kaugummi in ihrer Handtasche hatte. Eine wie Olsenbande-Kjelds Oma. Sie war klein und dünn und furchtbar nett und besuchte ihn ein paar Mal in der Woche.

»Er ist Lars auf der Wiese hinter der Siedlung nachgefahren. Die sagen, er hat versucht, ihn zu überfahren«, berichtete Überbiss.

»Wer sagt das?«

»Alle.«

»Stimmt das?« Er sah mich an. Ich zuckte die Achseln.

»Ich hab es doch gleich gesagt!«, brüllte Vater. »Er ist wahnsinnig! Mein Vater versucht, Lars zu überfahren! Meine Eltern halten mich für einen Reinfall. Sie hassen meine Frau!«

»Sie hassen mich nicht«, wandte Mutter ein.

»Sie haben dich ein billiges Flittchen genannt. Das haben sie Gott und der Welt erklärt. Sie haben es nicht ertragen, dass du schon mal verheiratet warst.«

Es wurde ganz still am Tisch. Vater sah uns der Reihe nach an. Mutter blickte auf ihren Teller.

»Es sind derartige Spießer!«, brüllte Vater. »Als Kind bekam ich ständig Prügel! Sie haben uns vernachlässigt! Karl und ich, wir waren ihnen doch egal!«

Er versuchte, die Stimmung anzuheizen. Er brüllte und schrie und schlug auf den Küchentisch. Er ließ sich ziemlich viel Zeit. Das Hemd rutschte ihm aus der Hose, der Bauch hüpfte. Er schwitzte. Wir warteten einfach ab, bis er wieder aufhörte.

»Mit wem warst du verheiratet?«, fragte Überbiss, als Vater einen Moment verschnaufen und Luft holen musste.

»Mit einem Mann«, sagte Mutter.

»Was für einem Mann?«, wollte ich wissen.

»Es waren unglaubliche Scheißtypen!«, brüllte Vater.

»Bloß einem Mann«, sagte Mutter. »Ich mochte ihn nicht. Die Ehe hielt nur ein Jahr, dann haben Vibeke und ihr Mann mir geholfen auszuziehen. Das ist die ganze Geschichte. Weder kürzer noch länger. Und jetzt wird abgewaschen.«

Vampire unter dem Bett

Ich wollte Überbiss bestrafen. Ich wollte die ganze Nacht alle halbe Stunde an seinem Nackenbügel ziehen und ihn so um den Schlaf bringen.

Überbiss musste eine Stunde vor mir ins Bett. Als ich schlafen ging, schaltete ich das Licht ein und machte richtig Krach. Er schlief weiter. Ich schlich mich an ihn heran und rüttelte an seinem Nackenbügel. Ich wünschte, ich hätte mein eigenes Zimmer. Überbiss erwachte mit einem Ruck.

»Unter dem Bett sind Vampire«, raunte ich ihm zu.

Überbiss begann zu schniefen.

Ich tat, als würde ich mich selbst erwürgen und ließ mich zu Boden fallen. Ich tat, als wäre ich tot.

»Lass das«, wimmerte er.

»Du hättest nichts von dem Auto erzählen dürfen«, sagte ich und würgte mich weiter. »Es ist deine Schuld, dass wir keinen Opa und keine Oma haben.«

Ich fuchtelte mit den Armen, als würde ich gegen einen unsichtbaren Feind kämpfen.

»Wenn ich wollte, würde ich dich jetzt verprügeln«, sagte ich.

Ich tat noch einmal so, als wäre ich tot, ungefähr fünf

Minuten. Überbiss versteckte sich unter der Bettdecke. Dann stand ich auf und ging in mein Bett.

Ich wollte mich wach halten und Überbiss wecken, sobald er wieder eingeschlafen war. Es dauerte lange. Endlich schlief er. Ich hörte es an seiner Atmung.

Ich ging zu seinem Bett und zog ihm vorsichtig die Bettdecke herunter. Ich zog die Schublade unter seinem Bett heraus und stopfte die Bettdecke hinein. Dann schob ich sie wieder zu und fing an zu kichern.

Ich zog ihm die Socken aus und schaute ihn mir an. Aus dem Schrank holte ich seine Handschuhe und streifte sie ihm über die Füße. Die Socken kamen an die Hände. Überbiss schlief noch immer.

»Unter dem Bett sind Vampire!«, rief ich.

Er wachte nicht auf.

Ich traute mich nicht, lauter zu schreien; Vater und Mutter sollten mich nicht hören. Ich ging wieder ins Bett.

Als Mutter uns am nächsten Morgen weckte, schlief Überbiss noch immer ohne seine Bettdecke.

Brillen-Bos Gefriertruhe

Brillen-Bos Eltern kauften einen Kleingarten auf der anderen Seite der Kläranlage. Hing der Gestank der Kläranlage über dem Paradiesgarten, zogen sie in den Kleingarten, und wehte der Wind aus der anderen Richtung, konnten sie im Paradiesgarten bleiben und entgingen dem Geruch.

»Mein Vater hat an alles gedacht«, sagte Brillen-Bo.

Seine Mutter hatte eine große Gefriertruhe angeschafft, die in der Waschküche stand.

»Die ist für das ganze Gemüse, das wir im Garten ziehen werden«, erklärte Brillen-Bo. Er öffnete den Deckel, kletterte über den Rand und sprang hinein, um zu zeigen, wie groß die Truhe war. An den Innenseiten hing Raureif. Er roch nach Blut und gefrorener Seife.

Olsenbande-Kjeld versuchte, den Deckel zu schließen. Brillen-Bo umklammerte den Rand der Gefriertruhe, aber Frank und ich bogen seine Finger nach hinten, bis er losließ. Jens half Olsenbande-Kjeld, Brillen-Bo ganz hineinzudrücken.

Wir warfen den Deckel mit einem lauten Krachen zu, dann kletterten wir auf die Gefriertruhe und setzten uns darauf. Wir wollten bis hundert zählen und ihn dann wieder herauslassen. Als wir bei siebenundachtzig waren, kam Claus, Brillen-Bos großer Bruder, in die Waschküche.

»Hej, Claus«, sagte Jens und streckte die Hand aus, als wollte er ihn begrüßen. »Wie geht's?«

Claus gab erst Jens, dann Olsenbande-Kjeld, Frank und zuletzt mir eine Kopfnuss.

»Wo ist der Stint?«, fragte er. »Meiner Hand fehlt noch ein Schlag.«

»Er liegt in der Gefriertruhe«, sagte Frank.

Claus warf seine Jacke auf den Boden und verschwand in der Küche. Er glaubte uns nicht. Wir lehnten uns nach vorn und blickten ihm nach. Er sah Brillen-Bo überhaupt nicht ähnlich. Claus hatte sein eigenes Zimmer mit einem Plattenspieler und einer Menge Karateplakate. Wäre er unser Kumpel, hätten wir so ziemlich alle verprügeln und jeden Tag auf dem Fußballplatz spielen können.

Dann fiel uns Brillen-Bo wieder ein.

Wir fingen ein paar Fliegen und sperrten sie in ein Einmachglas. Wir legten das Einmachglas in Brillen-Bos Gefriertruhe und nahmen es ein paar Stunden später wieder heraus. Die Fliegen waren gefroren. Wir legten sie auf den Küchentisch und untersuchten sie.

»Die sind tot«, sagte Olsenbande-Kjeld.

»Das ist nur die Kältestarre«, meinte Brillen-Bo.

»Woher weißt du das?«, fragte ich ihn.

»Mein Vater sagt das. Niedere Tiere verfallen in eine Kältestarre, sie sterben nicht. Er liest Bücher darüber.«

»Ist ein Bär ein niederes Tier?«, wollte Frank wissen.

Brillen-Bo seufzte.

»Bären halten doch Winterschlaf.«

Brillen-Bo rollte mit den Augen.

»Wir können schließlich keinen Bären fangen, oder?«, gab Olsenbande-Kjeld zu bedenken.

»Was ist mit einer Katze?«, schlug Jens vor. »Eine Katze zu fangen, ist kein Problem.«

»Katzen halten keinen Winterschlaf«, sagte Frank.

Wir gingen in Brillen-Bos Zimmer, um Comics zu lesen. Frank stellte seine Digitaluhr ein. Siebenundfünfzig Minuten waren vergangen, als Jens pinkeln gehen musste.

»Sie sind weg!«, schrie er.

Zwei Fliegen saßen am Fenster. Sie summten munter, als wir sie zu fangen versuchten. Es war ein Wunder. Die toten Fliegen waren wieder lebendig geworden.

Wir fingen zwei große Kröten. Eine pisste auf Olsenbande-Kjelds kariertes Hemd. Er spuckte auf das Hemd und versuchte, es mit einem Lappen sauber zu machen.

Währenddessen fanden wir eine Plastikschachtel mit Deckel, füllten sie halb mit Wasser und steckten die Kröten in die Schachtel. Dann stellten wir sie in die Gefriertruhe.

»Wir holen sie morgen wieder raus«, sagte Frank.

»Das ist zu lange«, meinte Brillen-Bo.

Wir nahmen sie nach zwei Stunden heraus; das Wasser war gefroren, die Kröten total steif. Wir legten sie auf den Küchentisch. Sie sahen tot aus. Jens stupste eine mit dem Finger an, sie reagierte nicht. Wir gingen zurück in Brillen-Bos Zimmer. Als wir in die Küche zurückkamen, waren die Kröten in die Spüle gesprungen und versuchten herauszukrabbeln. Olsenbande-Kjeld ließ eine im Garten frei. Frank legte die andere unten im Kühlschrank ins Gemüsefach. Wir machten Brillen-Bo weis, wir hätten beide im Garten ausgesetzt.

Am nächsten Tag brachte Jens ein Kaninchenjunges in einer Pappschachtel mit. Es war weiß mit schwarzen Flecken, und alle streichelten es. Die Zippe hatte fünf kleine Kaninchen zur Welt gebracht. Unseres zitterte, wenn wir es streichelten. Wir gaben ihm eine Mohrrübe, aber es wollte nichts fressen.

Wir stellten die Pappkiste mit der Karotte in die Gefriertruhe und verabredeten, das Kaninchen nach zwei Stunden wieder herauszuholen. Wir liefen nach draußen. Franks Digitaluhr würde piepsen, wenn es so weit war.

Wir spielten Schlagball. Weil uns ein Spieler fehlte, übten wir meist Schüsse. Ich steckte einen Stock in einen Ameisenhaufen an der Bordsteinkante. Die Ameisen kletterten den Stock hinauf. Ich zerquetschte sie mit dem Zeigefinger, wenn sie meiner Hand zu nahe kamen. Plötzlich erschien Brillen-Bos Mutter.

»Ich habe mit euch zu reden«, sagte sie.

Wir sahen ihr an, dass irgendetwas nicht in Ordnung war. Wir guckten Brillen-Bo an.

»Was ist denn?«, fragte er.

»Das weißt du doch am besten«, sagte sie.

Es hätten die Kröte im Kühlschrank wie das Kaninchen in der Tiefkühltruhe sein können. Wir hofften auf die Kröte.

»Das war ich nicht«, erklärte Brillen-Bo.

Brillen-Bos Mutter packte ihn am Arm und sah uns an. Sie lief in Hippieklamotten herum, genau wie ihr Mann.

»Dass ihr euch nicht schämt«, sagte sie und zerrte ihn mit sich.

Eine Ameise kletterte meinen Arm hinauf. Ich stand ganz still und wollte sie nicht wegschnipsen, bevor Brillen-Bo und seine Mutter verschwunden waren.

»Zum Teufel, was machen wir jetzt?«, fragte Jens.

Abends rief Brillen-Bos Mutter bei unseren Eltern an und erzählte, dass wir eine Kröte in den Kühlschrank und ein Kaninchen in die Gefriertruhe gesteckt hätten.

Mutter telefonierte lange mit ihr. Sie sagte mehrmals »das kann doch nicht wahr sein«, und hinterher bekam ich kein Abendbrot. Es war erst fünf, aber ich musste ins Bett.

Mutter setzte sich auf die Bettkante.

»Wer ist auf die Idee gekommen?«, wollte sie wissen.

»Weiß ich nicht.«

»Jens' große Schwester ist sehr traurig wegen euch.«
Sie strich mir übers Haar. Ich schob ihre Hand weg.

»Sie hat doch noch jede Menge Kaninchen.«

Mutter beugte sich über mich und sah mir in die Augen. Ihr Haar roch nach Fisch, sie hatte Fischfrikadellen gebraten.

»So etwas dürft ihr nie wieder tun.«

»Nein.«

»Wir anderen werden jetzt zu Abend essen.«

Vater und Überbiss saßen bereits am Tisch, das Essen war fertig. Die Tür stand auf, und ich konnte ein Stück von Vaters Rücken sehen. Er las Zeitung. Die Fischfrikadellen standen auf dem Tisch. Vater tauchte eine Frikadelle in die Schale mit der Buttersoße und steckte sie sich in den Mund. Überbiss äffte ihn nach. Ich hatte plötzlich großen Hunger.

»Wie hieß der, mit dem du verheiratet warst?«, fragte ich.

Mutter erhob sich.

»So, Schluss mit lustig«, sagte sie.

Das sagten sie ständig. Einmal zählte ich zwölfmal an einem Tag.

Mutter schloss die Tür nicht ganz. Sie ließ sie einen Spalt offen, damit ich sie schmatzen hören konnte.

Nach den Fischfrikadellen gab es Birnen mit Rahm und Kompott. Ich hatte gehofft, dass Überbiss mir eine Portion hereinschmuggelte, stattdessen aß er zwei Portionen.

»Ich kann eine ganze Stunde in der Tiefkühltruhe liegen«, sagte ich am nächsten Tag zu den anderen. »Ich muss mir nur meinen Mantel und die Handschuhe anziehen.«

Sie versprachen mir jeder eine Krone, wenn ich es versuchte.

Frank und Olsenbande-Kjeld banden eine lange Schnur um eins meiner Handgelenke. Brillen-Bo holte eine Messingglocke und band sie ans andere Ende der Schnur. Ich musste in der Gefriertruhe auf dem Rücken liegen. Mit dem linken Unterarm sollte ich mich auf den Ellenbogen stützen, damit mein Arm direkt in die Luft ragte. Die Messingglocke hing draußen. Sollte ich wegen Sauerstoffmangels ohnmächtig werden, würde meine Hand herunterfallen und die Glocke klingeln; dann könnten sie mich retten.

Ich zog Brillen-Bos Winterjacke und seine Winterstiefel an. Jens brachte mir eine Mütze, Handschuhe und ein Halstuch.

»Jetzt gibt es kein Zurück mehr!«, sagte Olsenbande-Kjeld.

Ich wollte wie ein Kamikaze-Pilot einen letzten Reisschnaps haben. Sie holten einen Eierbecher und füllten ihn mit Wasser. Ich gab eine Menge Laute auf Japanisch von mir: »Dar dingst, kadusk, hampsk, huf huf!!«

Dann trank ich den Eierbecher aus und kletterte in die Tiefkühltruhe. Die anderen halfen mir. Frank drückte auf seine Digitaluhr und zwinkerte mir zu, als sie den Deckel schlossen.

Es wurde stockfinster. Damit hatte ich nicht gerechnet. Ich hatte gedacht, es gäbe Licht im Gefrierschrank. Ich wollte sehen, wie mein Atem aufstieg, ich wollte den dichten Wasserdampf sehen, und ich wollte die Eiskristalle an den Wänden der Gefriertruhe sehen. Jetzt war es wie in einem Sarg. Sofort begann meine Nase zu laufen. In die Lungen stieg ein kaltes Gefühl. Ich konnte meine Fingerspitzen und meine Beine spüren, weil ich nur Jeans anhatte. Ich war ein Idiot. Niemand unternimmt eine Expedition zum Nordpol in Jeans. Irgendwo weit entfernt hörte ich das Geräusch von etwas Schwerem, das auf den Deckel der Tiefkühltruhe gelegt wurde.

Ich bildete mir ein, es gäbe Licht. Das half. Ich versuchte, die Dampfschwaden vor mir zu sehen. Sie stiegen von meinem Mund auf und verteilten sich in der Gefriertruhe. Alles begann zu leuchten und zu wachsen, mein ganzer Körper bebte vor Aufregung. Ich konnte selbst bestimmen, was ich sehen wollte. Es war wunderbar. Mein Kopf war das Licht und meine Gedanken die Finger, die den Schalter drückten. Ich konnte das Licht in meinem Kopf selbst an- und ausknipsen und hoffte, dass dieser Zustand eine Ewigkeit andauern würde. Aber irgendwann muss ich eingeschlafen sein, denn plötzlich durchfuhr meinen Körper ein Zucken, ich riss die Augen auf und starrte in die Dunkelheit. Meine Lungen schnürten sich zusammen. Ich hatte das Gefühl zu ersticken und konnte das Licht nicht wieder herbeidenken.

Ich zog an der Schnur, hörte die Messingglocke aber nicht. Vielleicht hatten sie mich vergessen. Ich hatte stundenlang in der Truhe gelegen. Es war Nacht geworden. Alle schliefen. Ich hatte seit Tagen hier gelegen.

Ich setzte mich auf die Knie und versuchte, den Deckel anzuheben. Mein Körper war steif, die Schnur ganz oben am Rand abgerissen. Ich schrie. Es klang unheimlich, daher wagte ich nicht, noch einmal zu schreien. Ich wartete. Es passierte nichts. Ich hämmerte mit dem Rücken gegen den Deckel, warf mich von einer Wand an die andere, wartete und horchte. Ich konnte nur meine eigenen hysterischen Atemzüge hören. Das Blut sauste mir durch die Adern, und ich hatte einen metallischen Geschmack im Mund. Ich würde sterben, so wie das Kaninchen. Ich zappelte mit Armen und Beinen und schlug mit dem Kopf an die Wände der Gefriertruhe.

Und dann sah ich sein Gesicht vor mir. Ihn, mit dem Mutter verheiratet gewesen war. Er kam, um uns zu besuchen. Ich war noch nicht sehr alt und versteckte mich unter meinem Bett. Überbiss trug einen blau gestreiften Strampelanzug. Vater saß in der Küche und las Zeitung. Seine Nase steckte ganz in der Zeitung. Der Mann stand in der Tür zu meinem Zimmer. Mutter packte mich am Bein und versuchte, mich herauszuziehen. Ich krabbelte so weit ich konnte unters Bett und schluckte eine Menge Staub. Ich erstickte beinahe, so wie jetzt. Ich wusste, ich benahm mich falsch, aber der Mann war ekelhaft. Ich konnte ihn nicht leiden. Ich wollte nicht, dass er da war.

Mir wurde schwindlig vor Sauerstoffmangel, ich fiel auf den Truhenboden und steckte meinen Kopf zwischen die Knie. Tränenförmige Eisklumpen strömten aus meinen Augen. Dann verschwand der Boden unter mir, und ich fiel tiefer in die Kälte und Dunkelheit unter Brillen-Bos Haus, dorthin, wo niemand von uns je gewesen ist. Ich blieb lange dort unten. Ich schwebte in der Dunkelheit, mich überkam eine Kältestarre wie bei den Tieren, ich wurde von Entsetzen gepackt, aber auf eine tierische Art. Eine niedere Art. Ich war eine Kröte, eingefroren im Schlamm; die Welt war dunkel, zäh und schwer, sie pochte in der Halsschlagader, poch, poch, es war das einzige Geräusch, dass ich von mir geben konnte. Poch, poch, ich war stumm und erwachte nicht wieder, bevor das Licht durch den Spalt an der Oberkante der Truhe wiederkehrte.

Frank, Jens, Brillen-Bo und Olsenbande-Kjeld lächelten durch die Lichtstrahlen auf mich herab. Frank zeigte auf seine piepsende Digitaluhr. Brillen-Bo stand mit einem neuen Eierbecher Reisschnaps bereit.

Ich hatte vier Kronen verdient. Wenn ich die kleinsten Lakritzen im Süßigkeitenladen kaufte, bekäme ich achtzig Stück.

»Wir haben Arbeit«, sagten die anderen.

Die fliegende Untertasse

Die Arbeit bestand darin, den Kleingarten umzugraben. Die Erde war voller Geißfuß. Jeder von uns bekam einen Spaten. Die gesamte Erde sollte auf Spatenstichtiefe gewendet werden. Wir mussten das Wurzelgeflecht des Geißfußes durchtrennen und die Wurzelstücke in eine Schubkarre werfen. Eigentlich wäre es die Aufgabe von Brillen-Bos großem Bruder gewesen, aber er hatte keine Lust. Wir bekamen hundert Kronen dafür. Ein Vermögen.

Das eigentliche Gartenhaus war nicht größer als ein Schuppen. Eine Seite war etwas abgesackt – wenn man einen Ball auf den Fußboden legte, rollte er bis in die entgegengesetzte Ecke. Zwischendrin tauchten interessante Dinge auf. Jens fand eine Menge Batterien und Olsenbande-Kjeld die Sohle eines Turnschuhs und mehrere alte Nylonstrümpfe.

»Vielleicht liegt hier ja auch irgendwo ein Steinzeitmensch begraben«, meinte Jens.

Wir fanden sogar Knochen. Wir sammelten alles in einem Eimer und veranstalteten einen Wettkampf, wer in zwei Minuten das tiefste Loch graben konnte. Frank gewann. Sein Loch war dreiunddreißig Zentimeter tief. Er durfte uns alle mit einem Zweig schlagen, weil er gewonnen hatte. Er schlug jedem von uns einmal auf den Rücken.

Den Garten umzugraben, dauerte mehrere Wochen. Die Erde war hart. Es war fast unmöglich, mit dem Spaten das dichte Wurzelnetz des Geißfußes zu durchtrennen. Brillen-Bos Mutter brachte uns etwas zu essen. Sie war nicht mehr sauer wegen des Kaninchens.

Irgendwann starrte Stiernacken über die Hecke. Wir waren allein im Garten. Er lächelte, aber nicht aus Freundlichkeit. Sondern aus Bosheit. Die Hälfte seiner Muskeln saß im Nacken.

Am Ende des Gartens gab es ein kleines Weidengehölz. Dahinter floss ein Bach. Und auf der anderen Seite des Baches begann das Moor. Wir konnten dorthin laufen und hoffen, ihm so zu entkommen. Wir konnten auch ins Gartenhaus laufen.

»He«, sagte Jens. »Wie geht's denn so?«

»Wart's ab«, erwiderte Stiernacken. Seine Augen wurden schmal. Er sah abwechselnd Olsenbande-Kjeld und mich an. Er konnte sich nicht entscheiden, wen von uns beiden er lieber in die Finger bekommen wollte.

Mein Magen schnürte sich zusammen. Meine Kehle wurde trocken. Irgendwann mussten wir nach Hause gehen. Stiernacken könnte sich irgendwo verstecken und auf uns warten.

»Vater!«, rief Brillen-Bo und guckte in Richtung Gartenhaus. »Kommst du bald wieder raus?«

Stiernacken blickte zum Schuppen. Dort tat sich nichts.

»Er ist doch gar nicht da«, sagte er.

»Er schläft.«

»Wartet nur«, sagte Stiernacken und verschwand über den Fußweg.

Wir gruben eine halbe Toilette aus, als Stiernacken gegangen war. Der Sockel war kaputt und der oberste Teil des Spülkastens abgebrochen. Wir legten einen großen Stein unter den Sockel und stellten die Toilette auf. Wir waren so begeistert von unserem Fund, dass wir Stiernacken vollkommen vergaßen. Wir pinkelten nacheinander hinein. Olsenbande-Kjeld als Letzter. Er nahm sich eine Handvoll Erde und schmierte seinen Pillermann halb mit Erde ein, so dass er aussah wie ein kleiner fetter Regenwurm.

Wir gruben eine Unmenge Scherben aus. Je tiefer wir kamen, desto mehr Sachen lagen in der Erde: harte Klumpen, die nach Teer rochen. Alte Sicherungen.

»Wie wäre es, wenn wir ein richtig tiefes Loch graben?«, schlug Frank vor. »Ich glaube, da unten liegt noch eine Menge.«

»Wir sollen nur einen Spatenstich tief graben«, gab Brillen-Bo zu bedenken.

»Wir schütten es hinterher einfach wieder zu«, sagte Frank.

»Okay, graben wir ein Riesenloch«, sagte Olsenbande-Kjeld.

»Nein«, sagte Brillen-Bo.

»Wir graben, bis wir ein Steinzeitweib finden«, sagte Jens.

Wir fingen an zu graben, obwohl Brillen-Bo protestierte. Zuerst gruben wir uns durch eine Schicht von Scherben und verbogenen Eisenstücken. Die Eisenstücke waren voller Rost. Die Erde roch nach altem Metall. Schon bald gaben wir es auf, die Sachen zu sammeln. Es waren zu viele. Es gab kaum noch Erde, wenn man vierzig Zentimeter tief grub. Dann folgte eine Lage dunkler Teerklumpen. Schwarzes Öl sickerte aus ihnen heraus. Es stank übler als die Kläranlage. In dem Öl schwammen Metallstücke und zerrissene Plastiktüten. Der Teer war das Schlimmste. Unter dem Teer fanden wir eine dicke Schicht aus Nylonstrümpfen und Gummisohlen. Es war so gut wie unmöglich, weiterzugraben. Wir mussten die Hände benutzen und die Nylonstrümpfe einzeln herausziehen. Wir schmissen alles auf einen Haufen hinter uns. Er wuchs rasch zu einem stinkenden Berg aus Abfall. Wir unterhielten uns kaum noch. Vor unseren Augen öffnete sich eine verborgene Welt.

Aus den Seitenwänden des Lochs begann Wasser zu sickern, weil wir so nah am Moor gruben. Es bildete sich ein schwarzer See mit einem regenbogenfarbenen Wasserspiegel am Boden des Lochs. Wir holten einen Eimer und schöpften das Wasser heraus. Frank traf Jens ins Gesicht, als er den Eimer über dem Rand des Lochs ausschütten wollte. Jens sagte nichts.

Dann hörten wir ein merkwürdiges Geräusch. Frank hämmerte mit seinem Spaten auf den Boden des Lochs. Er war über und über mit Teer und Schlamm verschmiert. Seine Augen strahlten. Wir alle hielten den Atem an.

Es klang hohl. Es klang groß. Wir gruben weiter, bis uns klar wurde, dass wir auf einem großen Metallteil standen. Das Metall war rostig. Rost und alte Farbe schälten sich in großen Placken. Das Metallding war hohl. Wir legten eine Plane über das Loch und verabredeten, am nächsten Tag weiterzugraben.

Auf dem Heimweg lief ich Stiernacken über den Weg. Er sprang aus einem Busch. Die anderen waren gegangen.

»Wie geht's denn so?«, erkundigte er sich lächelnd. Er ging neben mir, als wollte er mich begleiten. Als wären wir Freunde.

»Gut«, flüsterte ich.

Er ballte die Faust und schlug mir fest auf den Rücken.

»Was hast du gesagt? Du redest ja wie ein Säugling.«

Ich brachte kaum ein Wort heraus. Ich hustete. Aber mir kamen nicht die Tränen. Meine Hände und Arme waren ganz schwarz vom Graben in der Erde.

»Ich sagte … gut.«

Er versetzte mir einen weiteren Schlag.

»Ich höre schlecht.« Er lächelte noch immer. Vier Finger hatte er in der Tasche seiner Jeans, den Daumen hielt er abgespreizt. Die andere Hand hing locker herunter, bereit, mich noch einmal zu schlagen.

»Du willst mir also nicht erzählen willst, wie's dir

geht? Willst du mich etwa provozieren? Wieso musst du immer so scheißprovozierend sein?«

»Mir geht's gut«, wiederholte ich leise.

Er versetzte mir einen noch härteren Schlag. Ich fiel auf die Knie. Stiernacken blieb neben mir stehen. Er trug schwarze Clogs. Wenn er mich jetzt trat, würde es richtig wehtun. Er führte einen seiner Clogs an meinen Mund, bis er meine Lippen berührte. Bis zu mir nach Hause waren es nicht mehr als ein paar hundert Meter. Ich überlegte, ob ich heulen sollte. Möglicherweise half es. Ich stand auf und ging weiter.

»Du bekommst Prügel, wenn du mir nicht sagst, wie es dir geht.«

»Es geht mir gut«, sagte ich.

Diesmal schlug er mir in den Bauch. Ich knickte zusammen und begann zu schluchzen, als ich wieder Luft bekam. Stiernacken blieb neben mir stehen. Er hatte beide Hände in die Hosentaschen gesteckt. Die Daumen noch immer abgespreizt. Er pfiff. Er wartete nur, bis ich wieder hochkam.

»Wie geht es dir?«

Dann entdeckte ich Überbiss. Er stand auf der Treppe, die zum Fußweg vor unserer Häuserzeile führte. Er trug den Nackenbügel. Er schaute fasziniert zu.

»Verschwinde!«, schrie ich und kam auf die Beine. Er sollte nicht sehen, was Stiernacken mit mir anstellte.

Überbiss drehte sich um und lief nach Haus.

Stiernacken schlug mir noch einmal die Faust in den

Bauch, dann verschwand er. Ich wälzte mich im Kies-
belag, als Mutter herauskam.

»Was ist denn hier los?«

»Gar nichts«, antwortete ich.

»Mikael hat gesagt, ein großer Junge ist hinter dir
her.«

»Mikael ist ein Idiot.«

Am nächsten Tag gruben wir weiter. Der Berg aus
Abfällen wuchs. Die Leute fingen an, über die Hecke
zu schauen. Sie blieben auf dem Weg stehen und machten sich offenbar ihre Gedanken über uns. Niemand
sagte etwas. Der Schuttberg war jetzt über zwei Meter
hoch.

Das Loch war kaum anderthalb Meter tief, aber sein
Durchmesser wuchs ständig. Das Metallteil war enorm.
An den Seiten fiel es schräg ab. In der Mitte war es flach,
an den Rändern rund, dann führte es senkrecht in die
Erde. Wir gruben einen Meter tief an den Seiten des
Metalldings, bis wir eine Tiefe von fast zweieinhalb
Metern erreicht hatten. Alles war voll mit schwarzem
Moorwasser. Wir holten mit dem Eimer faulen Schlamm
herauf. Die feste Erde hatte sich in bodenloses Sandge-
rinnsel verwandelt.

»Das ist ein Bunker«, meinte Olsenbande-Kjeld. »Dadrin sind bestimmt eine Masse toter Deutscher.«

»Bunker sind nicht aus Metall«, sagte Brillen-Bo.

»Das ist ein geheimer Bunker«, behauptete Olsenbande-Kjeld.

»Das ist eine fliegende Untertasse aus der Vorzeit«, erklärte Frank.

»In der Vorzeit hatten sie kein Metall«, widersprach Brillen-Bo.

»Halt die Klappe, Klugscheißer«, sagte Frank. »Hat dein Vater auch Bücher über Ufos gelesen?«

»Er liest sehr viel.«

»Er liest doch nur Froschpornos«, sagte Frank.

»Er muss die Hefte selbst schreiben, weil niemand sonst solche Sauereien lesen will«, sagte Jens.

»Dein Vater hat doch die ganzen Pornohefte«, erwiderte Brillen-Bo.

»Wir haben keine bei ihm gefunden«, sagte Frank.

»Aber einen Plastikpimmel!«, rief Brillen-Bo.

Frank setzte sich auf ihn.

»Das war das Rohr von unserem Staubsauger«, behauptete er.

»Das war der Plastikpimmel deiner Mutter«, stöhnte Brillen-Bo. »Wahrscheinlich funktioniert der Schwanz deines Vaters nicht mehr richtig.«

Frank zwirbelte Brillen-Bos Brustwarze, bis er aufgab. Er trat ihm in den Hintern und fing an, ihn auf der Erde herumzuwälzen. Brillen-Bo war der Einzige, der so etwas mit sich machen ließ. Jens stand auf dem Metallteil und feuerte Brillen-Bo an. Er hüpfte auf und ab, um besser sehen zu können. Es sah komisch aus. Sein Kopf verschwand und tauchte wieder auf, verschwand und tauchte wieder auf.

Zwischen Franks Augenbrauen zeigte sich eine Falte

wie bei einem Pavian. Er atmete durch die Nase. Er schien verrotzt zu sein, denn man hörte, wie er die Luft einzog.

Plötzlich glitt Jens aus. Er rutschte über das Metallteil, fiel in das tiefe Loch am Rand und versank in dem bodenlosen Schlamm, bis er bis zum Bauchnabel im Morast stand.

Sein Kopf befand sich ein gutes Stück unter dem Rand des Metallteils. Ein merkwürdiges Geräusch war zu hören. Als ob das Metallding rülpste. Der Schlamm begann zu blubbern. Es stank nach faulen Eiern. Das Metallteil glitt ein Stück auf Jens zu, der tiefer sank und nun bis zum Brustkasten im Dreck steckte. Er schrie. Wir liefen zum Rand des Loches und schauten hinab.

Wenn wir uns auf den Bauch legten und unsere Oberkörper über den Rand hängen ließen, konnten wir gerade noch seine Fingerspitzen erreichen. Aber dafür musste sich jemand auf unsere Beine setzen. Sonst wären wir auch ins Loch gefallen. Olsenbande-Kjeld sprang auf das Metallteil. Wieder rülpste es. Rund um Jens blubberte es. Er wurde lebendig gekocht. Das Metallteil rutschte weiter zur Seite, und Jens versank bis zum Hals.

Wir schrien auf. Jens sah furchtbar klein aus neben dem enormen Metallding. Wir hatten uns bis zum bodenlosen Moor durchgegraben.

»Holt meinen Vater«, flüsterte er.

Olsenbande-Kjeld kletterte hastig aus dem Loch. Das Metallteil war ein U-Boot. Das wurde uns jetzt klar. Es fuhr durch ein schwarzes Meer ohne Grund. Unter der Erde war Wasser. Jens würde ertrinken. Wir konnten ihn nicht retten. Wir konnten seine Hände nicht erreichen. Er wusste es. Wir wussten es. Seine Pupillen waren groß und schwarz. Er atmete mit kurzen hektischen Stößen. Er weinte, aber er gab keinen Ton von sich. Es kamen auch keine Tränen. Nur sein Kopf und seine erhobenen Arme ragten noch aus dem Morast, die Schultern waren verschwunden. Er versuchte, den Rand des U-Boots zu fassen. Er riss sich seine Fingernägel blutig. Er versuchte, sich an der Erdwand hochzuziehen, aber sie bröckelte. Verbogene Metallteile, Scherben, Nylonstrümpfe und schwarze Teerplacken stürzten auf ihn herab. Er würde lebendig begraben werden. Ich hatte noch nie jemanden sterben sehen. Ein paar Straßen vom Paradiesgarten wohnte mal ein Junge, den ein Containerlaster totgefahren hatte. Auf der Straße lagen hinterher Sägespäne. Wir haben es nicht gesehen. Seine Familie zog weg. Besonders gut kannte ich ihn nicht. Das war passiert, noch bevor wir in die Schule kamen. Auch ein Mädchen wurde mal mit dem Rad auf dem Weg zur Schule totgefahren. An der Kurve am Ende des Industribakkevejs. Eine gefährliche Stelle. Dort lagen hinterher allerdings keine Sägespäne auf der Straße. Frank und ich sind mit unseren Fahrrädern letzten Sommer am Ende des Hügels gestürzt. Wir wollten herausfinden, wer am schnellsten fahren konnte, dabei verhakten sich unsere Lenker. Deshalb fielen wir gleichzeitig. Ich schlug mit dem

Kopf auf die Bordsteinkante. Frank hatte gewaltige Hautabschürfungen an der Wange. Er schrie, als seine Mutter die Wunde reinigte. Wir konnten es hören, als wir zu Abend aßen.

Wir wagten es. Olsenbande-Kjeld brüllte: »Springt«, und wir sprangen alle gleichzeitig auf das Dach des U-Boots. Es rülpste laut und legte sich noch mehr auf die Seite. Jens' Kopf verschwand im Schlamm. Es blubberte gewaltig. Gummisohlen und alte Nylonstrümpfe schwammen auf der Oberfläche. Der Gestank erstickte uns beinahe. Wir konnten jetzt nur noch Jens' Hände sehen. Sie ragten aus dem schwarzen Morast. Hätten wir einen langen Strohhalm oder ein Stück eines Gartenschlauchs gehabt, hätten wir es ihm in den Mund schieben können.

Wir packten seine Hände und versuchten, ihn hochzuziehen. Das U-Boot schaukelte von einer Seite zur anderen. Wenn man trainiert hatte, konnte man vielleicht zwei Minuten die Luft anhalten. Es gelang uns, ihn zehn Zentimeter herauszuziehen, so dass gerade seine Nase freilag. Aber weiter hochziehen ließ er sich nicht. Wir saßen ganz still, um zu hören, ob er noch atmete. Wir hörten nichts, doch als er kurz darauf wieder hinabsank, kamen eine Menge Blasen aus seiner Nase. Es war eine fürchterliche Art zu sterben.

Wir zogen ihn erneut ein paar Zentimeter hinauf, bis er wieder Luft durch die Nase bekam. Seine Augen spielten verrückt. Er sah aus wie ein Monster aus einem Horrorfilm.

Brillen-Bo und Olsenbande-Kjeld gingen auf die andere Seite des U-Boot-Dachs und hüpften wie die Verrückten darauf herum. Ein lautes, knirschendes Geräusch ertönte. Beide Beine von Olsenbande-Kjeld hatten das Metalldach durchstoßen. Er schrie auf. Das U-Boot rülpste und kippte langsam auf die andere Seite. Es blubberte rund um Olsenbande-Kjelds Oberkörper. Er fuchtelte mit den Armen und sah aus wie ein Spasti.

Jens hatte sich durch die Verschiebung ein bisschen befreien können und steckte nun nur noch bis zum Brustkasten im Schlamm. Wir zogen an seinen Armen und ließen Olsenbande-Kjeld zappeln. Die Haut um Jens' Handgelenke wurde dunkelrot, aber er gab keinen Ton von sich. Schließlich gelang es uns, ihn aufs Dach des U-Boots zu zerren. Wir wollten ihm aus dem Loch helfen, aber er riss sich los, sprang selbst auf die Erde und fing an zu laufen. Er blieb nicht stehen. Er rannte einfach immer weiter. Wir befreiten Olsenbande-Kjeld und liefen Jens hinterher. Er rannte wie ein Wahnsinniger. Er brüllte laut, während er lief; wir konnten ihn nicht einholen. Wir gingen zurück und legten die Plane über das Loch. Es war nicht mehr lustig. Es war ein Scheißgarten voller altem Plunder. Brillen-Bos Vater konnte seine hundert Kronen behalten.

Als wir am nächsten Tag zum Kleingarten kamen, saß Brillen-Bos Vater auf dem Abfallberg und starrte in die Luft. Er hatte die Plane beiseitegezogen und fing in dem Moment an zu brüllen, zu schreien und mit den Armen zu fuchteln, als er uns sah. Wir waren drauf und dran wegzulaufen. Brillen-Bos Vater ballte seine Fäuste und schlug Löcher in die Luft.

»Sauerei!«

Wir dachten, er wäre wütend auf uns, weil wir ein Riesenloch in seinem Garten gegraben hatten, aber er schäumte über die Gemeinde.

»Die haben mir eine Müllkippe verkauft!«, schimpfte er. »Diese ganze verfluchte Kleingartenanlage liegt auf einer alten Mülldeponie.«

Er sagte, es wäre gut, dass wir die »Qualität des Erdbodens« untersucht hätten. Er hätte selbst dran denken müssen, bevor er das Gartenhaus kaufte. Er sagte, er wäre ein verdammter Hornochse und die Leute aus der Gemeindeverwaltung wahnsinnig.

»Leider funktioniert das System in Dänemark heutzutage so«, fauchte er.

Wir alle nickten.

»Ich werde jetzt mit dem Vorsitzenden reden.« Einer seiner großen Zehen ragte aus seinen fußgerechten Schuhen. Er trug ein gelbes T-Shirt mit dem Peace-Zeichen. »Wollt ihr mitkommen?«

Der Vorsitzende des Kleingartenvereins saß in einem Gewächshaus und trank mit ein paar anderen Männern Bier.

»Du darfst nicht so tief graben«, sagten sie, als Brillen-Bos Vater von dem Loch erzählte. »Wie lang sind denn deine Karotten?«

»Das hat nichts damit zu tun«, sagte Brillen-Bos

Vater. »Die haben das Moor mit Abfall aufgefüllt und uns diesen Scheiß hinterher verkauft.«

»Unsinn«, sagte der Vorsitzende.

Sie hielten ihn für einen Hippie. Sie fragten, ob er ein Bier wollte. Sie sagten, ja, man müsse schon so seine sieben Pfund Dreck im Jahr fressen.

»Es ist ein Skandal«, erklärte Brillen-Bos Vater.

»Die meisten Kleingartenkolonien liegen auf alten Abfalldeponien«, erwiderte der Vorsitzende.

Brillen-Bos Vater drehte ihm den Rücken zu und ging von Gartenhaus zu Gartenhaus, um mit den Leuten zu reden. Wir folgten ihm. Die Hälfte der Leute, mit denen er redete, war besoffen. Die meisten boten ihm ein Bier an.

Er fragte, wie sie Gemüse essen könnten, das auf einer Müllhalde gezogen war.

Die meisten zuckten die Achseln, ein paar waren beleidigt. Sie wollten nichts von einer Müllkippe hören. Die lag schließlich unter der Erde.

Wir deckten das Loch zusammen mit Brillen-Bos Vater ab und bekamen unsere hundert Kronen. Als wir das nächste Mal in die Tiefkühltruhe guckten, war sie voll mit gefrorenem Fleisch.

Spinnergeschichten

Seit einiger Zeit hatte ich angefangen, mir Vater anzu-sehen. Wir hatten unterschiedliche Augen. Im Profil war seine Nase ganz gerade und sehr lang. Er sah aus wie ein römischer Kaiser, wenn er auf dem Sofa lag und fernsah. Er konnte sehr manierlich im Liegen essen. Im Gegensatz zu Brillen-Bos Vater liebte er alles, was aus Amerika kam: Western, Kaugummi, Atombomben. Er besaß eine Kappe mit dem Bild eines Adlers. Und Shorts mit grünen Palmen aus Hawaii. Damit ärgerte er Mutter immer. Es war toll, ihn in den Bauch zu boxen, aber es war lange her, seit ich es das letzte Mal durfte.

»Darf ich mal wieder?«, fragte ich.

»Wage es ja nicht«, brummte er.

Ich hatte ihn geweckt. Er war drei Tage in Jütland gewesen. Er stand auf und schubste mich mit seinem Bauch aus dem Wohnzimmer. Wir lachten. Ein Foto fiel ihm aus der Brusttasche. Es zeigte ein Baby mit einem Schnuller im Mund. Er hob das Bild auf und steckte es wieder in die Tasche.

»Ich lasse einen fahren, wenn du mich nicht schlafen lässt«, sagte er.

Ich rannte ins Badezimmer und versteckte mich hinter einem Handtuch. Vater knallte die Wohnzimmertür zu und schloss sich ein, um seine Ruhe zu haben. Er hatte mich überlistet.

Meine Nase war nicht besonders lang, außerdem hatte ich Locken. Ich untersuchte mein Gesicht im Badezimmerspiegel. Überbiss' Haar war ganz glatt. Wie Vaters. Mutter nannte mich »Lockenkopf«. Normalerweise liebte ich es, jetzt hasste ich es. Ich fand, er behandelte uns unterschiedlich. Früher hatte ich es nicht bemerkt. Überbiss gegenüber verhielt er sich anders.

»Darf ich noch eine?« Überbiss wollte noch eine Frikadelle. Wir durften jeder zwei essen. Es sollte noch etwas für den nächsten Tag übrig bleiben.

Vater steckte seine Gabel in eine Frikadelle und legte sie Überbiss auf den Teller. Ich wartete darauf, dass er mir auch eine gab, aber es geschah nichts. Ich senkte den Kopf. Ich wusste genau, warum ich keine bekam.

»Du hast deine Frikadellen doch bekommen«, sagte Mutter.

»Er hat seine Frikadellen bekommen«, wiederholte Vater und breitete die Arme aus.

»Gib ihm noch eine«, sagte Mutter.

»Aber nicht, wenn er seine schon bekommen hat.«

Ich fand ein Foto von Vater in meinem Alter. Er sah mir überhaupt nicht ähnlich. Ich beschloss, das Haus zu durchsuchen, und ging systematisch zu Werk. Jeden Tag hatte ich ein paar Stunden Zeit, bevor Mutter von der Arbeit nach Hause kam. Ich war sicher, dass es irgendwo auf einem Blatt Papier stehen musste. Wichtige Dinge standen immer auf einem Blatt Papier.

Es war unheimlich, in all den Schubladen und Schränken zu wühlen. Jedes Mal, wenn ich eine Schublade aufzog und ganz normale Sachen fand, war ich erleichtert. Vaters alte Uhren, die er aufhob, obwohl sie nicht mehr funktionierten. Visitenkarten und Rechnungen, halb volle Kästen mit Schnürbändern, eine Halskette mit einer in Silber gefassten Muschel. Ich hatte alles schon mal gesehen. Auf dem Boden einer Schublade fand ich ein paar alte Polaroidbilder, auf denen er neben einer Reihe bunter Holzplatten stand – die kannte ich bisher nicht. An den Platten hatte er eine Menge alten Kram befestigt: rostige Speichen von Fahrradrädern, Konservendosen, Zahnräder und die Eingeweide verschiedener Apparate. Einzelne Teile waren bemalt, andere hatte er im Originalzustand belassen. Auf den Fotos wirkte er anders. Nicht nur jünger und schlanker, sondern auch glücklicher, allerdings auf eine Weise, die mir nicht gefiel. Als wäre damals alles sehr viel leichter gewesen als jetzt.

Später fand ich auch ein paar Fotografien von Großvater und mir in seinem Garten. Er war Mutters Vater. Im Hintergrund stand sein Gewächshaus. Es war lange her, seit ich ihn zuletzt gesehen hatte. Ich war nicht besonders groß auf den Fotos, vermutlich hatte man sie vor vielen Jahren geknipst.

»Irgendwann einmal werde ich dir alles erzählen«, hatte er gesagt. Es muss ganz früh im Jahr gewesen sein, denn ich hatte auf einen Krokus getreten, der auf dem

Rasen wuchs. Wir sollten um die Krokusse herumge-
hen, aber sie standen überall auf dem Rasen, und nun
hatte ich auf einen getreten – er war unter meinem Fuß.
Großvater saß in einem Gartenstuhl vor dem Gewächshaus. Er starrte mich an. Ich wagte nicht, den Fuß zu
bewegen. »Alles, ich meine, ich werde dir tatsächlich
vom Anfang aller Dinge erzählen, okay?«

Mein Fuß stand wie angenagelt auf dem Rasen. Das
Sonnenlicht tanzte auf den schmutzigen Glasfenstern
des Gewächshauses. Glücklicherweise kam Mutter mit
einer Handvoll abgeschnittener Staudenstängel aus
dem leeren Hühnerhaus. »Erzähl ihm nicht solchen
Unsinn«, sagte sie. Es war nicht das erste Mal, dass
Großvater versuchte, mir vom Beginn aller Dinge zu
erzählen. Er wollte mir immer gern von den Generationen erzählen. Er behauptete, sich vierundzwanzig Generationen zurückerinnern zu können. Es war unmöglich, das wussten wir alle, aber es hatte was mit seinen
Anfällen zu tun. Zuerst bekam er Krämpfe. Dann
schlief er ein. Es hieß Epilepsie. Ich hatte es nie gesehen.
Ich konnte auch Krämpfe bekommen, aber nur, wenn
ich Fieber hatte. Mutter sagte, es wäre mehr als Epilepsie, denn wenn er nach den Anfällen schlief, könnte er
verschiedene Dinge sehen, bei denen es meist um die
Generationen ging und die ihn verrückt werden ließen.
Er machte nicht immer einen verrückten Eindruck,
aber wenn er anfing, vom Anfang aller Dinge zu reden,
war das ein Zeichen, dass er wieder herumspann.

Mutter mochte es nicht und schimpfte am Telefon

mit ihm, vor allem, wenn er nachts anrief. Er rief oft in der Nacht an, also zog Mutter den Stecker heraus, wenn wir zu Bett gingen, und steckte ihn morgens wieder ein. Sie tat es noch immer. Sie hatte genug vom Anfang aller Dinge gehört, als sie noch bei Großvater wohnte. Eigentlich fand ich es ziemlich spannend, tat aber so, als wäre ich mit ihr einer Meinung.

»Bist du deshalb von zu Hause abgehauen? Weil du diese Geschichten nicht mehr hören wolltest?«

Sie nickte.

»Wieso?«

»Wieso?« Sie sah mich an, als wäre ich schwachsinnig.

Ich wusste genau, wie sie es gemacht hatte. Eines Morgens, als es langsam hell wurde, hatte sie ein Fenster geöffnet. Sie sprang hinaus und lief auf die Straße. Sie hatte nur ihr Nachthemd an. Sie lief mit bloßen Füßen. Glücklicherweise war es Sommer. Seitdem hatte sie nicht mehr bei Großvater gewohnt. Sie zog bei ihrer Tante ein. In das Zimmer des Mannes, der in seinem Bett lag und sie sich nachts anschaute. Des Mannes, der uns mal besucht und den ich in Brillen-Bos Gefriertruhe gesehen hatte. Ich hatte keine Ahnung, woher ich das wusste. Es war ein Bild in meinem Kopf.

Danach zogen Untermieter bei Großvater ein. Ihm reichten das Schlafzimmer und das Gewächshaus. Mehr brauchte er nicht. Es war blöd, einen Großvater zu haben, der in einem Gewächshaus wohnte und den man nie sah, weil er mit seinen Geschichten über die Generationen alle verrückt machte.

Einmal ging Überbiss ans Telefon. Nachts. Niemand von uns hatte es klingeln hören. Er muss sehr schnell gewesen sein. Wir erfuhren es erst am nächsten Morgen.

»Ich mag ihn nicht«, sagte Überbiss.

»Wen?« Mutter maß aus der chinesischen Blechschachtel Tee ab. Wir frühstückten.

»Den Telefonmann.«

»Hast du geträumt?«

»Er ist doof.«

Mutter stand auf und ging ins Wohnzimmer. Sie hatte vergessen, den Stecker herauszuziehen.

»Er ist mir unheimlich.«

Mutter strich Überbiss übers Haar.

»Er soll nicht mehr anrufen.« Überbiss hatte große, ängstliche Augen. Das war lange her. Er trug damals noch keine Spange.

Mutter wollte eine Geheimnummer, aber Vater hielt das für Unfug. Er meinte, Mutter sollte sich freuen, dass ihr Vater nur anrief. Jedenfalls hielt er nicht mit seinem Auto an der Straße und belästigte die Kinder auf dem Heimweg von der Schule.

Wörter, die es nicht gibt

Ich konnte nicht sonderlich gut buchstabieren. Ich verwechselte die Silben. Außerdem benutzte ich viele Wörter, die es gar nicht gab. Sagte unsere Dänischlehrerin. Sie kontrollierte meine Hefte und strich die Wörter an. Es kamen eine Menge roter Striche zusammen.

Es hieß nicht »Solldaden«, sondern »Soldaten«. Es hieß nicht »Trepäckgeger«, sondern »Gepäckträger«, nicht »Lümonahte«, sondern »Limonade«. Das waren die kleinen Fehler, die sich noch geben würden. Schlimmer war es mit den ganz falschen Wörtern.

Man konnte nicht »tolak« im Kopf werden. Eigentlich klang es vollkommen richtig, es flutschte regelrecht von der Zunge. Es gab auch nichts, das »tofot« war. Auch kein Ameisenvolk auf der Wanderung. Ich hatte es auf meine Tafel geschrieben, und die Pappe ging kaputt, als ich versuchte, es mit einem Radiergummi auszuradieren. Ich holte mir eine neue Pappe, klebte sie auf und beschriftete das Textfeld noch einmal. Mir fiel das richtige Wort nicht ein, meine Dänischlehrerin schlug »flott« vor, aber das war völlig falsch. Und ich sollte bitte aufhören, »tarf« und »sajus« zu sagen, wenn ich mich über etwas ärgerte.

Die falschen Wörter mischten sich mit den richtigen. Ich erkannte den Unterschied nicht. Die richtigen Wörter standen im Wörterbuch. Die falschen steckten in meinem Kopf. »Wenn du Zweifel hast, schlag im Wörterbuch nach, bevor du ein Wort benutzt«, riet meine Dänischlehrerin. Aber jedes Mal, wenn ich hörte, dass es meine Wörter nicht gab, benutzte ich sie umso lieber. Wir durften auch keine Wörter wie »scheiß« verwenden oder ständig »irgendwie« sagen, aber das war etwas anderes. Wir bekamen nie zu hören, dass es »irgendwie« oder »scheiß« in Wirklichkeit nicht gab.

Meine Dänischlehrerin schickte mich wegen der falschen Wörter zu einer Logopädin. Die wollte mit mir Mensch-ärgere-dich-nicht spielen. Und ich dachte, ich sollte mir die verkehrten Wörter abgewöhnen.

»Ich bin gut«, sagte sie.

»Das bin ich auch«, sagte ich.

»Bisher hat mich noch kein Kind geschlagen«, behauptete sie.

Es war lustig, bis ich merkte, dass sie mich mit Absicht gewinnen ließ. Anstatt meine Figuren nach Hause zu schicken, konnte sie plötzlich nicht mehr bis sieben zählen. Ich sagte es ihr. Sie zählte auch weiterhin falsch.

»Du bist der Erste, der gegen mich gewonnen hat«, erklärte sie nach dem ersten Spiel.

»Das sagen Sie zu allen.«

»Ganz bestimmt nicht.«

Nachdem sie zwei Spiele verloren hatte, packte sie die Figuren zusammen und beugte sich zu mir hinüber.

Sie legte mir eine Hand auf den Oberschenkel und schaute mir in die Augen, als wollte sie mir etwas Ernstes sagen. Ich rückte so weit wie möglich von ihr weg. Ihre Hand blieb auf meinem Oberschenkel liegen. Ich traute mich nicht, sie wegzuschieben. Sie war ziemlich runzlig. Ich schaute zu Boden. Der Abstand zwischen ihrem kleinen Finger und meinem Hosenschlitz betrug höchstens zehn Zentimeter. Ich befürchtete, dass sie ihren kleinen Finger bewegen und durch den Hosenstoff meinen Pillermann berühren könnte. Sie trug ein dunkelblaues Kleid und grüne Sandalen. Sie ließ die andere Hand durch mein Haar gleiten.

»Kommst du nächste Woche wieder und spielst mit mir Mensch-ärgere-dich-nicht?«

Ich antwortete nicht.

»Kommst du?«

Ich hatte das Gefühl, als läge ein toter Klumpen Fleisch auf meinem Schenkel. Ich hätte ihn gern weggeschoben. Sie hatte gelbe Strümpfe an. Ein Teil ihres großen Zehs lugte durch ein kleines Loch im Strumpf. Sie roch nach verwelkten Blumen. Ich war sicher, dass sie irgendetwas von mir wollte. Ihr Geruch umarmte mich, es war unmöglich, ihm zu entkommen.

Normalerweise mochte ich keine Erwachsenen. Erwachsene waren fast immer sauer, aber sie war eigentlich ganz nett. Ich hob den Kopf und schaute ihr ins Gesicht. Ihr Brillengestell saß schief.

Ich griff nach ihrer Hand, die auf meinem Oberschenkel lag.

»Es muss dir nicht peinlich sein, mich ab und zu zu besuchen«, sagte sie. Offenbar freute sie sich, dass ich ihre Hand genommen hatte. Das sah ich an ihrem Lächeln. »Wir spielen doch nur Mensch-ärgere-dich-nicht, oder?«

Sollte ich ihr einen Kuss geben, wollte sie das vielleicht sogar? Es ging hier doch nicht ums Mensch-ärgere-dich-nicht. Das sagte sie doch nur so. Ihre Wangen glichen Äpfeln.

Ich schloss die Augen. So machte man es. Mit geschlossenen Augen beugte ich mich vor. Es kitzelte im Bauch, es passierte einfach, ich spitzte die Lippen. Es verging eine Weile. Sie begann zu kichern. Ich machte die Augen wieder auf. Sie krümmte sich vor Lachen und hielt sich den Bauch. Es klang unheimlich. Ich stand auf und rannte hinaus. Ich war schon ziemlich weit auf dem Flur, als die Tür ihres Büros aufging.

»Bis nächste Woche!«, rief sie mir nach.

Ich fing an, abends vor dem Einschlafen in meinem Wörterbuch zu blättern. Es war nicht leicht, ein Wort aufzuschlagen, von dem nur ich wusste, was es bedeutete. Am besten, man kannte das Wort schon vorher – und wusste, wie es buchstabiert wurde. Ich hatte Angst, das Wort könnte es in Wirklichkeit gar nicht geben. Die Vorstellung, dass es keines meiner Wörter in Wirklichkeit gab. Ich würde stumm werden, wahnsinnig. Schließlich fand ich ein Wort. Es war nicht ganz richtig, aber es ging. Das Wort hieß »sehen«. Das gab es in Wirklichkeit. Es war die Hälfte von Fernsehen. Ohne Glas und Metall. Es war eine Art von Sehen, wie ich es in Brillen-Bos Tiefkühltruhe erlebt hatte. Ich hatte in der Truhe etwas gesehen, das man normalerweise nicht sehen konnte, wenn man in einem Gefrierschrank lag.

Ich versuchte, etwas mehr über den Mann in Erfahrung zu bringen, aber das war nicht so einfach. Er war abstoßend. Er war weit weggezogen, als Mutter sich von ihm hatte scheiden lassen. Es handelte sich um ihren Vetter.

»Und was noch?«, wollte ich wissen.

Mutter spritzte mit Wasser nach mir. Sie war gerade aus der Fabrik nach Hause gekommen, schälte Kartoffeln und war meine Fragen bereits leid.

»Ich habe heute einfach keine Lust zum Aufräumen«, sagte sie.

»Wieso hast du kein Foto von ihm?«, fragte ich.

»Ich hab sie zerrissen.«

»Hast du ihn mehr geliebt als Vater?«

»Ich habe ihn überhaupt nicht geliebt. Ich bin eigentlich zu meiner Tante Edith gezogen. Ich wusste doch nicht, wo ich sonst wohnen sollte. Und da hat er gelegen und mich nachts angeguckt. Das habe ich dir doch schon erzählt.«

»War das, nachdem du aus dem Fenster gesprungen bist?«

Mutter nickte.

»Es war eine schwierige Zeit.« Sie machte eine merkwürdige Bewegung mit dem Mund.

»Wieso habt ihr denn geheiratet? Wenn ihr euch nicht geliebt habt?«

»Lass uns über etwas anderes reden, ja. Wie lief's in der Schule?«

»Man heiratet doch nur, wenn man sich liebt.«

Mutter fing an zu lachen. Ich verstand nicht, was daran so komisch war.

»Wir dachten, ich wäre schwanger. Aber das war ich nicht.«

Sie log. Ich sah es ihr an. Sie redete immer um den heißen Brei herum.

»Ich will nicht über ihn reden.« Sie warf die Kartoffeln in die Spüle. »Und ich habe keine Lust zu kochen. Bist du so nett und kaufst Weißbrot und Leberwurst für heute Abend? Dann bist du ein Schatz.«

Enkelkind

Auf dem Weg zum Supermarkt entdeckte ich Enkelkind. Er kam mir auf dem Rad entgegen, mit René, der in die Klasse über Überbiss ging. Enkelkind fuhr, und René saß auf dem Gepäckträger.

Sie hatten eine Menge Pappstreifen mit Wäscheklammern an der Vordergabel des Fahrrads befestigt. Es klang gut. Sie hatten auch Esso-Aufkleber auf den Rahmen geklebt. Sie fanden sich selbst bestimmt ganz toll.

Enkelkind hieß eigentlich Thomas, aber wir nannten ihn Enkelkind, weil seine Großmutter sich oft um ihn kümmerte. Sie wohnte im Paradiesgarten, er etwas weiter weg. Enkelkind hatte braune Augen und goldene Locken. Mutter sagte, er wäre ein sehr hübsches Kind. Eine Zeit lang hatte er mit Überbiss gespielt, aber damit aufgehört, als Überbiss die Spange bekam. Jetzt ärgerte er ihn stattdessen.

Ich fuhr quer über die Straße, ihnen direkt vors Rad. Fast wären sie umgekippt. Beide blickten mich erschrocken an. Ich behielt nur Enkelkind im Auge.

»Was soll das?«, fragte René und sprang vom Gepäckträger.

Ich verpasste Enkelkind eine Ohrfeige, noch bevor er etwas sagen konnte.

Etwa eine Sekunde lang schrie er. Allerdings konnte er nicht einfach davonlaufen, weil er sein Fahrrad festhalten musste; außerdem steckte ihm die Stange zwischen den Beinen.

»Was hat er denn getan?«, fragte René und trat nervös von einem Bein aufs andere.

»Verpiss dich«, sagte ich zu ihm.

René rannte den Bürgersteig hinunter und blieb in einiger Entfernung stehen. Dann lief er ein Stück weiter und stoppte erneut. Er hatte rote Wangen und sah so aus, als hätte er noch immer Mühe, sein Gleichgewicht zu bewahren.

Enkelkind hingegen stand ganz still. Er guckte auf seine Füße.

»Ich muss nach Hause zu meiner Oma. Mein Vater holt mich gleich ab«, sagte er.

»Halt die Klappe.«

»Das stimmt aber«, schniefte er. »Was hab ich denn getan?«

»Das weißt du genau«, sagte ich.

»Nein. Darf ich jetzt gehen?«

Ich schlug ihm in den Magen, aber nicht besonders fest. Er schnappte mit kleinen hektischen Stößen nach Luft. Sein Kopf bekam Flecken und sah nicht mehr so hübsch aus. Er war nichts anderes als ein Spasti.

»Ich soll dich von Überbiss grüßen«, sagte ich.

»Ich habe Überbiss nichts getan. Er ist mein Freund«, heulte er.

»Du sollst ihn nicht Überbiss nennen.«

»Ich habe Mikael nichts getan.«

Ich griff in seine Locken und zog seinen Kopf mit einer Hand hoch.

»Ich habe wirklich keine Zeit«, heulte er. »Mein Vater holt mich gleich ab. Wir wollen in die Stadt. Darf ich jetzt gehen?«

Ich hatte eine Idee.

»Wenn du keine Zeit hast, warte ich damit, dich zu verprügeln, bis wir uns das nächste Mal sehen. Deshalb gebe ich dir jetzt nur eine einzige Ohrfeige. Abgemacht?«

Er schüttelte den Kopf.

»Dann verprügele ich dich sofort.«

»Okay, eine Ohrfeige«, sagte er.

Ich befahl ihm, den Kopf zu drehen, damit ich die Ohrfeige besser platzieren konnte. Er wandte mir seine Wange zu. Ich hob die Hand und ließ sie einen Augenblick in der Luft hängen. Sein Gesicht war gleichsam versteinert. Ärgerlich, dass Frank nicht hier war. Er wäre begeistert gewesen. Alle hatten eine Scheißangst vor mir.

»Wenn du mich das nächste Mal siehst, kommst du gleich brav zu mir und holst dir deine Prügel ab.«

Er nickte.

»Was sagst du?«

»Ich komme von allein zu dir und hole mir meine Prügel ab.«

»Wie kommst du?«

»*Brav* zu dir.«

Ich knallte ihm eine und fuhr zum Supermarkt. Ich kaufte Weißbrot und Leberwurst. Ich bohrte ein Loch in das Weißbrot und aß ein bisschen vom Weißen. Einmal hatte ich über die Hälfte aufgegessen, bevor ich nach Hause kam. Ich sah den Gesichtsausdruck von Enkelkind vor mir, wenn ich die Augen schloss. Ich bekam Bauchschmerzen, als ich an ihn dachte. Laut sagte ich mir, dass er nichts anderes war als ein Schlappschwanz.

Auf dem Rückweg vom Supermarkt traf ich Überbiss und Jan. Überbiss saß an der Bordsteinkante, er hatte den Nackenbügel abgenommen. Jan stand über ihm und besah sich eines seiner Augen.

Die Augenbraue war total geschwollen und rot. Ich sah, dass er geweint hatte. Er würde eine Beule bekommen.

»Was ist passiert?«, wollte ich wissen.

»Es waren René und Enkelkind«, sagte Jan.

»Was haben sie getan?«

»Ihm einen Stein an den Kopf geschmissen.«

Überbiss drehte mir den Rücken zu. Seine Schultern bebten. Ich legte das Weißbrot und die Leberwurst auf den Fußweg. Ich hatte ein Drittel aufgegessen.

»Bring das zu Mutter«, sagte ich.

Überbiss schüttelte den Kopf. Möglicherweise würde er Ärger bekommen, weil ich so viel gegessen hatte.

»Sonst beziehst du Prügel«, drohte ich.

»Die sind total gemein«, sagte Jan.

»Hör auf zu heulen«, sagte ich zu Überbiss. »Das

hilft auch nichts. Du hättest ihnen besser eine Tracht Prügel verpasst.«

Überbiss zuckte beleidigt mit den Schultern.

»Jedes Mal, wenn sie ihn sehen, werfen sie mit Steinen nach Mikael«, fuhr Jan fort.

»Halt die Klappe.«

»Kannst du sie nicht für uns verprügeln?«, fragte er.

»Ihr gebt die Sachen Mutter, habt ihr verstanden?«, erwiderte ich und fuhr weiter. Ich trat hart in die Pedale.

»Gib ihnen einen ordentlichen Arschvoll!«, rief Jan mir nach.

Der Wind wehte mir ins Gesicht. Mein Haar flatterte. Mein Herz schlug, als wäre es vollkommen außer Kontrolle. Ich fuhr den Paradiesgarten mehrmals auf und ab. Ich sah Mechaniker-John und Neger-Michael und fuhr rasch weiter. Ich fuhr die Straße, die Fußwege und auch die Gänge zwischen den Häuserreihen ab. Ich fuhr über die Treppen am Ende der Fußwege. Ein paar Mal kam ich am Haus der Großmutter vorbei. Ich begegnete dem Roten Adler, aber das war mir egal. Ich fuhr bis zum Ende vom Paradiesgarten und ließ die Räder auf der großen grünen Wiese durchdrehen. Endlich entdeckte ich sie. Sie waren auf dem Weg ins Moor. Sie standen auf den Rohren, der meistbenutzten Verbindung zwischen Paradiesgarten und dem Moor.

Die Rohre waren große unterirdische Abwasserrohre, die am Rand des Moors aus der Erde kamen. Sie liefen bis zu zwei Meter hoch über dem ersten Moor und verschwanden erst auf der anderen Seite wieder in der Erde. Ich ließ das Fahrrad liegen und rannte auf ein Rohr. Es war kein Problem, auf den Rohren zu laufen, weil zwei Rohre direkt nebeneinanderlagen. Man konnte von einem Rohr zum anderen springen, allerdings mit dem Risiko, in den Zwischenraum zu rutschen. Man würde zwei Meter tief fallen und mitten im Moor landen.

Ich entschied mich für das Rohr, auf dem René und Enkelkind standen. Es dauerte eine Weile, bis sie mich entdeckten. Die Rohre waren ein paar hundert Meter lang. Ich holte sie auf dem letzten Drittel ein.

Sie versuchten, mit zwei Bambusstangen zu angeln. Nur gab es keine Fische im ersten Moor. Eigentlich wusste das jeder. Es gab nur Luftblasen, die an die Wasseroberfläche stiegen und wie kleine stinkende Fürze in dem schwarzen Wasser zerplatzten. Die beiden waren ziemliche Blödmänner. Allerdings war René sehr drahtig. Er hatte kurze strubbelige Haare und Sommersprossen. An einer Schläfe trug er eine große Narbe, weil er mal von einer Keule am Kopf getroffen worden war, als wir an Fasching in der Schule »Katze aus der Tonne schlagen« spielten. Er hatte so stark geblutet, dass ein Krankenwagen ihn abholen musste. In der Notaufnahme wurde er mit drei Stichen genäht. Ich packte ihn am Arm und tat so, als wollte ich ihn ins Moor schubsen. Er war Sofies kleiner Bruder.

»Habe ich nicht gesagt, dass du dich verpissen sollst?«

René verlor seine Angel. Hätten sie sich jetzt zusammen auf mich gestürzt, wären sie problemlos in der

Lage gewesen, mich hinunterzuschubsen. Ich hätte sie nicht wieder erwischt. Ich hätte durch den Morast auf eine Seite waten müssen, während sie auf den Rohren mühelos auf die andere Seite laufen konnten. Sie hätten mich auch von oben bespucken können. Einmal hatten Stiernacken, Mechaniker-John und Sofie Brillen-Bo gefangen. Sie hatten ihn auf die Rohre gezerrt und ihn hinuntergeschubst. Es war im Sommer, und es gab kaum Wasser im Moor. Sie spuckten ihm auf den Kopf. Um wieder rauszukommen, musste man den Rohren folgen, sonst landete man dort, wo es Treibsand und bodenlose Löcher gab. Sie hörten nicht auf, Brillen-Bo von den Rohren aus zu bespucken. Sie folgten ihm, egal, in welche Richtung er ging. Schließlich nahm er die Brille ab, weil sie voller Rotz war. Niemand von uns mochte ihn den Rest des Tages anfassen.

»Du hast ihn doch schon verprügelt«, sagte René.

»Aber dich noch nicht«, antwortete ich.

Er fing an zu heulen.

»Ihr bekommt beide eine Abreibung. Ich zerquetsche euch«, sagte ich und starrte sie böse an.

Sie liefen zum Rand des Moors. René war nicht weit von mir entfernt. Enkelkind ging vor ihm.

»Wir war'n das nicht«, behauptete Enkelkind.

Als wir an die Stelle kamen, wo das Moor anfing, stieß ich René zwei Finger in den Bauch. Enkelkind rannte ins Moor zurück. Mit der geballten Faust schlug ich René fest an die Stirn, als würde ich an eine Tür klopfen. Er heulte geradezu hysterisch. Es überraschte

mich. Ich sagte, ich würde ihn zu Kleinholz verarbei-
ten, wenn ich ihn an diesem Tag noch einmal sähe. Er
drehte sich um und rannte über die Rohre zurück. Es
gelang mir gerade noch, ihn in den Hintern zu treten.
Er drehte sich nicht um. Ich überlegte, ihm nachzulau-
fen und ihm auf den Rohren ein Bein zu stellen. Es
würde komisch aussehen. Stattdessen lief ich Enkelkind
ins Moor nach. Es war ein weitläufiges Gelände. Ich
wollte etwas tun, damit er nie wieder einen Stein auf
Überbiss warf. So etwas, worüber die großen Jungs
sprachen. Es reichte nicht, ihn nur ein bisschen zu verprügeln.

Er war leicht einzuholen. Er schaute sich über die
Schulter um, während er lief. Und jedes Mal, wenn er
mich entdeckte, schrie er laut auf. Völlig idiotisch. Als
wäre er jedes Mal, wenn er sich umsah, aufs Neue überrascht, mich zu sehen.

Ich lief ein bisschen langsamer und ließ ihn eine Weile
vor mir herrennen, bis wir tief im Moor waren. Dann
flitzte ich auf ihn zu und brachte ihn zur Strecke.

Er fiel, und Schlamm spritzte ihm ins Gesicht. Etwas
saß in seinem Mundwinkel, als er sich umdrehte und
leise zu heulen anfing. Er hatte einen knallroten Kopf
vom Laufen. Wir waren jetzt weit entfernt von allen
anderen. Ich fühlte mich stark wie ein Ochse. Sie sollten
bloß kommen. Ich würde alle verprügeln, die es wagten, sich mir entgegenzustellen.

»Du sollst Überbiss nicht mit Steinen bewerfen«,
sagte ich.

»Das war ich nicht«, stöhnte er. »Das war René.«

»Da scheiß ich drauf«, sagte ich und gab ihm eine Ohrfeige, als er aufstand.

Er fiel nach hinten und setzte sich wieder auf den Hintern. Er hatte Dreck in seinen goldenen Locken.

Einer meiner Schnürsenkel hatte sich geöffnet, ich bückte mich, um ihn zuzubinden. Meine Turnschuhe hatten ein Loch. Ich spürte, wie das Wasser hineinlief. Wenn ich mich im Moor herumgetrieben hatte, waren meine Socken hinterher oft total schwarz.

Als ich mir den Schuh zuband, trat Enkelkind mich an den Kopf. Ich war vollkommen perplex. Ich kippte vornüber und bekam Schlamm in den Mund. Ich wollte aufstehen, aber er schlug mir mit einem dicken Knüppel auf den Rücken. Es tat so weh, dass ich mich nicht bewegen konnte. Er prügelte auf mich ein und traf mich mit dem Knüppel auch am Hinterkopf. Dabei schrie er laut. Ich dachte, mein letztes Stündlein sei gekommen. Ich fing ebenfalls an zu schreien. Enkelkind war wahnsinnig. Er wollte mich hier im Moor umbringen. Er würde meine Leiche unter einem Baumstamm verstecken. Ich würde von Blutegeln und Kröten gefressen.

Ich blieb ganz still liegen, als ob ich bereits tot wäre. Schloss meine Augen und öffnete den Mund ein wenig, wie es tote Menschen machen. Er ließ den Knüppel fallen und starrte mich erschrocken an. Mein ganzer Körper bebte, aber ich blieb mucksmäuschenstill liegen.

Als er sich über mich beugte, riss ich ihn problemlos in den Morast. Ich schlug ihm mit der Faust in den

Bauch, packte ihn an den Armen und schleppte ihn zu einem Baum. Er heulte. An dem Baum hing eine lange Schnur. Ich griff sie mir, stieß Enkelkind auf die Erde und fesselte ihn. Er lag auf dem Bauch, ich saß auf seinen Schenkeln und band ihm die Hände auf dem Rücken zusammen. Dann musste er sich aufsetzen, und ich gab ihm eine Ohrfeige. Große, ängstlich aufgerissene Augen, aus denen Tränen flossen. Seine Nase lief, er bekam seinen eigenen Rotz in den Mund. Es geschah ihm recht. Ich band ihn am Baumstamm fest. Dann holte ich aus einem Gebüsch in der Nähe noch mehr Schnur. Ich band auch seine Beine an den Baum. Ich gab mir große Mühe mit den Knoten. Man musste Kreuzknoten verwenden, keine Altweiberknoten.

Ich zog eine Socke aus. Sie war schwarz vom Morast. Ich stopfte sie Enkelkind in den Mund und band sie fest. Es war überhaupt nicht schwer. Er leistete keinerlei Widerstand, sondern sperrte einfach den Mund auf, als ich ihn dazu aufforderte. Hinterher griff ich nach seiner Nasenspitze und hielt ihm die Nase zu. Er zappelte, und die Socke in seinem Mund bewegte sich ein bisschen. Der Sauerstoffmangel ließ seinen Kopf rot werden. Er sah bescheuert aus. Ich drehte ihm die Nase herum und kniff sie so fest zusammen, wie ich konnte, dann ließ ich ihn los, aber nur, um weitere Ohrfeigen auszuteilen, rechte Wange, linke Wange – es fiel mir schwer aufzuhören. Er flennte hinter der Socke, und ich versetzte ihm einen Schlag in die Magengrube, damit er zusammenklappte, schmiss ihm ein paar Hände voll

Dreck ins Gesicht und sagte, ich würde in einer Stunde wiederkommen und ihn noch einmal verprügeln. Dann ging ich und ließ ihn mit meiner Socke im Mund sitzen.

Mir war schwindelig. Mein Kopf pochte. Ich fuhr mir durchs Haar und untersuchte meine Finger. Ich konnte kein Blut feststellen. Ich kontrollierte meine Sachen und entdeckte, dass der Rücken meiner Jacke aufgerissen war. Ich lief zu den Rohren und ging über das erste Moor zurück zum Paradiesgarten. Dort traf ich Frank, und wir setzten uns auf die Treppe zu einem der Fußwege.

Ich erzählte ihm, dass ich Enkelkind eine Tracht Prügel verabreicht hätte. Innerlich zitterte ich noch immer.

»Er ist ein Rotzlöffel«, sagte Frank. »Wieso hast du mich nicht mitgenommen?«

»Ich wollte ihn allein fertigmachen.«

»Ist klar.«

Ich legte meinen Arm um ihn, fasste nach seinem Oberarm und prüfte seine Muskeln. Er spannte sie an und grinste.

»Beim nächsten Mal sagst du aber Bescheid, oder?«

Ich nickte.

»Willst du's an dem anderen Arm auch ausprobieren?«, fragte er.

Ich wollte nach Hause. Überbiss sollte René suchen und ihm erzählen, wo Enkelkind war. Es war nicht schlimm, wenn es eine Stunde dauerte. Wir pflückten ein paar Grashalme und pfiffen darauf. Nach ein paar Versuchen rissen sie in der Mitte durch.

Ich bückte mich und suchte nach weiteren Grashalmen. Wir standen an einer der kleinen Böschungen zwischen den Häusern der Siedlung. Die Böschungen waren steil, deshalb stand ich mit gespreizten Beinen da.

Ich merkte es erst, als es zu spät war. Jemand kam auf mich zugerannt und trat mir fest in die Eier. Ich hob beinahe ab und fiel rücklings die Böschung hinunter. Ich hatte das Gefühl, als wäre etwas in mir kaputtgegangen. Ich heulte auf und erstickte dann beinahe an meinem eigenen Atem. Meine Lungen hatten einen Schluckauf. Es kam weder Luft hinein noch heraus. Ich wurde panisch, weil ich keine Luft bekam. Ich zappelte mit den Armen und Beinen und schaute mich nach allen Seiten um, ich wollte wissen, wer mich angegriffen hatte. Ich sah niemanden. Dann packte mir jemand ins Haar und zerrte mich hoch. Mein Kopf wurde nach hinten gezogen. Es tat am Hals weh. In meinem Nacken ertönte ein knackendes Geräusch.

Ich starrte in Sofies Gesicht. Aus dem Mund roch sie nach Leberwurst. Ihr Gesicht war direkt vor meinem. Sie zischte mir irgendetwas ins Ohr, aber ich verstand nicht, was sie sagte.

Frank war fünfzehn Meter fortgelaufen. Er schaute sich nervös in alle Richtungen um.

»Hilfe!«, schrie er und lief auf der Straße auf und ab.

Sofie flüsterte mir immer noch irgendetwas ins Ohr.

Ich zitterte am ganzen Körper. In meinem Nacken klopfte es. Ich verstand nicht, was sie sagte. Sie trug eine Lederschnur um den Hals und ein doppeltes Silberherz in einem Ohr.

Sie zog mich rückwärts vom Parkplatz. Einen Arm hatte sie fest um meinen Hals gelegt, mit der anderen Hand hielt sie mich an den Haaren. Sie war einen Kopf größer als ich und sehr viel stärker. Ich konnte ihr nichts anhaben, nur abhauen. Frank folgte uns in sicherem Abstand.

Erst dachte ich, sie würde mich zum Moor schleppen, aber sie bog auf einen der anderen Wege; dort wartete Stiernacken.

»Wir haben ihn!«, rief Sofie.

»Super.«

Als Stiernacken Frank entdeckte, lief er laut brüllend auf ihn zu. Frank drehte sich um und verschwand. Sofie schleppte mich weiter. Ich ging jetzt ganz normal. Sie hielt mich am Arm und an den Haaren. Wir gingen nebeneinander.

»Du kleiner Scheißkerl«, sagte sie.

Wir gingen wie zwei gewöhnliche Kinder, die irgendetwas Komisches spielten. Brillen-Bos Mutter kam uns mit zwei großen Einkaufstüten entgegen.

»Hej!« Ich hoffte, sie würde mich retten.

Sofie zog mich an den Haaren.

Brillen-Bos Mutter verschwand in ihrem Hof. Wir gingen direkt an ihrem Haus vorbei.

»Du beschissene Krätzmilbe«, zischte Sofie.

Kurz darauf kam Stiernacken ohne Frank zurück.

»Er ist weg.«

»Egal.«

Stiernacken kam ganz nah an mich heran: »Jetzt bist du nicht mehr so clever, was?« Er atmete mir direkt ins Gesicht. Beinahe berührten sich unsere Nasenspitzen. Ich wusste, was jetzt kam.

Er rülpste laut.

Ein fauliger Wind blies mir ins Gesicht, durch die Nase, in den Rachen. Er hatte in einem Auge Schlaf, und eine kleine Narbe wies wie ein weißer Pfeil auf den Schlafklecks.

Wir bogen auf einen anderen Weg und näherten uns von hinten dem Haus, in dem Sofie wohnte. Ihr Garten war nicht größer als unserer, aber die Hecken waren in diesem Teil vom Paradiesgarten höher und dichter. In ihrer Hecke gab es ein kleines Loch. Ich hörte Dead Meat auf der anderen Seite bellen. Sofie schubste mich zu dem Loch und trat mir in den Hintern und gegen die Schenkel, damit ich in den Garten kroch. Stiernacken half ihr.

»Rein mit dir!«, schrie er.

An der anderen Seite des Lochs wartete Dead Meat. Er bellte mir ins Gesicht. Seine Eckzähne waren sehr groß, Sabber hing ihm an der Schnauze, und die Nackenhaare hatten sich wie Bürsten aufgestellt. Ich versteckte mein Gesicht hinter den Armen. Sofie stieß mich weiter in den Garten. Als Dead Meat sie hinter mir entdeckte, sprang er mit den Vorderpfoten auf mich und versuchte, ihr Gesicht zu lecken.

»Sitz!«, befahl Sofie.

Wir waren jetzt im Garten. Die eine Hälfte bestand aus Fliesen, die andere aus schlammigem Rasen. Dead Meat hatte an mehreren Stellen gegraben, das Gras wuchs ungleichmäßig, und überall lag Hundescheiße. Es war widerlich. Sofie zog mich auf die Beine. Dead Meat war überhaupt nicht zu bändigen.

»He, bring deinen Köter zur Ruhe«, sagte Stiernacken und ging langsam rückwärts.

»Sitz!« Sie ließ mich los und ging zu dem Hund. Sie bückte sich, bis ihr Gesicht sich direkt vor der Schnauze befand; der Hund fiepte jämmerlich.

»Sitz, verflucht noch mal!«, schrie sie ihn an.

»Wie wär's, wenn wir ihn ihm zum Fraß vorwerfen? Das würde ihm gefallen.« Stiernacken blickte mich boshaft an, er wollte mich zum Weinen bringen. Ich kannte das Spiel. »Wollen wir ihn nicht ein bisschen knabbern lassen? Wir könnten doch sagen, es wäre sein Knochen.«

»Er soll seine Scheiße fressen.«

»Was?«, fragte Stiernacken.

»Er hat meinem Vater Scheiße an den Kopf geworfen«, sagte Sofie.

»Echt krank«, sagte Stiernacken.

»Das ist nur gerecht«, sagte Sofie.

»Natürlich.«

»Er kann froh sein, dass er so leicht davonkommt.«

»Das ist klar.«

»Mir ist es egal, was passiert.«

»Mir auch.«

Sie putschten sich gegenseitig auf. Ich sah mich im Garten um. Einige Hundehaufen waren ganz frisch, andere lösten sich mehr oder weniger auf; es hatte geregnet, und der Regen hatte sie aufgeweicht, ein paar waren von der aufgewühlten Erde nicht zu unterscheiden.

Ich wagte es nicht wegzulaufen. Dead Meat würde mich angreifen. Mir wurde übel. Ganz hinten im Kopf hatte ich Schmerzen, dort bewegte sich irgendetwas langsam auseinander. Es knirschte und knackte, und etwas Warmes und Dunkles lief zwischen Schädel und Gehirn aus und floss langsam und gluckernd durch meinen Körper; es näherte sich den Augen. Ich hatte Angst vor einer neuen Erscheinung. Wie in Brillen-Bos Gefriertruhe. Ich wollte nicht mehr sehen. Ich wollte nicht mehr wissen.

»Hör ihn dir an«, sagte Stiernacken.

»Heulsuse.«

»Scheißefresser.«

Ich schloss die Augen, um nichts sehen zu müssen.

»Arschlecker.«

»Sprottenschwanz.«

Sofie packte meine Haare und fing an zu ziehen. Ich wehrte mich nicht. Ich stand still und ließ sie an meinen Haaren ziehen; ich schwankte ein wenig von einer Seite zur anderen, dann fiel ich ins Gras.

»Jetzt bist du nicht mehr so clever, was, du Sprachspasti?«

»Oder?«

»Was ist denn da auf deinem Arm?«

»Igitt!«

»Haha, der kleine Liebling der Logopädin soll zu Mittag essen.«

Beide packten sie mich jetzt an den Haaren und zogen mich über den Rasen. Ich hielt die Augen noch immer geschlossen. Die Hitze in meinem Hinterkopf schmolz zu einem Bild zusammen. Ich sah den Mann in der Nacht daliegen und Mutter anstarren. Sie versteckt sich unter der Bettdecke. Er erhebt sich und geht langsam durch den Raum. Sie ist gerade Großvater davongelaufen. Sie kann jetzt nicht auch aus Tante Ediths Haus fortlaufen.

Als ich die Augen wieder öffnete, guckte ich direkt auf einen enormen Hundehaufen. Sie hielten mein Gesicht darüber, einer von ihnen trat mir währenddessen in den Rücken. Der Gestank nach Fäulnis war unerträglich. Der Haufen lag zehn Zentimeter vor meiner Nase. In ihm konnte ich schwarze Haare und Klumpen erkennen, die wie Mais aussahen.

»Wie bringen wir ihn dazu?«, fragte Stiernacken.

»Weiß ich doch nicht«, sagte Sofie.

Dann rief jemand: »Was macht ihr denn da?«

Ein Ruck durchfuhr uns.

Der Vater des Spastis steckte seinen Kopf durch das Loch in der Hecke.

Dead Meat sprang ihm sofort entgegen. Der Vater des Spastis zog sich zurück. Man konnte ihn durch die Hecke erkennen. Der Spasti saß neben ihm in seinem

Rollstuhl. Seine Arme tanzten. Frank stand neben ihm.

»Sitz!«, rief Sofie.

Sie packte den Köter am Halsband und zog ihn weg von dem Loch.

»Ach, wir spielen bloß«, rief sie dem Vater des Spastis zu.

»Das klingt aber nicht so.«

»Das liegt nur daran, dass er ein bisschen Angst vor dem Hund hat. Der ist aber überhaupt nicht gefährlich.«

Stiernacken lächelte Sofie nervös zu.

»Meint ihr nicht, es wäre besser, wenn ihr etwas anderes spielen würdet? Etwas Ruhigeres?«

»Wir spielen doch ziemlich ruhig.«

»Es klingt aber nicht besonders ruhig.«

»Man kann nicht immer Vater, Mutter, Kind spielen.«

»Jetzt werd nicht frech.«

»Ich wohne schließlich hier.«

»Wo ist dein Vater?«

»Woher soll ich das wissen?«

Ich krabbelte durch das Loch in der Hecke, während sie diskutierten. Dead Meat knurrte. Der Spasti trug eine Mütze und Handschuhe, obwohl es warm war. Seine Mütze war eine Kappe, die sich unter dem Kinn zusammenbinden ließ und die Ohren warm hielt.

»Heulsuse!«, schrie Sofie.

Als ich nach Hause kam, konnte ich den Kopf nicht drehen. Ich konnte nur in eine Richtung gucken, wie der Spasti. Ich hatte Schmerzen im Nacken und in den Schultern. Glücklicherweise war niemand zu Hause. Ich sagte zu Frank, dass ich niemandem mit nach Hause nehmen dürfte.

»Warum denn nicht?«

»Ich darf's einfach nicht.«

Kurz darauf kam Mutter nach Hause. Sie schaute sich meine Schulter an. Ich wollte ihr nicht erzählen, wie es passiert war. Sie rief ein Taxi, und wir fuhren zum Notarzt. Ich konnte mich nicht erinnern, schon einmal Taxi gefahren zu sein. Manchmal kam Vater mit einem Taxi nach Hause, Mutter schimpfte dann immer mit ihm. Einmal habe ich gesehen, wie er kurz vorm Paradiesgarten aus einem Taxi stieg. Er hatte gelächelt, aber wirklich gefreut hat er sich nicht, als er mich sah.

Der Arzt sagte, ich hätte einen steifen Hals. Er legte mich auf eine Liege und zog mich am Kopf. Mutter hielt meine Hand. Er gab mir ein paar Tabletten und sagte, das würde sich von allein wieder geben. Ich saß auf der Liege und sah mir die Regale an, ich wollte wissen, ob er irgendwelche Bonbons hatte. Hatte er nicht. Es gab nur Medikamente. Wir fuhren auch mit einem Taxi nach Hause. Aber Mutter hatte nicht genug Geld, um den Fahrer zu bezahlen. Ihr fehlten eine Krone und fünfzehn Øre, obwohl sie das Kleingeld ein paar Mal zählte. Sie bekam einen roten Kopf und sagte, sie müsse es verloren haben. Ihre Finger zitterten, als sie ihre

Tasche durchwühlte. Der Fahrer seufzte laut. Er mochte uns nicht. Er starrte auf Mutters Brüste, leckte sich mit der Zunge über den Mund und schnaufte wie ein Schwein. Er hatte einen Kinnbart.

»Das sagen sie alle.« Er trommelte mit den Fingern aufs Lenkrad. »Eine Entschuldigung ist kreuzlangweiliger als die andere.«

Glücklicherweise fand sich noch ein bisschen Kleingeld auf dem Boden ihrer Handtasche. Hastig bezahlte sie. Der Fahrer nahm das Geld entgegen und gab ihr einen Klaps auf den Hintern, als sie ausstieg. Mich verwirrte es. Mutter stand der Mund offen. Sie brachte kein Wort heraus. Hatte er das wirklich getan? Mutter schien ebenso verwirrt wie ich. Sie wandte ihr Gesicht ab und ging weiter, als hätte er ihr keinen Klaps auf den Hintern gegeben und nicht geschnauft wie ein Schwein. Sie strich ihr Kleid glatt und schaute ein paar Mal an sich herunter, sowohl vorn als auch hinten. Es war blöd. Ich hätte gern irgendetwas mit dem Auto angestellt, dagegengetreten oder den Lack verkratzt, aber Mutter griff nach meiner Hand. Sie zitterte nicht mehr. Jetzt fühlte sie sich kalt und feucht an.

Vater und Überbiss hatten Pfannkuchen für uns gebacken, als wir nach Hause kamen. Sie wussten, wann wir kommen würden, denn Mutter hatte vom Krankenhaus aus angerufen. Überbiss war wegen der Pfannkuchen vollkommen aus dem Häuschen. Vater nahm mich auf den Arm und trug mich aufs Sofa. Überbiss brachte die Pfannkuchen. Wir aßen vor dem Fernseher.

Es war gemütlich. Und egal, dass es in den Nachrichten Krieg gab. Der Sprecher erklärte, die Anzahl der Atomwaffen würde ständig steigen.

»Das nimmt kein gutes Ende«, sagte Mutter.

»Quatsch«, sagte Vater.

»Dritter Weltkrieg.«

Sie diskutierten ein bisschen. Vater war der Ansicht, dass Reagan alles gut machte, aber Mutter sagte, er würde nur das Äußerliche sehen. Er sah nicht das Innere. Er sah nicht, dass es sich bei diesem Mann um einen Verrückten handelte.

Die Lehrer in der Schule waren der gleichen Ansicht wie Mutter. Wenn ein Verrückter in den USA oder der Sowjetunion auf den Knopf der Atombomben drückte, würde die Welt untergehen. Wenn ein Trottel seine Kaffeetasse auf diesen Knopf fallen ließe, würden alle Menschen sterben. Daher wäre es am besten, es gäbe gar keine Atomwaffen. Das müsste doch jedem klar sein.

Aber Vater behauptete, Atombomben seien die beste Methode, um den Frieden auf der Welt zu sichern. Er war bescheuert. Ich schlief auf dem Sofa ein, und Vater trug mich ins Bett. Er roch nach Zigaretten und Schweiß. Ich wollte nicht an die Erscheinung in Brillen-Bos Tiefkühltruhe denken. Er war so weich wie eine warme Bettdecke. Ich wollte nicht an die zweite Hälfte des Wortes Fernsehen denken. Es war ärgerlich, dass er mich loslassen musste.

Feuerstein

Ich erwachte mitten in der Nacht. Mein Bauch fühlte sich hart an. Als hätte ich einen Stein verschluckt. Der Stein musste ebenso groß sein wie die Leber eines erwachsenen Mannes. Ein Feuerstein. Anderthalb Kilo. Mein Herz tat mir auch weh. Mir kamen die Tränen. Erst dachte ich, es läge daran, dass ich etwas Unheimliches geträumt hätte, aber ich konnte mich nicht an meinen Traum erinnern. Ich tastete meinen Bauch ab und fand den Feuerstein darin. Ich drückte drauf. Ich hatte mir nicht die Zähne geputzt.

Ich ging ins Badezimmer und schmierte mir Zahnpasta auf den Zeigefinger. Vater hatte uns das beigebracht, als wir einmal bei einem Besuch bei Onkel Karl und Tante Marie vergessen hatten, unsere Zahnbürsten mitzunehmen. Seit damals putzte ich mir die Zähne immer so, wenn niemand es sah. Normalerweise war es lustig. Es kitzelte. Überbiss tat es auch, wenn sich die Gelegenheit ergab. Aber jetzt war es nur blöd. Ich fing wieder an zu weinen. Im Spiegel sah ich aus wie ein Geist. Schaum lief mir aus den Mundwinkeln. Mein Gesicht löste sich auf und begann mir auf den Schlafanzug zu tropfen.

Dann fiel mir Enkelkind ein. Ein Ruck ging durch

meinen Körper, mein Herz raste. Ich musste Vater und Mutter wecken. Ich musste ihnen erzählen, dass er noch immer im Moor saß, an einen Baum gebunden und mit einer Socke im Mund.

Ich klopfte an ihre Tür, bevor ich hineinging. Sie glaubten, ich hätte geträumt, und rollten beide an die Bettkanten, so dass in der Mitte Platz für mich entstand. Sie taten es beinahe im Schlaf. Vater schnarchte dabei. Ich blieb stehen und weinte. Vater hörte auf zu schnarchen. Mutter setzte sich im Bett auf.

Ich weinte lange, bevor ich es ihnen erzählte. Ich sagte, ich hätte ihn dort unten vergessen. Alles wäre nur Spaß gewesen.

»Das ist kein Spaß«, sagte Mutter.

Das wusste ich auch. Und dass ich es wusste, sah sie mir an.

»Herrgott, was machen wir denn jetzt?«, fragte Vater.

»Bist du sicher, dass er sich nicht selbst befreien konnte?«, wollte Mutter wissen.

Ich hielt es für unmöglich.

»Dann müssen wir ihn finden«, sagte Mutter.

»Mitten in der Nacht?«, stöhnte Vater.

»Willst du etwa bis morgen warten?«, fuhr Mutter ihn an.

»Es ist stockdunkel draußen.«

»Der arme Junge«, sagte Mutter. »Jetzt beeilt euch. Geht zu Lisbeth und fragt, ob Thomas gestern Abend nach Hause gekommen ist.«

Thomas war Enkelkind. Lisbeth seine Großmutter.

»Mitten in der Nacht?«, stöhnte Vater noch einmal.

»Ja!«, zischte Mutter.

»Aber kannst du nicht …«

»Nein!«

Er seufzte und fing an, sich die Hose anzuziehen. Ich stand still dabei und sagte nichts. Die Hose ärgerte ihn. Er fluchte leise, zog das Hemd vom Vortag über und knöpfte es zu. Er ärgerte sich, dass ausgerechnet er aufstehen musste. Das Hemd ärgerte ihn auch. Er warf es in den Schrank und zog sich einen Pullover an, den er kaum über seinen Bauch ziehen konnte. Dann suchte er nach einer Taschenlampe.

»Verflucht, das ist doch wieder mal typisch«, schimpfte er.

Mutter brachte ihm eine Taschenlampe.

»Nie findet man etwas, wenn man's braucht«, sagte Vater. »Wo sind meine Gummistiefel?«

»Die haben wir letztes Jahr weggeschmissen.«

»Verfluchter Mist!«

»Sprich anständig.«

»Ich rede, wie es mir passt.«

Plötzlich stand Überbiss im Flur.

»Was macht ihr denn hier?«

»Ins Bett!«, brüllte Vater. »Ich werde nicht bei Lisbeth klopfen«, sagte er zu Mutter.

»Warum nicht?«

»Wo wohnen seine Eltern?«

»Ich weiß es nicht«, flüsterte ich.

Vater seufzte.

»Egal«, sagte er. »Ich klopfe jedenfalls nicht mitten in der Nacht an die Tür anderer Leute.«

»Wie du willst«, sagte Mutter.

»Ja, genau.«

»Jetzt beeilt euch aber.«

Wir traten aus der Tür und gingen den Fußweg hinunter. Es war zwei Uhr nachts. Mir liefen noch immer ein paar Tränen, ich wäre gern gerannt. Ich fand, wir gingen zu langsam; Vater prustete und stöhnte. Es war merkwürdig, ihn genauer zu beobachten. Er veränderte sich. Sein Lächeln wurde anders, steifer. Ich bemerkte es auch in der Dunkelheit. Sein Kopf veränderte langsam die Form, und ich spürte jemand anders hinter seinem Gesicht – jemanden, der darauf wartete, herauskommen zu dürfen, etwas Schweres, Rasendes, Gereiztes.

»Verdammt, das ist wieder mal typisch«, fluchte er in einem fort, als wäre so etwas schon häufiger passiert.

Wir konnten nachts nicht über die Rohre gehen und mussten einen großen Umweg machen, um ins Moor zu kommen. Der Feuerstein in meinem Bauch hüpfte auf und ab. Ich hoffte, dass wir uns zurechtfanden, obwohl es dunkel war. Es dauerte eine Ewigkeit. Wir wateten durch den Morast. Als wir schließlich den Baum fanden, suchten wir vergeblich nach Enkelkind. Ich lief ein paar Mal um den Baum und durchsuchte die Büsche. Ich suchte nach der Schnur und der Socke. Dass er nicht da war, brachte mich aus der Fassung.

»Bist du sicher, dass es hier war?«, wollte Vater wissen.

»Ja.«

»Aber hier ist er nicht.« Vater sprach die Worte sehr langsam aus.

»Nein«, erwiderte ich leise.

»Na großartig.«

Schweigend gingen wir nach Hause. Wir sahen nicht, wohin wir traten. Hin und wieder sanken wir bis zu den Knien ein. Ich hatte Angst, dass Enkelkind tot war – und das Moor ihn verschluckt hatte.

»Was zum Teufel mach ich hier eigentlich!«, fauchte Vater.

Er sank wesentlich tiefer in den Morast als ich. Ein paar Mal stolperte er. Mir lief noch immer der Rotz aus der Nase in den Mund. Hätte ich keinen steifen Nacken gehabt, würde er mir den Hintern versohlen. Nun musste er warten, bis ich wieder gesund war.

Dänische Meisterschaft im Sumo-Ringen

Frank war die Nummer eins. Olsenbande-Kjeld war ihm direkt auf den Fersen. So ging das jetzt schon eine ganze Woche. Wir hatten es schon öfter gemacht, aber nicht so genau. Aus einem der kleinen Depots neben dem Lehrerzimmer hatten sie eine Kladde geklaut und angefangen, die Ergebnisse aufzuschreiben. Wegen Enkelkind lag ich nach Punkten bereits hinten.

Wir warfen unsere Pullover, die Socken und die Unterhemden auf einen Haufen. Olsenbande-Kjeld durfte seine Socken anbehalten, weil seine Zehen rochen. Es gab einen wüsten Streit über die Frage, ob die Hose auch ausgezogen werden musste.

»Die tragen Kung-Fu-Sachen«, sagte Brillen-Bo.

»Die haben nur Unterhosen an«, behauptete Frank.

»Die Unterhosen sitzen bei denen ganz eng am Arsch, das ist widerlich«, sagte Jens.

»Das ist nur widerlich, wenn du nicht ordentlich abgewischt hast«, erwiderte Olsenbande-Kjeld.

Sie hatten sich die ganze Woche darüber gestritten, sie hatten sogar versucht abzustimmen. Es stand zwei gegen zwei, sie konnten sich nicht einigen.

»Ich will kein dicker Japaner sein«, sagte Brillen-Bo.

»Es ist die Dänische Meisterschaft im Sumo-Ringen«, sagte Olsenbande-Kjeld. »Wir sind die berühmten Sumobrüder.«

Alle sahen mich an. Ich hatte die entscheidende Stimme. Entschied ich mich dafür, die Hosen auszuziehen, würden wir die Hosen ausziehen. Stimmte ich für das Gegenteil, würden wir sie anbehalten. Ich sagte, wir behalten sie an.

»Ist doch lächerlich«, sagte Frank.

So wollte er nicht kämpfen. Er wollte uns auch die Kladde nicht geben und sah mich weiter wütend an.

»Dann ziehen wir die Hosen aus«, sagte ich.

Die Regeln waren einfach. Es durfte weder geschlagen noch gekniffen oder gekratzt werden. Man durfte nur ringen. Man durfte auch nicht spucken. Es galt, seine Würde zu bewahren. Wenn man seinen Gegner auf den Rücken zwang, hatte man gewonnen. Wer ausflippte, bekam einen Minuspunkt. Für einen Sieg gab es einen Pluspunkt. Die Ergebnisse der Kämpfe wurden in die Kladde eingetragen, und der Sieger durfte die Kladde mit nach Hause nehmen. Sie stellten mir immer wieder die Frage, was ich angestellt hatte.

»Hat es was mit Enkelkind zu tun?«, wollte Brillen-Bo wissen.

»Er hat ihn verprügelt«, sagte Frank.

»Und dafür hast du Stubenarrest bekommen?«, fragte Olsenbande-Kjeld. »Eine ganze Woche lang?«

Es wäre eine gute Geschichte gewesen, wenn ich ihn nicht im Moor vergessen hätte. Jetzt war sie blöd. Ich spürte den Stein im Magen, wenn ich daran dachte.

Vater und Mutter konnten sich nicht einigen, wer mich begleiten sollte, um mit den Eltern von Enkelkind zu reden. Es endete damit, dass sie beide mitgingen. Zuerst waren wir bei seiner Großmutter gewesen, um uns zu erkundigen, wo er wohnte, dann hatten wir das Haus gefunden, das sehr groß zu sein schien.

»Wollen wir's nicht einfach vergessen?«, fragte Vater, als wir auf dem Fußweg standen.

Mutter schob mich in die Einfahrt. Ich sollte seinen Eltern erzählen, was ich getan hatte, und hinterher sollte ich mich entschuldigen. Es gab ein Namensschild in Goldbuchstaben. Es sah aus, als wäre es ganz neu. Im Carport stand ein Auto.

Vater stopfte sein Hemd in die Hose und rückte seinen Schlips zurecht. Mutter legte mir eine Hand auf die Schulter. Beide standen hinter mir.

Enkelkinds Mutter machte auf. Sie trug einen langen roten Rock. Ihre Lippen waren rosa, und über den Augen saß eine Menge blaues Zeug. Wenn sie blinzelte, erschienen zwei schwarze Streifen, die wieder verschwanden, sobald sie die Augen öffnete. Eines ihrer Nasenlöcher war etwas größer als das andere. Sie lächelte.

»Ja?«, fragte sie.

Mutter gab mir einen kleinen Stoß in den Rücken.

»Ja?«, sagte Enkelkinds Mutter noch einmal.

Ich brachte kein Wort heraus. Vater räusperte sich. Mein Kopf war völlig leer. Es überraschte mich, dass Enkelkinds Mutter so aussah. Ihr Lächeln verschwand. Ich guckte auf ihre Füße. Sie trug goldene Schuhe, und ihre Strümpfe waren durchsichtig. Sie hatte Nagellack auf den Zehennägeln. Sie sah aus wie eine Art Fee. Dann erinnerte ich mich. Sie war Tanzlehrerin.

Vater räusperte sich erneut. Mutter sah Vater an. Wir beide wollten, dass er etwas sagte, aber er stand nur da und stopfte sich sein Hemd in die Hose, obwohl es perfekt saß.

»Das ist ja ganz und gar unglaublich«, sagte Enkelkinds Mutter, als Mutter ihr erzählt hatte, was passiert war.

»Und Sie sind sicher, dass es sich um Thomas handelt?«

»Äh«, sagte Vater.

»Thomas würde mir so etwas erzählen. Wir haben keine Geheimnisse voreinander.« Sie sah mich an, als müsste sie sich übergeben. Als würde ich ihr Übelkeit bereiten. Und ich hatte nicht mal von der Socke erzählt.

»Er darf überhaupt nicht im Moor spielen.« Ihre Augen flackerten, als sie die Tür zuschlug. »Es muss sich um ein anderes Kind gehandelt haben, das dieser Junge belästigt hat.«

Brillen-Bo konnte ich problemlos zu Fall bringen. Seine Unterhose war viel zu groß. Wir zogen ihn damit auf. Jens und Olsenbande-Kjeld hörten überhaupt nicht mehr auf zu lachen.

»Deshalb wolltest du wohl nicht die Hose ausziehen«, sagte Frank.

Brillen-Bo hüpfte auf und ab. Er ignorierte uns. Er schlug in die Luft wie ein Boxer.

»Das ist ein Ringkampf«, sagte Olsenbande-Kjeld. »Du kannst dir auf den Körper klatschen, um dich aufzuwärmen. Aber du darfst nicht in die Luft schlagen.«

Brillen-Bo klatschte sich mit den Handflächen auf den Leib. Es zeigten sich rote Flecken. Ich machte dasselbe. Wir klatschten und schüttelten dabei die Köpfe. Wir drehten uns ein paar Mal im Kreis. Wir holten mit heftigen Atemzügen Luft und schwitzten bereits. Die anderen bildeten einen Kreis um uns.

Als Frank »Jetzt« rief, ging ich direkt auf Brillen-Bo los. Unsere nackten Körper klatschen gegeneinander. Brillen-Bo war schmächtig. Und blass. Aber man sah, wo letzten Sommer seine Shorts und sein T-Shirt gesessen hatten. Ich zwang ihn sofort auf den Rücken, setzte mich auf den Brustkasten und fixierte seine Arme mit meinen Knien. Ich hob triumphierend die Hände.

Bei Olsenbande-Kjeld war es schwerer. Er war dick und stark. Sein Bauch wölbte sich über den Rand seiner Unterhose. Jens bemerkte es. Olsenbande-Kjeld zog die Unterhose bis über den Bauchnabel. Jetzt ragte der Bauch nicht mehr heraus. Er sah aus wie ein richtiger Sumo-Ringer. Prallte ich mit ihm zusammen, würde ich umgeworfen. Ich musste versuchen, hinter ihn zu gelangen und ihm einen Arm um den Hals zu legen. Dann konnte ich ihm ein Knie in den Rücken schieben und ihn rücklings zu Fall bringen. Ich hatte das schon mal probiert, aber da hatte er total verrückt gespielt.

»Man darf nicht ausflippen!«, schrie ich. »Das steht in den Regeln.«

Einen Moment lang hatte ich meine Wangen aufgeblasen, um ihn zu provozieren. Nichts anderes. Ich hatte nicht gesagt, er sei fett.

»Er muss einen Minuspunkt bekommen«, sagte ich zu den anderen.

Olsenbande-Kjeld stieß mich gegen den Esstisch und schubste mich dann durch die Stühle. Er knurrte bösartig wie ein Hund. Schließlich ließ ich mich absichtlich fallen. Olsenbande-Kjeld hob die Hände und drehte im Wohnzimmer eine Ehrenrunde. Ein ärgerlicher Anblick.

Ich stellte ihm ein Bein, als er zurück in seine Ecke kam. Er wurde nicht einmal sauer. Er drehte sich nur um. »Das kostet einen Minuspunkt!«, rief er mit einem noch breiteren Grinsen.

Ich stand noch immer auf dem letzten Platz. Ich schaute Frank an. Er zuckte die Achseln.

»Beinstellen ist verboten«, sagte er.

»Das sind vielleicht Scheißregeln«, erwiderte ich und bekam noch einen Minuspunkt.

»Sie werden mit Eiern zwangsernährt«, sagte Brillen-Bo.

»Wer?«

»Die Sumo-Ringer. Man steckt ihnen einen Trichter in den Mund, und dann werden eine Menge Eier mit einem Schneebesen verschlagen und ihnen eingeflößt.«

»Du lügst.«

»Sie fangen bereits bei den Babys damit an. Die werden den ganzen Tag auf der Erde herumgekullert, damit sie überall Hornhaut bekommen.«

Wir liefen in die Küche, um ein paar Eier aufzutreiben.

Hin und wieder übten Frank und ich allein. Wir machten das meist bei mir. Wir schmissen Überbiss raus, schlossen die Tür von innen ab und zogen die sattgelben Gardinen vor. Die Gardinen ließen das Licht golden werden. Selbst wenn trübes Wetter herrschte, hatte man den Eindruck, als würde die Sonne scheinen.

Wir schmissen unsere Sachen auf einen Haufen und wärmten uns auf die gleiche Weise auf wie vor einem Ringkampf.

Wir wechselten uns beim Anfangen ab. Der erste Angriff war der wichtigste. Es ging darum, nicht zu lachen. Wir sahen uns in die Augen und schnitten Grimassen. Frank begann zu schielen und zog seine Wangen auseinander. Ich liebte es, wenn er das machte.

Ich hüpfte auf und ab wie ein Pavian und gab Affenlaute von mir. Frank fing an zu lächeln. Ich wollte noch eine Weile herumhüpfen und ihn dann angreifen. Ich sollte beginnen.

»Ahoo, ahoo.«

Ich warf ihn zu Boden.

Es war leicht, seine Gegner von hinten zu Fall zu bringen. Von vorn war es schwerer. Man durfte seinem Gegner nie den Rücken zudrehen. Wir drehten uns abwechselnd den Rücken zu, um es zu trainieren. Wir starben fast vor Lachen, rollten über den Fußboden und hielten uns die Bäuche. Frank roch gleichzeitig süß und muffig. So roch es auch bei ihnen zu Hause. Seine Fingernägel waren schwarz. Er kaute sie nicht ab. Brillen-Bo schon. Ich kaute nur an den Daumennägeln. Ich musste an Marmelade mit Schimmel denken.

Wir zogen auch die Unterhosen aus. Wir kämpften anders, wenn wir nur zu zweit waren. Niemand registrierte es, wenn man verlor.

Nackt konnten wir uns nicht an die Unterhosen fassen, wenn eine Niederlage drohte. Es war verboten, an der Unterhose des Gegners zu ziehen, aber bei den Wettkämpfen passierte es trotzdem immer wieder.

»Ahoo.«

Er warf mich zu Boden, setzte sich auf meinen Bauch, rutschte bis zur Brust hoch und drückte meine Arme herunter. Erst hielt er meine Arme mit den Händen fest, dann rutschte er höher und setzte die Knie ein. Ich versuchte, ihn abzuwerfen. Es gelang mir nicht richtig. Ich konnte meine Arme und Hände ein wenig heben, aber Frank drückte sie zurück auf den Boden, ich versuchte es noch einmal und gab dann auf.

Sein Pillermann baumelte über meiner Brust. Ich hätte meinen Kopf heben und hineinbeißen können, wenn ich gewollt hätte. Frank beugte sich vor, bis sein Kopf sich über meinem Gesicht befand. Er sammelte Spucke im Mund. Dann öffnete er den Mund und ließ einen dicken Speicheltropfen über seine Lippen gleiten.

Er lächelte dabei. Der Spuckefaden wurde länger und länger. Wenn er zu lang zu werden drohte, zog er ihn zurück in den Mund und formte einen neuen.

Einer dieser Speicheltropfen wurde zu lang, er konnte ihn nicht mehr aufsaugen. Er traf mich ins Auge. Frank bekam einen Schluckauf vor Lachen.

Ich drehte den Kopf zur Seite und wollte die Spucke mit meiner Schulter abwischen, doch Frank schob seinen Unterleib vor und presste seinen Pimmel an meine Lippen.

»Mach den Mund auf«, sagte er.

Ich biss die Zähne zusammen. Frank presste weiter seinen Unterleib an mein Gesicht.

Er hielt mir die Nase zu. Trotzdem konnte ich durch die zusammengebissenen Zähne atmen. Er drückte mir die Wangen zusammen und zwang mich, den Mund aufzumachen. Natürlich passte sein Pillermann ohne weiteres in meinen Mund. Er war runzlig und krümmte sich nach unten, doch gleichzeitig richtete er sich in kleinen Stößen auf. Ich tat so, als würde ich versuchen, ihn wegzuschubsen. Nachdem er seinen Pimmel eine Weile in meinem Mund gehabt hatte, zog er ihn wieder heraus.

»Gibst du auf?«, fragte er.

»Ja«, sagte ich und wischte die Spucke mit dem Arm ab.

Er steckte ihn mir wieder in den Mund und lachte laut.

»Ich kann dich nicht richtig verstehen.« Er tat es

mehrmals, und seine Augen glänzten dabei. »Ich kann dich nicht richtig verstehen.«

Hinterher saßen wir im Zimmer, ohne uns wieder anzuziehen. Wir redeten über Franks Vater und dachten uns verschiedene Methoden aus, ihn umzubringen. Es sollte möglichst passieren, während er schlief, damit er nichts merkte, und es sollte möglichst schnell gehen und so wenig Spuren wir möglich hinterlassen. Gift war am besten. Frank wollte am liebsten Arsen einsetzen, obwohl es leichter war, Fliegenpilze zu finden oder Quecksilber aus einem Thermometer zu benutzen. Wir hatten mal eins zerbrochen. Wir könnten ein paar Tropfen in sein Bier kippen und dafür sorgen, dass Franks Mutter nicht davon trank. Aber Gift wirkte langsam – es musste eine bessere Methode geben, nur hatten wir die noch nicht gefunden. Außerdem hatte Frank ein Brotmesser unter dem Bett seiner großen Schwester entdeckt, zwischen der Matratze und dem Lattenrost, direkt unter der Stelle, an der ihre rechte Hand lag, wenn sie schlief. Das konnte bedeuten, dass sie ähnliche Pläne hatte wie er.

»Wir besuchen sie jeden Tag im Gefängnis, wenn sie es tut«, sagte Frank.

»Wir kommen mit Kuchen und Popcorn.«

»Wir veranstalten ihr zu Ehren ein Riesenfest und laden alle ein, die wir kennen.«

Frank hielt mir seine Hand direkt vor die Nase.

»Schau dir das an, da«, sagte er.

An seiner Hand gab es eine kleine längliche Narbe.

Sein Vater hatte sie ihm mit der Gürtelschnalle zugefügt.

Eine Narbe hatte immer eine Geschichte, und Frank hatte eine Menge Narben. Ich berührte die Narben. Und er erzählte die Geschichten. Ich wollte ihm von meiner Narbe an der Stirn erzählen, aber die Geschichte wollte er nicht hören.

»Das hast du schon mal erzählt«, sagte er.

Überbiss hatte mir mit einer Schaufel an den Kopf geschlagen. Es war mehrere Jahre her.

Ich zeigte Frank mein Schienbein, aber er konnte nur einen kleinen Schatten sehen. Ich hatte Lille Bjarne verprügelt, und er hatte mir hinterher einen Feuerstein nachgeworfen. Es hatte ziemlich stark geblutet. Ich hatte gerade mal zwei Narben und musste Frank immer wieder dieselben Geschichten erzählen.

Die Spange

Überbiss bockte. Er rollte mit der Gabel eine halbe Kartoffel über den Teller und wollte sein Fleisch nicht essen.

»Sie ist weg«, murmelte er.

»Weg?«, sagte Mutter und legte ihr Besteck beiseite. Vater erhob sich. Sein Bauch stieß an den Küchentisch. Überbiss hatte ein ernsthaftes Problem.

»Die kann doch nicht so einfach verschwinden«, sagte Vater.

Überbiss wollte aufstehen.

»Du bleibst hier«, sagte Mutter.

»Ich hab sie verloren, so was passiert halt«, sagte er.

Er kniff die Augen zusammen. Normalerweise führte er sich auf wie ein Baby. Wimmerte mit großen, traurigen Augen und winselte wie ein junger Hund. Gewöhnlich hörten sie dann auf, ihn auszuschimpfen. Sie nahmen ihn auf den Schoß, streichelten ihn und sagten, es sei nicht so schlimm. Aber jetzt starrte er sie nur wütend an.

Ich hatte ihn gesehen, als er relativ früh nach Hause kam. Seine Klamotten waren nass, und die Hose hatte hinten einen Riss, ich hatte eine seiner Arschbacken sehen können. Er hatte Tränen in den Augen und wollte mich nicht ansehen. Seine Unterlippe war geschwollen.

»Hast du dich geprügelt?«

»Ich bin gefallen.«

Ich glaubte ihm nicht.

»Wer war's, erzähl's mir«, sagte ich. »Dann verprügel ich ihn für dich.«

Er wollte nicht darüber reden. Er zog sich rasch etwas anderes an, damit Vater und Mutter nichts merkten.

»Eine Zahnspange kann doch nicht einfach so verschwinden«, stöhnte Vater.

»Wo hast du sie denn verloren?«, wollte Mutter wissen. »Und wie konntest du die Spange und den Nackenbügel gleichzeitig verlieren?«

Überbiss zuckte die Achseln. »Ist mir egal, wie die sitzen.«

Er meinte seine Zähne. Mutter und Vater guckten sich an und wussten nicht, was sie sagen sollten. Ich sah es. Sie schickten ihn in unser Zimmer und erklärten, er hätte Stubenarrest, bis er verriet, was mit der Spange passiert war.

»Muss ich dann nicht in die Schule?«

Ich spürte ein Ziehen im Bauch. Vater würde ihm eine Ohrfeige geben. Sein Bauch würde beim Aufstehen gegen den Tisch prallen, dann würde er ihm eine knallen. Ich schloss die Augen. Mein Herz klopfte. Ich hätte begeistert sein müssen, aber ich war es nicht. Selten hatte er so in der Scheiße gesteckt wie jetzt.

»In dein Zimmer!«, brüllte Vater.

Sie ließen ihn tagelang darin sitzen. Bevor er nicht mit der Sprache herausrückte, was er mit der Spange gemacht hatte, durfte er das Zimmer nicht verlassen. Und ich durfte nur hineingehen, um die Sachen zu holen, die ich brauchte. Ich durfte mich nicht im Zimmer aufhalten und konnte auch Frank nicht mehr mit nach Hause bringen, um Sumo-Ringen zu trainieren.

Ich versuchte herauszufinden, was passiert war.

»Du beziehst Prügel, wenn du es nicht sagst«, drohte ich.

Überbiss blieb verstockt.

Ich schlug ihn auf den Oberarm. Es kam nur ein leises Wimmern. Er rührte sich nicht. Ich schlug ihn noch einmal.

Er lächelte provozierend: »Ist da eben eine Fliege gelandet?«

Jetzt hätte ich ihm eine Ohrfeige geben müssen. Ich hätte ihm den Kopf in den Bauch rammen müssen. Eines seiner Beine zuckte nervös auf und ab. Er hatte Gras an den Knien und blaue Flecken an den Armen. Sie verliehen seiner Haut einen grünlichen Schimmer. Er beugte sich etwas vor und hielt sich den Bauch. Ich wollte ihm kameradschaftlich auf die Schulter klopfen. Ich hatte keine Lust, ihn zu verprügeln, aber er schlug mir die Faust fest in die Magengrube, als ich den Arm nach ihm ausstreckte. Ich versuchte zu lächeln. Allerdings bekam ich keine Luft mehr. Ich lief aus dem Zimmer, damit er nicht sah, wie gut er getroffen hatte.

Ich wartete darauf, dass Vater Überbiss bestrafte,

aber er schlug uns nicht besonders häufig. Das vergaß ich immer wieder. Meist begnügte er sich damit, auf irgendwelche Sachen einzuschlagen. Außerdem schlug er eine Menge Löcher in die Luft. Er hämmerte auch auf den Fernseher, wenn sich nur Schnee auf dem Bildschirm zeigte.

Immer wieder lief Vater im Haus herum und fluchte den ganzen Tag. Er benutzte dann all die Wörter, die wir nicht sagen durften. Wiesen wir ihn darauf hin, tobte er. Sobald wir das Wohnzimmer betraten, hörte er auf zu fluchen und lächelte. Er hörte sich an, was wir zu erzählen hatten, aber kaum waren wir hinausgegangen, begann er wieder zu fluchen. Es hörte sich an, als würde er mit jemandem reden. Es war unheimlich. Vater ging im Wohnzimmer auf und ab und unterhielt sich mit Leuten, die nicht da waren.

Er redete mit seinem Vater. Er redete mit Kunden, die ihm keine Schnürsenkel abkaufen wollten. Und er redete mit Leuten, die ihm Geld schuldeten.

»Willst es dir selbst in den Arsch stecken?«, zischte er.

Manchmal war es ihm peinlich, wenn wir ihn dabei erwischten. Es sah so aus, als hielte er sich in zwei verschiedenen Welten auf. Und zu einer dieser Welten gehörten wir nicht.

Es kam auch vor, dass er zum Telefon griff und eine Menge Babylaute von sich gab. Es klang schwachsinnig, aber es war gleichzeitig auch unheimlich.

»Bababa«, sagte er.

Ich legte ein Ohr an die Tür und lauschte.

Babygeräusche gab er nur von sich, wenn Mutter nicht zu Hause war. Eigentlich hätte es mir egal sein können. Vielleicht war er ja nicht einmal mein richtiger Vater. Ein grässlicher Gedanke, denn er war ein fantastischer Mensch. Ich saß unheimlich gern auf seinem Schoß, obwohl ich selbst nicht mehr hinaufkletterte. Ich wartete darauf, dass er mich hochhob. Ich umkreiste ihn, wenn er auf dem Sofa lag, doch das irritierte ihn nur. Überbiss kam mir oft zuvor und sprang ihm in die Arme, wenn er aus Jütland nach Hause kam. Ich blieb hinter Mutter stehen und wartete darauf, dass sein Blick auf mich fiel. Ich konnte einen ganzen Abend warten. Sein Blick fiel nicht auf mich. Ich versuchte, Überbiss zu imitieren, und sprang ihm auch in die Arme – aber das wirkte irgendwie falsch, also stellte ich mich schnell wieder neben Mutter.

Mir war es egal, was mit der Spange passiert war. Überbiss würde den Rest seines Lebens seinen Überbiss behalten. Die Mädchen würden ihn auslachen. Wenn er ihnen einen Kuss gab, würden sie seine Vorderzähne in den Mund bekommen.

Ich brachte ihm einen Nachtisch mit Eis. Wir bekamen immer Nachtisch, wenn einer von uns Stubenarrest hatte.

Zunächst wollte er nicht essen.

»Was hast du damit gemacht?«, fragte er.

»Gar nichts.«

Er untersuchte das Eis genau.

»Hast du draufgespuckt?«

Ich schüttelte den Kopf. Er glaubte mir nicht.

»Wieso isst du es dann nicht selbst?«

Ich zuckte die Achseln.

»Ich hätte dasselbe getan«, sagte ich.

»Was?« Seine Nase kräuselte sich.

»Ich hätte die Spange auch weggeworfen.«

Er antwortete nicht.

»Iss jetzt, bevor es schmilzt.«

Er aß das Eis, wobei er nicht aussah, als würde es ihm schmecken. Die ganze Zeit wartete er darauf, dass ich vor Lachen zusammenbrach. Ich könnte aufs Eis gepinkelt haben. Ich könnte einen Regenwurm daruntergelegt haben, aber ich hatte nichts von alldem getan.

Unterhosendiebstahl

Hinter der Kläranlage lagen die Fußballplätze. Hier trafen sich Stiernacken, Feuerwehrhauptmann, Mechaniker-John und eine Menge anderer Jungs. Wir hielten uns nie sonderlich lange bei den Fußballplätzen auf, weil es dort so viele Ältere gab, die uns verprügeln wollten. Es war besser, im Paradiesgarten zu spielen, an der Kläranlage, an den Mooren oder in den Kleingärten. Dort konnte man leichter entwischen. Wir hatten Angst vor dem weiten, offenen Gelände, aber wir mussten dort vorbei, wenn wir die beiden Mädchen zu Hause besuchen wollten. Sie wohnten hinter den Fußballplätzen. In einer großen Siedlung mit einer Menge flacher Reihenhäuser.

Ich schaute mir Frank an, während wir mit dem Rad dorthin fuhren. Es war unglaublich, dass er so eine Verabredung getroffen hatte. Ich hatte mich noch nie mit einem Mädchen getroffen. Natürlich gab es im Paradiesgarten viele Mädchen, aber ich wusste nie, was ich mit ihnen reden sollte. Und die Mädchen in unserer Klasse waren am schlimmsten. Sie beschimpften mich, wenn ich irgendetwas falsch machte und kein Lehrer dabei war. Außerdem tratschten sie. Sie konnten mich nicht leiden. Ich forderte sie häufig auf, die Klappe zu halten. Aber ich traute mich nicht, sie zu schlagen. Sie waren wie die Erwachsenen, nur kleiner.

»Ich glaub dir kein Wort«, sagte ich.

»Es stimmt. Wenn die unsere sehen dürfen, dürfen wir ihre sehen.« Frank hatte einen Grashalm zwischen den Zähnen, er wippte beim Fahren auf und ab.

»Sie finden, du siehst süß aus«, fügte er hinzu.

»Wo haben sie mich denn gesehen?«

»Bei mir zu Hause. Eine ihrer großen Schwestern ist mit Lene befreundet.«

Wir sahen Feuerwehrhauptmann und Stiernacken auf einem der Bolzplätze. Stiernacken reckte eine Hand in die Luft und zeigte uns den Finger. Er schrie uns irgendetwas nach. Aber er war zu weit weg, um uns gefährlich zu werden. Wir stiegen in die Pedale, bis wir die Siedlung erreichten. Die Häuser ähnelten sich, aber anders als im Paradiesgarten. Es gab eine Menge Blumen in den Vorgärten. Die Erde zwischen den Blumen war in feine Muster geharkt.

»Finden die wirklich, dass ich süß aussehe?«

»Sie sind total verrückt nach dir«, behauptete Frank.

Ich fuhr über eine Bordsteinkante. Ich wollte in einem der Vorgärten ein paar Blumen pflücken und sie Mutter mitbringen. Sie liebte Blumen. Tulpen gefielen ihr am besten. Besonders gelbe. Sie hatte mal ein paar Tulpenzwiebeln im Supermarkt gekauft und in unseren Garten gepflanzt, aber Überbiss und ich hatten die Tulpen zertrampelt, noch bevor sie richtig draußen waren. Im ersten Moment war Mutter böse geworden. Aber es fiel uns schwer, nicht auf die Tulpen zu treten, weil der Garten hinter dem Haus kleiner als unser Wohnzimmer war. In einem Frühjahr wuchs eine einzige Tulpe heran. Überbiss pflückte sie und schenkte sie Mutter. Sie freute sich sehr und stellte sie in eine Vase ins Schlafzimmer. Sie würde sie sich die ganze Nacht ansehen, sagte sie. Als Überbiss am nächsten Morgen ziemlich früh ins Schlafzimmer kam, schlief sie. Er war ziemlich enttäuscht.

»Das sagt man doch nur so«, hatte ich versucht zu erklären.

Überbiss verstand es nicht.

»Man darf nicht lügen.«

»Natürlich darf man lügen«, hatte ich erwidert und ihm auf die Schulter geschlagen. Er hatte mich geweckt. Er war noch nicht sehr alt und fing an zu heulen. Ich hob ihn in sein Bett, damit er Mutter nicht weckte.

»Sie haben echt noch nie einen Pimmel gesehen«, sagte Frank.

»Nicht mal den von ihrem Vater?«

»Nicht mal den von ihrem Vater.« Frank fuhr auf den Bürgersteig. »Sie würden gern mal einen sehen. Bei ihnen gibt's keine gemeinsame Dusche nach dem Turnen wie bei uns.«

»Wieso nicht?«

»An ihrer Schule gibt es so was einfach nicht. Sie müssen schon nachsitzen, wenn sie nur mit einem Schneeball schmeißen, und sie bekommen einen Brief mit nach Hause, wenn sie ihre Hausaufgaben vergessen haben.«

»Alle haben doch schon mal den Pimmel ihres Vaters gesehen«, sagte ich. »Das lässt sich doch gar nicht vermeiden, wenn ihr Vater frische Unterhosen anzieht oder ins Bad geht.«

»Ihr Haus ist zu groß«, erklärte Frank. »Ich habe mal von einem Baby gehört, das in einem dieser Häuser verschwunden ist. Das Haus war so groß, dass man das kleine Miststück nicht wiedergefunden hat.«

Sie wohnten in Nummer 44. Alle Straßen hatten irgendeinen Vogelnamen. Wir fuhren in die Einfahrt und stellten unsere Räder ab. Wir bürsteten uns über die Hosen und stopften die Unterhemden hinein. Wir zogen uns gegenseitig einen Seitenscheitel. Frank flüsterte mir ins Ohr: »Glaubst du, sie haben hässliche oder hübsche Muschis?«

»Keine Ahnung.«

»Hast du schon mal eine gesehen?«

Ich zuckte die Achseln.

»Es sitzt zwischen den Schamlippen. Da gibt's so 'n Punkt, der Klitoris heißt.« Seine Stimme klang heiser.

Er klingelte und stellte sich vor mich, so dass ich einen Schritt zurücktreten musste. Er kratzte sich demonstrativ im Schritt. Ich war froh, dass Frank eine Verabredung mit Mädchen getroffen hatte, die so weit vom Paradiesgarten entfernt wohnten. Die Mädchen im Paradiesgarten konnten mich nicht ausstehen. Sie hätten sich nie bereit erklärt, mir ihre Muschi zu zeigen. Ich wusste von solchen Sachen, aber mir war das noch nie passiert. Ich hatte von Jungen und Mädchen gehört, die in den Höhlen am Moor »Dinge« trieben. Ich hatte von Jungen und Mädchen gehört, die Strip-Poker spielten, bis einer von ihnen ganz nackt war. Aber was hinterher passierte, wenn jemand ganz nackt war, darüber redete niemand, und mir wurde allein bei dem Gedanken schwindelig.

Alle taten so, als wüssten sie es. Hin und wieder gingen ein Junge und ein Mädchen miteinander, die wir kannten. Sie hielten Händchen und redeten nicht viel darüber. Richtige Verliebte küssten sich mit der Zunge. Die Spucke des Jungen kam in den Mund des Mädchens, und die Spucke des Mädchens in den Mund des Jungen. Das war nicht ekelig, wenn man sich verliebt hatte. Ich hab mal nach einem Mädchen aus meiner Klasse gespuckt. Und sie machte in dem Moment ihren Mund auf. Unsere Dänischlehrerin hielt mir deshalb eine Standpauke. Das Mädchen heulte und spuckte meine Spucke wieder aus.

Wenn man sich liebte, wurde das Unappetitliche schön. Das war das Mysterium der Liebe. Ich hatte mich ein paar Mal in Mädchen aus dem Paradiesgarten oder der Schule verliebt. Ich habe es nie jemandem erzählt. Ich hatte mich meist in Mädchen verliebt, die sich wie Jungen benahmen. Die gut auf Bäume kletterten oder mit Steinen warfen. Oder wenn sie freihändig über die Abwasserrohre laufen konnten.

Die Dunkelhaarigen mochte ich am liebsten. Dunkelhaarig zu sein, erschien mir das Natürlichste. Alle Naturvölker waren dunkelhaarig und hatten braune Augen wie Frank. Ich bekam total weiche Knie, wenn ein Mädchen wie eine Indianerin aussah. Dann zerfloss etwas in mir.

In unserem Teil der Stadt gab es keine Indianermädchen, aber kurz vorm Paradiesgarten wohnte ein adoptiertes Mädchen aus Korea. Ich stellte sie mir als Indianerin vor und träumte davon, mit ihr im Moor zu verschwinden. Wenn sie im Sommer kurze Hosen trug, konnte man unter der Haut die Muskeln ihrer Schenkel sehen. Ich wusste nicht, wie sie hieß. Sie ging nicht auf unsere Schule. Aber ich sah sie vor mir, wenn ich die Augen schloss.

Frank und die anderen redeten oft über Mädchen, allerdings redeten sie auf eine ganz bestimmte Weise über sie. Es klang, als wüssten sie eine Menge. In Wahrheit wussten sie so gut wie gar nichts. Sie redeten über Brüste. Aber es gab keine Mädchen in unserem Alter, die Brüste hatten. Mädchen mit großen Brüsten kletterten nicht auf Bäume. Sie konnten nicht über Abflussrohre laufen, ohne zu kreischen und zu schreien.

Ich wusste nicht, was ich sagen sollte, wenn die anderen über Brüste redeten. Es klang blöd, wenn ich etwas sagte. Irgendwie war ich anders. Ich hatte Angst, dass sie es merkten. Warum mussten Brüste immer groß sein? Wieso war es komisch, danach zu grapschen? Ich war auch nicht ganz so verrückt danach, mir ihre Muschis anzusehen.

Mias Mutter öffnete.

»Guten Tag«, sagte Frank und verbeugte sich.

»Euch habe ich hier bisher noch nicht gesehen, oder?«, sagte sie.

Frank stieß mir den Ellenbogen in die Seite, als sie uns den Rücken zuwandte. Er war bester Laune. Er blinzelte mir zu und kratzte sich im Schritt.

»Die schönste Muschi ist für mich«, flüsterte er mir zu.

Die Mädchen saßen in Pias Zimmer. Das andere Mädchen hieß Christina und wohnte ebenfalls in der Straße. Mia hatte langes, lockiges Haar. Sie war klein und kompakt. Ihre Nase zeigte ein wenig nach oben. Sie hatte roten Nagellack auf einem ihrer kleinen Finger.

Christina hatte kurze Haare und war größer. Sie gefiel mir besser. Ihr Haar stand ab.

Sie lachten laut, als wir hereinkamen. Es verwirrte mich, weil ich nicht wusste, worüber sie lachten.

Mias Mutter blieb hinter uns in der Tür stehen.

»Mutter, bitte!«, sagte Mia. Die Mutter verschwand in der Küche. Wieder kicherten die Mädchen.

»Ich habe Lars mitgebracht«, sagte Frank.

Sie blätterten in einem Freundschaftsalbum. Wir setzten uns neben sie aufs Bett. Meine Fingernägel waren total schwarz. Ich hätte sie bürsten sollen, bevor wir losfuhren. Ich versuchte, meine Hände zu verstecken. Ich steckte sie in die Hosentaschen. Mir ging der Gedanke nicht aus dem Kopf, dass sie mich süß fanden.

Meine Hose roch ein bisschen, weil ich vor ein paar

Tagen Milch darübergegossen hatte. Ein Teil des Stoffes war ganz steif. Ich ärgerte mich, keine andere Hose angezogen zu haben. Normalerweise mochte ich es, dreckig herumzulaufen – ich trug am liebsten löchrige Sachen und hatte Flicken auf den Knien –, aber jetzt hätte ich doch gern andere Sachen angehabt.

Sie blätterten in dem Freundschaftsalbum, als ob wir nicht da wären. Sie tuschelten miteinander. Frank sagte nichts. Er schaute auf seine Füße. Wir fingen an, uns auf die Schultern zu schlagen. Eine halbe Stunde verging.

»Wollt ihr in unser Freundschaftsalbum schreiben?«, fragte Christina.

»Nein«, sagten wir.

»Kommt ihr mit ins Spielhaus?«, fragte Mia.

»Klar«, sagte Frank.

Wir standen auf und gingen hinaus. In dem Spielhaus konnte man fast aufrecht stehen. Es gab einen Tisch mit Bänken und eine Menge Spielzeug, weil Mia einen kleinen Bruder hatte. Es war schwierig, die Beine unter den Tisch zu stecken. Durch ein kleines Fenster mit geblümten Gardinen schien die Sonne.

»Wollen wir Strip-Poker spielen?«, grinste Frank.

»Ihr verliert«, sagte Mia.

»Glaubt *ihr*«, erwiderte Frank.

Wir setzten uns an den Tisch und schauten uns eine Weile an.

»Ihr zuerst«, sagte Mia.

Sie verließen das Spielhaus und schlossen die Tür hinter sich. Wir blieben einen Moment regungslos stehen. Dann öffneten wir die Reißverschlüsse unserer Hosen und zogen sie aus. Das Spielhaus war so klein, dass unsere Hinterteile sich dabei berührten. Wir zogen auch die Unterhosen aus. Die Mädchen steckten einen Ast durch das Fenster. Wir hängten die Unterhosen an den Ast, und die Mädchen zogen ihn wieder heraus. Glücklicherweise gab es keine Bremsspuren.

Wir zupften ein bisschen an unseren Pimmeln, damit sie nicht so klein aussahen.

Die Mädchen steckten die Köpfe durchs Fenster und schauten auf unsere Pillermänner.

»Igitt«, sagte Christina.

Ihre Köpfe verschwanden und tauchten nicht wieder auf. Wir blieben eine Weile in dem Spielhaus sitzen, bis wir aus dem Fenster guckten. Sie waren nirgendwo zu sehen. Unsere Unterhosen waren auch verschwunden. Wir zogen unsere Hosen an und gingen zur Wasch-küchentür. Sie war verschlossen. Wir klopften.

»Die Mädchen haben keine Lust, länger mit euch zu spielen«, erklärte Mias Mutter, als sie aufschloss.

»Aber …«

»Darf ich euch einen Rat geben?«

Wir nickten.

»Lasst sehr viel Zeit verstreichen, bevor ihr euch hier wieder sehen lasst.« Ihr Mund zog sich zusammen, als sie das sagte. Sie konnte uns nicht leiden. Das war deut-lich.

»Sie haben unsere Unterhosen geklaut«, sagte ich.

»Jetzt werdet nicht auch noch frech.«

»Aber das stimmt«, sagte Frank.

»Kommt ja nicht auf die Idee, noch einmal hier auf-
zutauchen«, sagte sie und warf die Tür zu. Auf dem
Heimweg machten wir einen Umweg und fuhren nicht
an den Fußballplätzen vorbei. Wir wollten nicht riskieren, Stiernacken zu begegnen.

Das Mädchen mit der Schlaghose

Zuerst dachte ich, sie wäre neu auf der Schule. Sie hatte brünettes, sehr gleichmäßig geschnittenes Haar, ihre Schlaghose ließ sie ein bisschen dicklich aussehen. Ich stieß auf dem Weg zur Toilette mit ihr zusammen. Es war ein Unfall.

»Pass doch auf.«

Sie war bereits verschwunden.

»Fettmops!«, schrie ich.

Zu meiner großen Überraschung kam sie zurück und folgte mir auf die Toilette. Ich schloss mich schnell auf einem der Klos ein.

Sie rüttelte an der Klinke.

»Wie hast du mich genannt?«

Ich atmete ganz leise.

»Du traust dich nicht, es noch einmal zu sagen.«

»Fett-mops«, sagte ich.

»Komm raus und sag es, wenn du dich traust.«

Ich ließ die Hose herunter und setzte mich auf die Brille. Sie ging in die Toilette daneben, sprang auf die Schüssel und kletterte die Trennwand hoch, so dass sie zu mir hinuntersehen konnte.

Ich zog an meinem Pullover, damit sie meinen Pillermann nicht sehen konnte. Dann fiel mir ein, dass ich sie doch schon mal gesehen hatte. Sie war nur ziemlich schnell gewachsen. Sie ging in Sofies Klasse und spielte ständig mit einem Jojo. Sie kannte Stiernacken und Flammendes Inferno.

»Ich hab ihn genau gesehen«, sagte sie.

Sie sah nicht aus wie eine Indianerin, obwohl sie brünettes Haar hatte, aber sie war auch nicht wie die anderen Mädchen. Sie hätte von der Trennwand zu mir hinunterspringen können. Vielleicht hätte sie mich auch verprügeln können, wenn sie gewollt hätte. Auf jeden Fall war sie größer als ich.

Plötzlich lächelte sie mir vom Rand der Trennwand aus zu. Das Lächeln verwirrte mich. Ihr wütender Gesichtsausdruck hellte sich auf. Als wären in ihrem Gesicht eine Menge Lichter angeknipst worden. Das Licht schnürte meinen Magen zusammen.

Einen Augenblick später sprang sie wieder auf ihre Seite und lief aus der Kabine. Ein Wasserhahn wurde aufgedreht. Ich hörte das Geräusch von Toilettenpapier, das von der Rolle gewickelt wird.

Beim ersten Mal traf sie die Wand hinter mir, dann den Fußboden, dann meine Hose. Jedes Mal, wenn das nasse Toilettenpapier aufklatschte, spritzte es nach allen Seiten.

»Du Sau!«, schrie ich. Sie warf weiter nasses Toilettenpapier zu mir herein. Kurz darauf kam ein Lehrer angerannt.

»Was ist hier los?« Er klopfte energisch an die Toilettentür. Ich wollte nicht öffnen.

»Ich kacke«, sagte ich hinter der geschlossenen Tür.

»Er kackt«, sagte das Mädchen. »Und ihm fehlt Toilettenpapier, deshalb habe ich ihm etwas reingeworfen.«

»Hältst du mich etwa für blöd?«, fragte der Lehrer.

Das Mädchen antwortete nicht.

»Und wieso hat er so geschrien?«

»Er hat ›Danke‹ gerufen«, behauptete das Mädchen.

»Sag mal, bist du das dadrinnen, Lars? Wieso gibt es ständig Ärger mit dir?« Er rüttelte an der Klinke. »Kommst du jetzt endlich heraus!«

Ich ließ mehrere Minuten verstreichen, bevor ich öffnete. Als ich schließlich die Tür öffnete, bückte er sich, packte mich an beiden Armen und kam mit seinem Gesicht ganz nah an mich heran. Seine Nase war ungefähr einen Zentimeter von meiner entfernt, seine Augen waren groß, und an seiner Schläfe pochte eine Ader. Aus dem Mund roch er nach Ei. Vielleicht saß auch noch etwas davon in seinem Mundwinkel.

Dann brüllte er mir ins Gesicht. Es ging im Wesentlichen darum, dass ich aufzuschließen hätte, wenn man mich dazu aufforderte. Die Wörter wurden von kleinen Spucketropfen begleitet. Ich presste meine Lippen fest zusammen, um die Tropfen nicht in den Mund zu bekommen. Als er mit seiner Brüllerei fertig war, richtete er sich auf und strich sich die Hose glatt.

»Ich gehe jetzt auf den Flur und rauche. Und ihr räumt hier hinter euch auf.«

Das Mädchen und ich gingen zusammen in die Kabine. Sie hielt sich mit einer Hand die Nase zu und sammelte mit der anderen das Toilettenpapier, auf. Wir bückten uns nach demselben Stück Klopapier, und ich gab ihr einen Schubs mit der Schulter. Sie schubste zurück.

»Auf dem Heimweg verprügele ich dich«, sagte sie, als wir die Toilette verließen. »Um zwei bin ich fertig.«

Ich hatte schon um eins schulfrei, blieb aber in der Schule. Als es auf zwei zuging, lief ich am Ende des Fußwegs, der zur Schule führte, auf den Hügel am Sportplatz. Dort gab es eine Menge Büsche, in denen ich mich versteckte. Eigentlich war es eine ziemlich gefährliche Stelle, weil viele vorbeikamen. Irgendwann hatten hier alle mal Prügel bezogen.

Das Gebüsch bildete innen eine Höhle. Ich krabbelte tiefer hinein, um auf die andere Seite sehen zu können. Als ich das Mädchen entdeckte, lief ein Zucken durch meinen Körper. Ich krabbelte zurück in die Höhle.

»Kuck-kuck«, flüsterte ich.

Sie kam zu mir ins Gebüsch. Sie warf ihre Schultasche auf die Erde, packte mich am Kragen und schubste mich in die Zweige.

»Wolltest du nicht Prügel beziehen?«, fragte sie leise.

Doch die Zweige waren elastisch und federten mich zurück. Unsere Köpfe stießen zusammen, ihr Körper war nicht ganz so hart wie der eines Jungen, aber dennoch härter, als ich es erwartet hatte. Wir schubsten uns gegenseitig. Sie lachte. Es gluckerte in meinem Bauch. Ich wusste nicht, was sie von mir wollte. Vielleicht wusste sie es auch nicht.

Ihr Haar roch nach Kaugummi. Wir schubsten uns und tollten in dem Gebüsch herum, bis wir aufhören mussten, um Atem zu schöpfen. Sie legte ihren Kopf auf meinen Bauch und schaute zu den obersten Zweigen auf, wo irgendjemand an einem Bindfaden eine Menge leerer Milchkartons aufgehängt hatte. Sie bewegten sich im Wind. Ich lag ganz still und guckte in die gleiche Richtung. Wir sprachen kein Wort. Ein paar Mal drehte sie ihren Kopf ein bisschen, um meinen Blick zu fangen, bevor sie wieder auf die tanzenden Milchkartons blickte. Sie streichelte mit dem Zeigefinger meine Hand.

Es war fast zu unwahrscheinlich, um wahr zu sein. Sie war älter als ich. Ich hatte »Fettmops« zu ihr gesagt und sie »Sau« genannt.

Plötzlich hörte ich in der Nähe Stimmen. Stiernacken und Mechaniker-John. Sie redeten über Mopeds. Mechaniker-John hatte eine *Puch Maxi*, aber er durfte noch nicht damit fahren, sein Vater hatte es ihm verboten. Seine Hände waren fast immer schwarz vor Öl, auf jeden Fall die Nägel. Einmal hatte er Brillen-Bo mitten auf dem Schulhof in die Luft geworfen. Dabei ging Brillen-Bos Brille kaputt.

Mein Herz raste. Mit einem Mal verstand ich, warum das Mädchen hier mit mir lag. Sie sollte mich für Stiernacken und Mechaniker-John ins Gebüsch locken. Gleich würden sie kommen und mich verprügeln. Sie wussten, dass ich hier drinnen war. Sie lächelte. Ich sah es ihr an.

»Hast du Angst vor ihnen?«, fragte sie und setzte sich auf.

Sie standen nur ein paar Meter von uns entfernt. Auf der anderen Seite des Gebüschs. Ich lag ganz still und bedeutete ihr, den Mund zu halten. Sie redete weiter mit mir.

»Wollen sie dich verprügeln, oder was? Was hast du eigentlich angestellt? Die Hälfte meiner Klasse will dich verprügeln.«

Ich versuchte, ihr den Mund zuzuhalten, aber sie lachte nur und fing an, mich zu kitzeln.

»He!«, rief Stiernacken auf der anderen Seite des Gebüschs. »Wer ist dort?«

»Ich!«, rief sie zurück.

»Und was treibst du da?«

»Komm doch rein und sieh es dir an.« Sie lächelte mir zu. Ich war kurz vorm Heulen, als sie mich in die dunkelste und tiefste Stelle des Gebüschs schob und sich im Schneidersitz vor mich hinhockte.

Stiernacken und Mechaniker-John kamen.

»Was?«, sagte Mechaniker-John.

»Was was?«, äffte sie ihn nach.

Mein Gesicht berührte den unteren Teil ihres Rückens. Meinen Ranzen hatte sie zu mir ins Gebüsch geworfen. Er lag auf meinen Beinen.

»Du bist schon ein bisschen komisch, oder?«, fragte Stiernacken, bevor er mit Mechaniker-John wieder verschwand.

»Grüßt das Inferno«, rief sie ihnen nach.

Ich kroch aus dem Gebüsch.

»Ich habe dich gerettet. Du wärst nur noch Matsch, wenn ich nicht gewesen wäre«, sagte sie.

Wir trafen uns ein paar Mal und immer an derselben Stelle, in diesem Gebüsch. Es passierte auch immer dasselbe: Wir kämpften und tollten herum, und hinterher lagen wir ganz still nebeneinander, ohne ein Wort zu sagen. Manchmal berührten wir uns an den Händen.

Überall sonst tat sie, als würde sie mich nicht kennen. Sie ging ein paar Mal in der Schule an mir vorbei, ohne Hallo zu sagen. Sie nahm an gemeinsamen Veranstaltungen teil, ohne sich nach mir umzusehen. Einmal habe ich sie zufällig in der Bibliothek getroffen, nach einer Stunde bei der Logopädin. Sie war allein, zog ein paar Bücher aus dem Regal und tuschelte mit mir durch die Lücke, die durch die fehlenden Bücher entstanden war. Wir flüsterten auch ein paar Mal durch die Trennwände auf den Toiletten, aber nur, wenn wir allein waren und uns ganz sicher fühlten, dass uns niemand beobachtete.

Bababa

An einem Samstagvormittag begleiteten wir Vater in die Stadt, er wollte sich eine neue Pfeife kaufen. Pfeiferauchen war besser für den Blutdruck. Mutter sagte, er könne sich im Supermarkt eine Pfeife kaufen, aber er wollte eine ordentliche Pfeife aus einem Laden in der Stadt.

Beim Tabakhändler nahm er alle Pfeifen in die Hand, bevor er sich entschied. Er redete lange mit dem Verkäufer und wollte eine Menge über die verschiedenen Pfeifen wissen.

»Ihr erzählt Mutter auf keinen Fall, was sie gekostet hat«, sagte er draußen auf der Straße.

»Kriegen wir ein Eis?«

»Kriegen wir einen Hotdog?«

»Ihr könnt ein paar gelangt kriegen«, sagte Vater und deutete bei Überbiss eine Ohrfeige an. Er traf ihn mit der flachen Hand oben am Kopf. Aber nur zum Spaß. Vater lachte laut, dann rutschte er an der Bordsteinkante ab und knickte mit dem Fuß um.

»Au, verflucht«, fauchte er und sank auf die Knie.

Überbiss versuchte, ihm aufzuhelfen, aber er schubste ihn beiseite. Als er wieder auf die Beine kam, trat er vorsichtig auf und fluchte leise.

»Das ist wieder mal typisch.«

Überbiss und ich liefen hinter ihm, um ihn nicht zu reizen. Vater ging weiter und fluchte leise. Er führte Selbstgespräche, als wären wir überhaupt nicht vorhanden.

»Wo wollen wir eigentlich hin?«, fragte Überbiss schließlich. Wir gingen weder zum Bus, noch waren Eis oder Hotdogs in Sicht.

»Was?«

»Wo wollen wir hin?«

»Wir laufen bloß ein bisschen herum.«

Irgendwann merkte ich, dass wir bereits ein paar Mal um den gleichen Häuserblock gegangen waren. Es gab dort eine Grünfläche mit einem kleinen Spielplatz in der Mitte. Zwei Jungen wippten. Einer von ihnen war etwas jünger als ich, der andere etwas jünger als Überbiss. Es gab auch einen Würstchenstand. Als wir zum dritten Mal am Würstchenstand vorbeigingen, kaufte sich Vater drei Frankfurter. Überbiss und ich bekamen jeder ein rotes Würstchen. Vater redete ziemlich lange mit dem Würstchenmann. Es hörte sich an, als würden sie sich kennen. Vater schien auch nicht mehr gereizt zu sein. Er lächelte und fragte, wie es der Frau des Würstchenmanns ging. Er sagte, er überlege, den Job zu wechseln. Schnürsenkel würden nicht genug abwerfen.

»Ich dachte, es wären Videobänder?«, sagte der Würstchenmann.

»Ach, alle Sorten von Bändern«, lächelte Vater.

»Ich könnte ein paar Videobänder für meine Frau gebrauchen.«

»Geht klar.«

»Kannst du auch ein Videogerät besorgen?«

»Selbstverständlich.«

»Krieg ich eine Kakaomilch?«, fragte Überbiss.

»Und ich 'ne Cola?«

»Du hast 'ne Menge Kinder, was?«, sagte der Würstchenmann.

»Kinder sind doch das Lebenselixier«, antwortete Vater.

Wir gingen von dem Würstchenstand zum Spielplatz.

»Tag«, sagte der älteste der Jungen.

»Tag«, erwiderte Vater. »Ist eure Mutter zu Hause?«

»Sie ist oben in der Wohnung«, antwortete der jüngere. Vater sah uns an.

»Ihr spielt hier jetzt ein bisschen«, sagte er.

Er ging über eine der Hintertreppen zum Eingang und verschwand. Es war doof, hier zu spielen. Überbiss maulte. Die Jungen glotzten uns an. Ich hatte Lust, ihnen eine Tracht Prügel zu verpassen.

»Wer seid ihr?«, fragte der Größere.

»Halt die Klappe«, erwiderte ich.

»Ich heiße Kåre«, sagte er. Beide waren sie dürre Heringe. Sie kauten Kaugummi. Ihr Haar hing ihnen lang über die Ohren. Sie hatten Sommersprossen und der Ältere eine große Lücke zwischen den Vorderzähnen.

»Haben wir nicht gesagt, du sollst die Klappe halten?«, fragte Überbiss, ging zu ihm und boxte ihm in den Bauch.

»Hoppla«, sagte Überbiss.

Ich dachte, der Junge würde zurückschlagen, aber er lief in ein Spielhaus und versteckte sich dort. Er war älter als Überbiss. Er war ein Schisser. Der Kleine saß regungslos auf der Wippe und wagte nicht, sich zu bewegen.

Überbiss ging zu ihm und fasste ihn am Arm.

»Lass ihn«, sagte ich.

Überbiss warf ihn von der Wippe und zog ihn an einem Ohr hoch.

»Hör endlich auf!«, schrie ich.

Überbiss wirkte groß und stark neben dem kleinen Jungen. Seine Arme waren sehnig. Und er hörte nicht auf, den Jungen zu schubsen.

Ich wollte zu ihm gehen und ihn aufhalten, als Vater an der Haustür erschien und einen lauten Pfiff ausstieß. Rasch liefen wir zu ihm. Er setzte sich in die Hocke und legte jedem von uns eine Hand auf die Schulter.

»Ich möchte euch jetzt ein Geheimnis zeigen«, sagte er.

Wir gingen mit ihm die Treppe hinauf. Auf der Hintertreppe standen leere Bier- und Weinflaschen, verstaubte Kühlschränke, Kisten mit altem Zeug und mehrere halbe Fahrräder. Es war interessant. Ich hätte die Kisten gern durchwühlt. Vater trat an eine dunkelgrüne Tür. Sie war mal weiß gewesen. Die Farbe blätterte ab. Wir mussten jetzt im dritten Stock sein. Er klopfte nicht an, er ging einfach hinein. Eine Frau saß am Küchentisch. Sie lächelte.

»Das ist Solvej«, sagte Vater.

Sie rauchte Zigaretten und hatte sich ein lila Tuch um den Kopf gebunden. An ihrer Zigarette klebte Lippenstift. Sie lächelte uns zu, als wären wir gute Freunde.

»Ich habe schon eine Menge über euch gehört«, sagte sie.

Sie streckte die Hand aus, um uns Guten Tag zu sagen. Vater ging weiter ins Wohnzimmer. Wir liefen hastig hinter ihm her. Irgendetwas an ihrem Lächeln gefiel mir nicht. Im Wohnzimmer saß ein Baby auf einer hellblauen Decke. Es hatte seine Rassel verloren und bekam sie nicht wieder zu fassen. Es hatte einen sehr großen Kopf.

Vater legte sich neben das Baby auf den Boden und fing an, auf allen vieren herumzukrabbeln.

»Bababa«, sagte er.

Er küsste das Baby auf die Wangen. Das Baby begann zu weinen. Er hob es auf und schaukelte es in seinen Armen.

»Bababa«, sagte noch einmal und schnitt komische Grimassen.

Das Baby fing an zu lachen. Es war ein merkwürdiger Anblick. Franks Mutter hatte ein Baby und Jens' große Schwester auch. Wir waren gewohnt, Babys zu sehen. Das war es nicht, was mich störte. Sondern die Art, wie Vater sich aufführte. Solvej stellte sich in die Tür und glotzte. Sie trug eine geblümte Schürze, eine rote Pluderhose und hatte nackte Zehen. Sie sah aus wie ein Hippie. Sie passte überhaupt nicht zu Vater. Vater liebte Amerika, aber Hippies hasste er. Hippies mochten nur den Teil von Amerika, der San Francisco hieß.

Hippies konnten auch keine Männer leiden, die Schlips trugen. Und sie machten sich nichts aus Leuten, die Schnürsenkel verkauften, weil sie selbst mit bloßen Füßen herumliefen.

Auch die beiden Jungen kamen ins Wohnzimmer. Sie stellten sich hinter Solvej und starrten uns an. Die Wohnung roch eigenartig; die Luft war so schlecht, dass ich fast erstickt wäre, obwohl das Fenster sperrangelweit offen stand.

»Ist das Baby das Geheimnis?«, fragte Überbiss.

Vater ging zu ihm und legte ihm das Baby in die Arme. Überbiss konzentrierte sich, um es ordentlich zu halten. Wenn er sich konzentrierte, streckte er immer seine Zunge aus dem Mund. Er sah stolz aus.

»Das ist euer kleiner Bruder«, erklärte Vater.

Überbiss ließ ihn los.

Vater fing das Baby auf, bevor es auf den Boden fiel. Es fing an zu weinen. Solvej nahm ihm das Baby aus den Händen. Sie schüttelte den Kopf. Vater zuckte die Achseln.

»Man darf ein Baby nicht einfach fallen lassen«, sagte er.

»Ich weiß«, erwiderte Überbiss und schaute auf seine Füße. Er wollte Vater nicht ansehen. Überbiss bockte. Vater packte seinen Arm.

»Sieh mich an«, forderte er ihn auf.

Überbiss kniff die Augen zusammen. Sein ganzes Gesicht verzerrte sich. Er spannte sämtliche Gesichtsmuskeln an, um Vater nicht ansehen zu müssen. Vater bemerkte Solvejs Blick und breitete die Arme aus. Ich war froh, dass er das Baby nicht mir gegeben hatte. Wir konnten es nicht leiden.

Solvej brachte Überbiss eine Limonade. Sie öffnete eine Schachtel mit Keksen und gab ihm einen Keks in jede Hand. Es blieb ihm nichts anderes übrig, als die Augen zu öffnen. Ich bekam auch eine Brause und Kekse, obwohl wir gerade eine Limonade am Würstchenstand getrunken hatten. Die Brause kitzelte in der Nase. Ich musste ständig rülpsen. Wir saßen zu siebt in der Küche. Vater und Solvej unterhielten sich, wir anderen guckten vor uns hin. Die beiden Jungen erzählten nicht, dass Überbiss sie unten im Hof gehauen hatte. Wenn sie gepetzt hätten, wäre ihm ohnehin nichts passiert. Dafür war es ein viel zu besonderer Tag.

»Weiß Mutter davon?«, fragte Überbiss auf dem Heimweg.

»Natürlich weiß sie davon«, sagte Vater.

»Dürfen wir's dann erzählen?«

»Nein.«

»Warum nicht?«

»Es war ein Versehen«, sagte Vater. »Es wird nicht wieder vorkommen.«

Überbiss sah erleichtert aus: »Müssen wir ihn nicht mehr sehen?«

»Ich meine, es werden keine weiteren kleinen Geschwister kommen, ja? Mutter wollte, dass ihr ihn seht. Sie will nur nicht wissen, wann, und sie will nicht darüber reden.«

Ich begriff nicht, wie sie so tun konnte, als wäre nichts passiert, als wäre alles völlig normal.

»Männer dürfen gern kleine Geheimnisse miteinander haben«, fuhr Vater fort. »Das hatten Männer schon zu allen Zeiten. Es gibt keinen Grund, dass Mutter sich noch mehr grämt.«

Das Haus von Oma und Opa

Ich sah sein Auto, als wir auf dem Heimweg von der Schule am Parkplatz vorbeigingen. Derselbe alte Kombi. Das Fenster am Fahrersitz hatte er heruntergekurbelt, ein Arm hing heraus, die Zigarre qualmte zwischen seinen Fingern. Ich sah ihn, bevor er mich sah. Gleich würde er wieder anfangen, mit seinen Tüten voller Süßigkeiten zu wedeln. Zuerst wäre er ganz freundlich, aber nach einer Weile würde er mich anschreien.

Ich ging direkt auf den Wagen zu und schaute ihn an. Als er mich sah, zuckte er auf dem Sitz zusammen und begann dann sofort, am Deckel des Handschuhfachs herumzufummeln, wo er die Süßigkeiten versteckt hatte. Seine Zunge fuhr im Mund herum. Seit dem letzten Mal war er nicht hübscher geworden. Alle Haare lagen über der Glatze. Ich ging ums Auto zur Beifahrertür und fasste an den Griff. Die Tür war nicht verschlossen. Ich stieg ein und knallte die Tür zu.

Er japste wie ein Fisch und riss so hektisch das Handschuhfach auf, dass die Tüten mit den Süßigkeiten über meine Schenkel auf den Boden fielen. Einige der Tüten waren ganz neu, andere sahen alt und vergilbt aus. Frank, Olsenbande-Kjeld, Brillen-Bo und Jens standen auf der anderen Seite des Kühlers und guckten durch die Frontscheibe. Verblüfft betrachteten sie mich und meinen Opa. Olsenbande-Kjeld stand der Mund offen. Sie hatten gedacht, ich würde abhauen. Das tat ich immer. Sie hatten gedacht, sie müssten mir beim Abhauen helfen, aber ich wollte jetzt etwas tun, was Vater nicht gefallen würde. Ich wollte ihn bestrafen, weil er uns das Baby gezeigt hatte, dieser Idiot. Es war ein tolles Gefühl. Mein Herz klopfte. Normalerweise versuchte ich Mutter zu bestrafen. Ich wich ihr aus, wenn sie an mir herumpusseln wollte, rannte davon, wenn sie mich zu küssen versuchte. Ich duckte mich, wenn sie vorbeiging. Ich wollte nicht spüren, wie ihre Hand durch mein Haar strich. Ich hätte sie gern glücklich gemacht, aber sie würde nicht glücklich sein, wenn sie wüsste, wie ich wirklich war. Daher spielte ich Komödie. Aber ich bestrafte sie gleichzeitig dafür – ich bestrafte sie, weil ich Komödie spielen musste.

Eines Nachts hatte ich geträumt, dass wir auf einem Berggipfel standen. Der obere Teil des Gipfels fiel nur leicht ab, der untere aber war ein endloser Sturz. Fiel man hinunter, starb man. Es war ein schöner Berggipfel. Hübsche Steine lagen im Gras. Kristalle glitzerten in der Sonne. Ich liebte Steine. Ich sammelte sie. Ich lief um den Berggipfel herum und sammelte Steine, bis ich bemerkte, dass ich an eine Stelle gekommen war, von der aus ich nicht wieder nach oben kommen konnte. Es war unmöglich. Ich sah Mutter, die ein Stück weiter oben auf dem Berg spazieren ging, wollte sie aber nicht stören und dachte, ebenso gut kann ich gleich hinabspringen. Ich wusste, ich würde sterben. Ich hatte keine Angst. Plötzlich drehte Mutter sich um und entdeckte mich. Ich war bereits gesprungen, ich hing in der Luft, ich war hilflos, aber glücklich, bis ich Mutter sah.

Sie presste ihre Hände an die Schläfen und schrie. Ihr ganzer Körper bebte. Mir wurde klar, wie viel ich ihr bedeutete. Wie abhängig sie von meiner Gegenwart war. Ich war der Erwachsene, sie mein hilfloses Kind.

Als ich aufwachte, wollte ich nicht zu meinen Eltern ins Zimmer gehen, obwohl ich noch immer Angst hatte. Stattdessen gelobte ich, nie wieder etwas Gefährliches zu tun, nie wieder über die Abflussrohre zum Moor zu gehen, nie wieder freihändig Fahrrad zu fahren, nie wieder eine Plastiktüte über den Kopf zu ziehen oder über die Straße zu gehen, ohne mich umzusehen.

Mein Gelübde hielt einen halben Tag. Ich saß im Bett und wollte es nicht verlassen. Es war blöd. Ich erstickte beinahe. Meine Haut bekam Falten wie mein Bettzeug. Meine Arme und Beine wurden schwer. Mein Pillermann fühlte sich zwischen den Beinen kalt an, und meine Hoden juckten auf eine irritierende Art und Weise.

So hatte mein Verhältnis zu Mutter immer ausgesehen, aber bei Vater war es etwas Neues. Normalerweise prügelten wir uns um seine Aufmerksamkeit. Abend für Abend warteten wir darauf, dass er aus Jütland nach Hause kam. Und wenn er endlich erschien, wollte niemand neben Mutter sitzen. Wir wollten nicht zuhören, wenn sie etwas erzählte. Wir wollten nur Vater zuhören. Wir wollten neben ihm sitzen, obwohl er vielleicht bei Solvej gewesen war. Wir wollten ihn auf dem Sofa umwerfen, mit ihm kämpfen und seine Taschen durchwühlen. Wenn Mutter sich zu beteiligen versuchte, ließen wir sie nicht. Sie war schließlich jeden Abend zu Hause. Wir liebten Vater, weil er uns ständig verließ, und wir verachteten Mutter, weil sie blieb.

»Ich würde Oma gern mal besuchen«, sagte ich und riss eine Tüte mit Süßigkeiten auf.

Er hustete, als würde er keine Luft bekommen.

Die Bonbons klebten zusammen. Ich zog den ganzen Klumpen heraus und leckte daran.

»Es ist weit«, sagte er, als er endlich wieder zu Atem kam.

»Wie weit?«

»Es dauert anderthalb Stunden.«

»Darf ich unterwegs Radio hören?«

Er ließ den Motor an und warf mir einen Blick zu, als hätte er Angst, dass ich davonlaufen würde.

»Es funktioniert nicht, aber ich kann für dich singen«, sagte er und fing an. Es war ein alter Schlager über einen Seemann. Er konnte den Text nicht besonders gut.

»Seemann, lass das Träumen, denk nicht an mich, Seemann, denn die Fremde wartet schon auf dich«, sang er und schmiss seinen Zigarrenstumpen aus dem Fenster. Wir verließen Paradiesgarten. Meine

Freunde rannten hinter uns her, solange sie konnten. Schließlich verschwanden sie. Wir fuhren auf die Autobahn. Er konnte auf seinem Sitz nicht still sitzen. Er rutschte unruhig hin und her. Vielleicht hatte er sich den Arsch wund gesessen. Das gab es bei alten Leuten häufig. Ich konnte mir nicht vorstellen, wie alt er war. Auf jeden Fall war er hässlich.

Hinten im Auto lagen eine Menge Bierflaschen und kullerten herum. Unter einer alten Decke sah ich einen ganzen Kasten. Ich konnte die Flaschen nicht zählen. Außerdem stand alles voller Farbtöpfe und Pinsel. Ein Topf war umgefallen und die Farbe auf die Decke geflossen. Er hatte es nicht einmal aufgewischt, vielleicht hatte er es auch gar nicht bemerkt. Jetzt war die Farbe getrocknet.

Er hielt an einer Telefonzelle, um zu telefonieren.

»Das geht schon in Ordnung!«, brüllte er in den Hörer.

Als er zum Auto zurückkam, war ihm sein Legerhaar in die Stirn gefallen. Er sah komisch aus. Er zwinkerte mir zu und fuhr weiter.

»Wieso hast du dich mit Vater verkracht?«, wollte ich wissen.

Er hörte auf zu singen. Er schaute abwechselnd zu mir und auf die Straße.

»Hör mal, dein Vater, der war sonderbar. Wir hatten immer Probleme mit ihm. Er log sich eine Menge zusammen. Und er war ständig so unwirsch und niedergeschlagen.«

»Hast du ihn geschlagen?«

Er schüttelte den Kopf.

»Er sagt, du hättest ihn und Karl geschlagen.«

»Wir treffen uns hin und wieder mit deinem Onkel. Wir feiern Weihnachten mit ihm. Dein Vater ist einfach ein wenig … komplizierter. Mit ihm war es nie leicht.«

»Also hast du ihn nicht geschlagen?«

»Sie bekamen den Hintern voll, wenn sie es verdient hatten.«

Er hatte Angst vor mir. Darum wagte ich es überhaupt, ihm derartige Fragen zu stellen. Ich hatte nichts zu verlieren. Opa hingegen hatte seit Jahren auf diesen Tag gewartet. Er hatte unzählige Male auf dem Parkplatz in seinem Kombi gesessen.

»Wann hatten sie es verdient?«

Er hielt an einer Tankstelle und kam mit zwei großen Eistüten zurück. Ich bekam beide. Er wollte meine Frage nicht beantworten. Er trank ein Bier, während er tankte, rülpste und warf die Flasche hinten rein. Er öffnete eine neue Pulle, bevor wir losfuhren. Ich guckte ihn mir währenddessen an. Ich fand nicht, dass er aussah wie auf den Fotos, die ich von ihm gesehen hatte. Wir hatten nur ein paar.

Auf einem der Fotos regnete es. Alle vier standen vor einem alten Bauernhaus. Sie trugen feine Sachen und Regenschirme. Onkel Karl stand ein wenig abseits. Er war groß und knochig. Sein Kopf saß ein bisschen zu tief auf dem Hals. Opa sah ziemlich finster aus. Niemand lächelte. Oma glich einem Mann mit langen Haaren. Vater war nicht dick. Es war ein trauriges Bild, weil es regnete und keiner von ihnen fröhlich aussah.

Wir hatten noch ein anderes Foto, auf dem es nicht regnete. Vater und Onkel Karl als Kinder. Im Winter. Sie trugen Mützen und Handschuhe. Opa warf Onkel Karl in die Luft. Sie lächelten. Mir fiel die Vorstellung schwer, dass diese beiden Bilder dieselbe Familie zeigen sollten.

Eines Tages wollte ich auch wie Vater und Onkel Karl von zu Hause fortgehen. Ich würde über die Abwasserrohre laufen und in den Mooren verschwinden. Über die Abwasserrohre zu laufen war die einzig richtige Art, von zu Hause abzuhauen. Manchmal stellte ich mir vor, stattdessen an Bord einer Fähre zu gehen. Der Wind würde meine Haare flattern lassen. Ich fuhr mit dem Schiff bis nach Kanada oder Südamerika, wo noch immer Indianer lebten. Ich wollte eine Frau und eine Menge Kinder haben – und Mitglied eines Stammes werden. Sie würden mich in die Rituale ihrer Vorväter einweihen. Im Paradiesgarten hatten wir keine Vorväter. Wir hatten stattdessen Großeltern. Jens und Brillen-Bo hatten sogar vier Großeltern. Es waren alte Leute. Und je älter alte Leute waren, desto dümmer wurden sie. Sie wurden zu Kindern. Runzligen Kindern. Die Naturvölker hielten die Alten für die Klügsten. Ich wusste nicht, wieso das so war. Ich wollte gern zu einem Stamm ziehen, wenn ich groß war. Ich würde entweder ein Junge bleiben oder ein alter, kluger Mann werden. Ich wollte nicht so werden wie Opa.

»Wieso hast du sie gehauen?«, fragte ich noch einmal.

»Hör mal.« Opa legte die Zigarre in den Aschenbecher. »Ich habe sie nur verhauen, wenn sie es verdient hatten, das wirst du doch wohl verstehen können, oder? Niemals ohne Grund. Verstehst du? Es waren wilde Jungs. Sie mussten lernen, sich zu beherrschen. Muss man das gleich überbewerten? Aber dein Vater war vielleicht etwas empfindlich. Deshalb musste ich ihm auch beibringen, nicht allzu zartbesaitet zu sein.« Opa griff nach seiner Zigarre und zog lange daran. Irgendetwas irritierte mich. Irgendetwas an der Art, wie er nach der Zigarre gegriffen hatte, ließ mich innehalten. Er hatte sich sehr rasch bewegt, und gerade wegen dieses Tempos vermutete ich, dass er sich noch schneller bewegen konnte, wenn es darauf ankäme.

»Kadut«, sagte ich und biss mir auf die Zunge. »Dardit.«

Er sah mich an. Mir wurde schlecht vom Rauch der Zigarre.

»Was hast du gesagt?«

»Nichts.«

Er lächelte: »Wir rufen besser deine Eltern an, wenn wir angekommen sind.«

Als ich sie in der Tür stehen und warten sah, bereute ich sofort, mitgefahren zu sein. Sie war fast ebenso klein wie Olsenbande-Kjelds Mutter. Sie hatte einen großen Bauch. Ein Hund lief ihr durch die Beine, als ich auf sie zukam. Ein grauer Vorsteherhund. Er wollte mich beschnuppern, aber Großvater gab ihm einen Tritt. Noch einer tauchte auf, diesmal ein brauner. Er beschrieb einen großen Kreis um mich. Großvater rief den Hunden etwas zu und fuchtelte mit Armen und Beinen. Die Hunde verschwanden um eine Hausecke, an der ein paar Gänse watschelten. Die Gänse zischten die Hunde an. Ein alter Stall stand hinter dem Haus. Dort liefen ein paar Enten und Hühner herum.

Sie fing sofort an zu weinen, als sie mich sah. Sie streckte die Arme nach mir aus und zog mich an sich. Sie trug ein weißblaues Kleid. Und über dem Kleid eine geblümte Schürze. Die Schürze war voller Fettflecken.

Ich hätte ihr am liebsten nur die Hand gegeben, aber sie presste meinen Kopf zwischen ihre Brüste. Ihr Bauch hob und senkte sich, weil sie schluchzte. Sie roch nach altem Essen.

Ich klopfte ihr vorsichtig auf den Rücken. Sie drückte mich noch fester an sich und schluchzte noch lauter. Ich mochte es nicht, dass sie weinte. Ich versuchte, mich von ihren Brüsten und dem dicken Bauch zu befreien, aber sie wollte mich nicht loslassen. Ich wand meinen Kopf heraus und sah Opa an. Seine Augen waren rot. Er zwinkerte die ganze Zeit, wobei er mit dem Kopf nickte und Laute von sich gab, die ich nicht verstand. Schließlich drehte er sich um und schimpfte mit den Hunden.

»Jetzt macht aber, dass ihr wegkommt! Verdammte Brut!«

Dann stützte er Omas Arm und half ihr ins Haus. Sie konnte nicht mehr so gut laufen. Ihre Beine waren sehr dick – besonders an den Knöcheln. Opa hatte mir im Auto erzählt, dass er in einer Hand die Gicht hätte. Weil ihn ein Schwein gebissen hätte. Früher hatten sie fünfzehn Schweine und ein paar Kühe im Stall, jetzt gab es nur noch Hühner, Gänse und Enten. Die Hunde wollten mit ins Haus, aber Großvater drohte ihnen mit der Faust.

Das Haus war voll mit altem Kram. Es gab fünf Sofas, mehrere große Sessel und eine Menge gewöhnlicher Stühle. Auf den Möbeln lagen ganze Kissenberge. Überall hingen Hunde- und Katzenhaare. Auf einem der Sofas lagen drei Katzen. Opa versetzte ihnen mit dem Kissen einen Klaps. Der Tisch war gedeckt mit Tellern, Tassen und Servietten. Eine Kerze brannte. Oma ging in die Küche. Sie humpelte und musste ein paar Mal stehen bleiben. Dann kam sie mit einem Tablett zurück. Sie goss mir heißen Kakao ein und schnitt Sahnetorte und Plundergebäck an. Die Kopenhagener waren innen noch gefroren, und sie musste zurück in die Küche, um sie noch einmal in den Ofen zu stellen. Es war schwierig, hin und her zu gehen, weil überall Sofas und Sessel standen.

Währenddessen sagten beide kein Wort.

Ich aß den Kuchen und trank den heißen Kakao. Opas Fingernägel waren ganz schwarz, Omas ebenfalls. Beide kauten sehr gründlich. Ich hatte Angst, dass sie ärgerlich werden könnten, wenn ich beim Essen redete. Vielleicht hatten sie ja eine Regel, beim Essen nicht zu sprechen.

Ich fand es doof, bei ihnen zu sein, wenn niemand etwas sagte. Ich hätte mir gewünscht, Überbiss wäre mitgekommen. Er hätte irgendetwas Kindliches gefragt. Er hätte uns zum Lachen gebracht. Jetzt war es ernst.

Im Wohnzimmer hingen vier oder fünf Uhren, die nicht im Takt gingen. Es klang sehr laut. Die Stille summte hinter dem Geräusch der Uhren. Wir befanden uns weit draußen auf dem Land. Das letzte Stück hatten wir über eine Schotterpiste fahren müssen.

Es war besonders blöd, nichts zu sagen, weil ich alles wissen wollte. Ich hätte gern mit den Katzen gespielt, hinter alle verschlossenen Türen geschaut und wäre sehr gern im Stall auf Entdeckungsreise gegangen. Ich wollte wissen, warum ich nie zuvor hier gewesen war; wieso niemand mir von diesem Ort erzählt hatte. Ich wollte wissen, ob es sich bei ihnen um meine richtigen Großeltern handelte, doch als wir gegessen hatten, bemerkte ich ihre Augen. Sie leuchteten und das Licht in ihnen war sehr weiß. Sie saßen da und sahen mich an. Sie hatten während des Essens die ganze Zeit über dagesessen und mich angesehen.

Ich bekam den Brief, kurz bevor Opa mich wieder nach Hause fuhr. Oma lag auf dem Sofa. Sie fasste sich an die Brust. Großvater brachte ihr schnell ein paar Tabletten. Sie schluckte sie. Auf ihrer Stirn und der Oberlippe bildeten sich runde Schweißtropfen. Oma sah sehr blass aus. Ich dachte, vielleicht hätte sie Schmerzen, aber sobald Großvater wieder in der Küche verschwunden war, zog sie den Brief heraus. Er war zerknüllt. Sie musste ihn schon lange mit sich herumgetragen haben. Auf der Rückseite war er mit Klebeband zugeklebt, so dass ich ihn nicht unentdeckt öffnen konnte. Das war mein erster Gedanke gewesen. Sie legte mir den Brief in die Hand und gab mir ein Zeichen, ihn zu verstecken.

An Axel, stand auf der Vorderseite, *von Mutter*.

»Was soll ich damit?«

»Gib ihn ihm.«

»Warum gibst du ihm den Brief nicht selbst?«

Sie schüttelte den Kopf. Ich hatte eine dumme Frage gestellt. Ich sah es an ihrem Gesichtsausdruck. Sie seufzte resignierend, weil ich so dumm war. Sie zuckte die Achseln über meine kindliche Unwissenheit. Der Ausdruck ihrer Augen hatte sich mit einem Mal verändert, und in meinem Inneren wirbelten die Wörter wieder auf. Ich presste die Lippen zusammen, damit ihnen nichts Falsches entschlüpfte.

»Gib ihm einfach den Brief, dann bist du ein lieber Junge.«

Ich nickte.

Der Fingerabdruck

W enn ich im Wohnzimmer auf dem Boden stand, konnte ich die Jahreszahl nicht erkennen. Sie war mit brauner Farbe auf die gelbe Grundfläche gemalt. Die Farben hatten sich vermischt. Aus der Entfernung sah die Jahreszahl in der unteren Ecke des Bildes aus wie ein Fahrrad im Profil.

Ich wartete, bis alle in die Küche gegangen waren. Ich hatte es nicht eilig. Die Jahreszahl müsste 1971 oder 1972 sein, dann würde es stimmen. Wieso hatte ich nicht schon früher daran gedacht? Ich hatte das ganze Haus durchsucht und war in der Hoffnung, einen Beweis zu finden, zu Oma und Opa gefahren. Und dann hing der Beweis mitten in unserem Wohnzimmer. Dort hatte er immer gehangen. Solange ich mich erinnern konnte. Einmal war das Bild herabgefallen. Es hatte Überbiss in den Nacken getroffen. Ich half Vater, es wieder aufzuhängen, während Mutter Überbiss tröstete. Ich hatte nie daran gedacht, mir die Jahreszahl anzusehen. Warum auch? Damals war Vater anders gewesen. Jedenfalls meinte ich mich daran zu erinnern. Damals dachte ich nicht so. Ich hatte noch keine Erscheinungen. Und benutzte nicht so viele Wörter, die es nicht gab.

Als alle drei das Wohnzimmer verlassen hatten, sprang

ich aufs Sofa. Vater hatte *Braunes Pferd vor gelber Mühle* an dem Tag gemalt, als er Mutter begegnete. Ihr Fingerabdruck saß auf der gelben Mühle. Sie hatte das Bild berührt, als die Farbe noch nicht trocken war. Ich konnte ihn noch immer erkennen. Das Gemälde war der perfekte Beweis: In der Ecke stand »1969«.

Ich sprang wieder hinunter. In der Küche knurrte Vater noch immer, weil ich Opa und Oma besucht hatte.

»Was hat er sich nur dabei gedacht?«

Mutter versuchte, ihn zu beruhigen.

Ich war zwei Jahre später geboren worden. 1971.

»Warum zum Teufel ist er bei dem alten Suffkopp mitgefahren?«

Mir war nicht recht klar, ob ich enttäuscht oder erleichtert sein sollte. Ich fühlte mich erleichtert, weil er tatsächlich mein Vater war. Aber ich war enttäuscht, weil meine Erscheinungen keinerlei Bedeutung hatten. Ich schloss die Augen und sah mich in Brillen-Bos Gefriertruhe liegen. Das Erschreckende waren nicht die Dunkelheit, die Kälte oder die Angst, nie wieder herauszukommen. Das Erschreckende bestand darin, dass ich mich nicht darauf verlassen konnte, was in meinem Kopf vorging.

»Ich hab was für dich«, sagte ich zu Vater.

»Ach, hast du das?« Es war ihm egal. Er lehnte sich auf dem Stuhl zurück, schlug die Arme über Kreuz und reckte das Kinn hoch. Er machte sich wichtig. Hätte ich ihm jetzt ein Ei auf den Kopf gelegt, wäre es hinter ihm auf den Boden gefallen.

»Von Oma.«

»Wir haben in unserer Familie keine Oma.«

»Axel«, sagte Mutter.

»Du kennst sie doch überhaupt nicht. Oder? Kennst du sie etwa? Sei froh drum.« Seine Stirn glänzte. »Außerdem kann er nicht einfach so kommen und dich holen. Du fährst nie wieder mit ihm mit, verstanden? Es ist gefährlich, mit ihm zu fahren.«

»So gefährlich ist er bestimmt nicht«, sagte Mutter.

Vater sprang auf. Seine Kaffeetasse kippte über die Mettwurstbrote. Die Mayonnaise zerfloss wie Schlagsahne. Seine Augen waren schwarz.

Ich rannte auf die Toilette und knallte die Tür hinter mir zu. Ich zog Omas Brief aus der Tasche. Ich wollte ihn selbst lesen. Sie konnten mich alle mal. Wörter kamen mir über die Lippen, zunächst noch zischend: »Dar, kaduf dar!«

Ich schlug an die Wand.

Jetzt schrie ich: »Dar dit kafuf!«

Dann warf ich den Brief in die Toilette. Ich zog die Hose herunter und setzte mich auf die Brille. Ich schaute zwischen meine Beine. Der Brief saugte sich voller Wasser und löste sich auf. Vater schimpfte weiterhin in der Küche. Noch hätte ich den Brief herausholen und auf der Heizung trocknen können, stattdessen pinkelte ich drauf. Er würde ihn niemals zu lesen bekommen. Es war ganz leicht, ihn hinunterzuspülen.

Das Geheimnis

Ein gleißender Fleck flackerte über die Buchstaben in Brillen-Bos Mathematikbuch und ließ das Papier leuchten.

»Halt doch mal still«, sagte Jens.

»Mach ich doch!«, rief Frank.

Wir saßen auf dem gepflasterten Weg zwischen den Häuserzeilen. Frank wollte noch etwas sagen, aber sein Vater kam die Stufen vom Parkplatz herauf und trat ihm mit einem kleinen, präzisen Tritt das Vergrößerungsglas aus der Hand. Die Lupe flog über die Platten und landete in einer niedrigen Hecke. Sein Vater verschwand um die Ecke. Aus der hinteren Tasche seines Blaumanns ragte eine Rohrzange.

»Das war Absicht.«

»Nein, war's nicht.«

»Doch, war es.« Wir diskutierten den Fall.

Frank kroch zur Hecke und holte die Lupe. Olsenbande-Kjeld hielt noch immer Brillen-Bo fest, damit der sein Mathematikbuch nicht retten konnte.

»Ich werde Ärger bekommen!«, schrie Brillen-Bo.

»Das merken die gar nicht«, meinte Jens.

»Sie werden total sauer.«

Frank hielt den Lichtkegel des Vergrößerungsglases

direkt auf eine Rechenaufgabe. Es dauerte eine Ewigkeit, bevor es zu qualmen begann. Ein brauner Fleck wuchs mitten im Licht.

»Versuch mal, ob du dich bis zur nächsten Seite durchbrennen kannst«, sagte Jens.

»Nein!«, stöhnte Brillen-Bo.

»Probier mal, ein Loch durch das ganze Buch zu brennen«, sagte Olsenbande-Kjeld.

»Es geht zu langsam«, maulte Frank.

»Vielleicht kannst du ja stattdessen Brillen-Bo anbrennen«, schlug Jens vor.

Frank ging zu Brillen-Bo und ließ den Lichtfleck auf seinem Arm flackern. Wir anderen halfen Olsenbande-Kjeld, ihn festzuhalten. Er schrie, obwohl der Lichtfleck noch gar nicht zur Ruhe gekommen war.

Peter Pan kam vorbei.

»Darf ich mitspielen?«

Normalerweise hatten wir keine Lust, mit ihm zu spielen. Er setzte sich auf Brillen-Bo, ganz dicht vor sein Gesicht.

»Versuchen wir's doch mal bei Peter Pan«, sagte Frank.

Er spielte total verrückt, als wir ihn fingen. Sein Knie traf meine Nase. Ich fiel hintenüber. Das Wasser schoss mir in die Augen, aber ich heulte nicht. Es war nur der Schlag, der die Tränen laufen ließ.

»Daran bist du selbst Schuld!«, schrie Peter Pan.

»Er darf sich rächen«, sagte Frank.

»Halt die Klappe!«, rief Peter Pan.

»Er darf sich rächen«, sagte auch Olsenbande-Kjeld.

Ich musste irgendetwas mit ihm tun, und er durfte es mir nicht heimzahlen. Ich zwirbelte seine Brustwarzen, dann versteckte ich mich hinter einer Reihe Hagebuttensträucher.

»Feigling!«, brüllte er.

»Bettnässer!«

»Sprachspasti!«

»Gnom!«

»Du knutschst doch mit deiner Logopädin!« Er sah mich an, als hätte er ein großes Geheimnis verraten. Seine Lippen teilten sich zu einem Lächeln. Er streckte die Zunge heraus und küsste die Luft.

»Und du steckst deinen Pimmel in die Schnauze von Käpt'n Klöten.«

Peter Pan biss die Zähne zusammen.

»Das stimmt, ich hab's selbst gesehen«, sagte ich. »Er macht das jeden Abend.«

Die anderen wollten's mir nicht glauben.

»Hundeficker«, sagte Frank trotzdem.

Jens und Olsenbande-Kjeld feixten. Peter Pans Augen wurden abwechselnd sehr groß und sehr schmal.

»Dein Vater ist zu fett«, sagte er.

»Hundeficker«, sagte Frank noch einmal.

»Du wirst es nie lernen, ordentlich zu reden!«

Er konnte jetzt sagen, was er wollte. Es würde nichts helfen.

»Geh nach Hause und spiel mit deinem Hund«, sagte ich.

Er bebte vor Wut. Ich lief weiter um die Hagebutten-sträucher. Er konnte nicht hindurchrennen. Die Augen der anderen Jungs leuchteten vor Begeisterung.

»Ich zerquetsch dich!«, brüllte er.

»Sie sollen sich prügeln!«, schrie Jens.

»Ja, sie sollen es unter sich ausmachen«, sagte Frank.

»Ich hab aber keine Lust«, erwiderte ich.

»Ach, komm schon«, meinte Brillen-Bo.

»Er ist zu jähzornig.«

»Prügeln, prügeln, prügeln!«, rief Frank.

»Ihr könnt ja sumo-ringen«, schlug Olsenbande-Kjeld vor.

»Sumo, Sumo, Sumo!«, schrie Brillen-Bo und hüpfte auf und ab, während er mit einem Knüppel auf den Bürgersteig schlug.

»Ich habe keine Lust, mit jemandem einen Sumokampf auszutragen, der seinen Pimmel in die Schnauze seines Hundes steckt«, sagte ich.

Frank stellte sich neben Brillen-Bo. Er grinste ihn an.

»Umgekehrt wär's noch schlimmer«, sagte Frank.

»Was?«

»Wenn Käpt'n Klöten seinen Schwanz in den Mund von Peter stecken würde.«

»Was?«, sagte ich noch einmal. Seine Worte verwirrten mich. Mir gefiel nicht, wie er mich ansah.

»Findest du nicht?«, fragte er.

Irgendetwas Grünes saß in einem seiner Mundwinkel. Möglicherweise ein Grashalm oder etwas Apfelschale. Ich wusste nicht, ob er mit Brillen-Bo oder mit mir redete.

»He, jemand zu Hause?«, rief Brillen-Bo. Er fand es komisch, dass ich nicht antwortete.

»Hallo«, kicherte Jens.

»Haaallooo!«, brüllte Brillen-Bo.

»Aber vielleicht wäre das ja was für dich?«, fuhr Frank fort.

»Was denn?«, fragte ich wieder.

»Käpt'n Klötens Schwanz zu lutschen.«

Mir gefielen diese Worte nicht. Sie klangen irgendwie falsch. Ich ging auf Frank zu. Ich hätte ihn gern verprügelt.

»Was?«, sagte ich erneut.

Peter sprang mich an, bevor ich Frank erreichte. Er hechtete über die Hagebuttensträucher und brachte mich zu Fall. Ich fiel seitlich in die Büsche, schaute Frank dabei aber weiterhin an. Sein Mundwinkel bewegte sich. Ich sah ihn an, bis mein Kopf auf die Erde zwischen den Hagebutten schlug. Ein lauter Knall. Die anderen stellten sich im Kreis um die Büsche auf. Sie feuerten mich an. Die Hagebutten stachen, die dornigen Zweige zerkratzten mein Gesicht. Ich bekam Peters Oberlippe zu fassen und zog daran. Er versuchte, mir mit seinem Knie die Eier zu zermanschen. Ich lag auf dem Boden und fuhr ihm mit der Hand durchs Gesicht. Ich konnte ihm einen Finger ins Ohr stecken. Ich kratzte ihn, obwohl es richtiger gewesen wäre zuzuschlagen, aber es gelang mir nicht, zum Schlag auszuholen. Er war zu dicht bei mir. Er keuchte und schlug mit beiden Händen gleichzeitig an meinen Kopf. Es tat nicht sonderlich weh, weil er so nah war.

Er heulte vor Wut, während er auf mich einschlug. Ich bekam Rotz an die Finger. Die anderen sahen wir nicht mehr. Seine Tränen vermischten sich mit seinem Rotz und tropften auf mich herab.

»Lars, Lars, Lars!«, brüllten sie.

Ich war sicher, dass ich gewinnen würde, wenn ich nur hochkommen könnte.

»Peter, Peter, Peter!«, riefen jetzt ein paar.

Er verlor das Gleichgewicht, und ich kletterte auf ihn und wollte ihm auf die Nase hauen, doch plötzlich erhielt ich einen heftigen Schlag gegen die Schulter und fiel seitwärts in die Büsche. Irgendjemand hatte mich getreten. Ich spürte meine Schulter nicht. Ich konnte sie nicht bewegen.

»Peter, Peter, Peter!«

Stiernacken und Flammendes Inferno riefen es. Sie blickten auf uns herab. Die anderen waren auf einem der Gartenwege davongelaufen.

Jedes Mal, wenn es mir gelang, mich aufzurichten, bekam ich einen Tritt, der mich wieder in die Hagebuttenbüsche warf. Peter Pan schmiss mir Erde in die Augen. Ich konnte nichts mehr sehen. Er fing an, mir Erde in den Mund zu stopfen.

»Nimm das zurück!«, heulte er. »Nimm das zurück!«

Ich versuchte davonzukriechen. Peter lief mir nach und trat mich in den Hintern. Ich keilte nach hinten aus, wie ein Pferd. Stiernacken und Flammendes Inferno hatten heute offenbar keine Lust, uns zu verhauen. Zwei Mädchen aus unserer Klasse kamen vorbei und starrten uns an.

»Hast du deinen Hund gern, Peter Pan?«, rief Stiernacken.

»Du bist so widerlich«, sagte Flammendes Inferno, »dass dein Hund der Einzige ist, der was mit dir zu tun haben will.«

Peter trat weiter auf mich ein, während ich fortkroch. Die beiden Mädchen aus unserer Klasse hätten bestimmt etwas gesagt, aber sie wagten wegen Stiernacken und Flammendes Inferno nicht, sich einzumischen.

Die beiden redeten weiter über Peter und seinen Hund, und es kamen immer mehr Kinder, um uns zuzusehen. Darunter auch Überbiss. Ich sah ihn nicht, ich hörte nur seine Stimme.

Ich kam ein paar Mal bis zur Böschung, die zum Gartenweg führte, aber Peter zog mich jedes Mal an den Beinen zurück. Er wurde allmählich müde. Wir bewegten uns in Zeitlupe. Ich wünschte, ich hätte nichts gesagt. Je mehr sie alle über sein Geheimnis redeten, desto mehr wurde ich selbst zu einem Teil davon.

Merkwürdig

Eines Morgens zertrümmerte Vater den Badezimmerschrank. Er schlug mit der geballten Faust dagegen, als er seinen Rasierapparat nicht fand. Deshalb schlug er zu.

»Mein Gott!«, rief Mutter.

»Ich konnte ihn nicht finden.« Er blutete an den Knöcheln.

»Das ist doch kein Grund, das Mobiliar zu zerschlagen.«

Wir konnten die Kinnmuskulatur unter der Haut sehen, als er sich das Blut unter dem Wasserhahn abwusch. Die Muskeln arbeiteten unablässig, auch als er versuchte, einen Mittagsschlaf zu halten. Wir durften keinen Lärm veranstalten, wenn er sich hinlegte. Er stopfte sich Watte in die Ohren und band sich ein Geschirrtuch vor die Augen. Es half nichts.

»Geht raus, spielen«, zischte er.

Seit einiger Zeit schlief er nachts schlecht. Oft saß er im Wohnzimmer und hörte Radio, wenn wir noch mal pinkeln mussten. Wir trauten uns nicht zu ihm hinein, weil er leise Selbstgespräche führte. Es wäre besser gewesen, wenn er mit Mutter im Bett gelegen hätte. Wir alle versuchten, leise zu sein. Wir schlichen im Haus herum, wir wollten ihn nicht stören. Aber es war unmöglich, so leise zu sein. Er schlug uns nicht, und doch bekamen wir allmählich Angst vor ihm. Er war so groß und Mutter so klein.

Es war schön, wenn er nach Jütland fuhr. Es wurde ruhig im Haus. Wir konnten atmen. Er sagte nie Bescheid, wann er aufbrach. Plötzlich war er verschwunden, und Mutter wusste nicht, wann er zurückkommen würde. Ich fragte mich, ob er wohl Solvej besuchte. Einmal lockten wir ihn auf die Badezimmerwaage. Der Zeiger blieb bei 120 stehen. Er lachte, aber seine Kinnmuskulatur arbeitete. Er war nicht glücklich.

Er konnte uns nicht versorgen. Er verdiente so gut wie nichts mit den Schnürsenkeln. Eines Abends redeten sie darüber. Normalerweise standen überall Kartons und Koffer mit den Sachen herum, die er verkaufen wollte. Im Schlafzimmer hatten sich die Kisten mal vom Boden bis zur Decke gestapelt. Wir konnten darin auf Entdeckungsreise gehen und uns in den Kartons verstecken.

Jetzt standen nur wenige Kisten im Schlafzimmer. Die Nachfrage nach Schnürsenkeln war begrenzt. Wenn er nicht auf andere Leute schimpfte, beschimpfte er sich selbst. Überbiss hatte beobachtet, wie Vater sich eines Morgens ins Gesicht schlug.

Wenn Mutter sich einmischte, reagierte er gereizt. Sie sagte, er solle spazieren gehen. Jeden Nachmittag eine Stunde. Das würde helfen. Sie schlug ihm vor, ein paar Tage zu Onkel Karl zu fahren, um mit ihm zu reden.

Sie sagte, er solle mit ihr darüber sprechen.

»Ich weiß nicht, worüber«, sagte Vater.

»Dir geht es nicht gut.«

»Mir fehlt nichts.«

»Du bist unglücklich.«

»Man kann nicht immer glücklich sein«, erwiderte Vater.

Ich wusste um Vaters Verhältnis zu Mutter. Ich verstand ihn, obwohl er sich ungerecht verhielt. Er war sauer auf sie, weil sie ihn nicht in Ruhe ließ. Ständig war sie da. Immer musste sie sich einmischen. Eines Tages versuchte sie, ins Zimmer zu kommen, als Frank und ich Sumo-Ringer spielten. Wir hatten die Tür abgeschlossen. Sie kam von draußen ans Fenster.

»Was macht ihr denn da?«, rief sie durchs Fenster.

»Gar nichts.«

Frank sprang hastig vom Bett und versteckte sich im Kleiderschrank.

Mutter öffnete vorsichtig das Fenster, und zwischen den dunkelgelben Gardinen tauchte ihr Kopf auf. Ich saß noch immer nackt auf dem Bett. Frank steckte den Kopf aus dem Schrank.

»Was treibt ihr hier eigentlich?« Ich mochte ihren Blick nicht. Denn es lag noch mehr in ihrer Frage. Als wüsste sie ganz genau, was wir machten. Als wüsste sie sehr viel mehr als wir selbst. Und als würde es ihr unangenehm sein.

Genau dasselbe, in demselben Ton, sagte sie nachts zu Vater: »Was treibst du hier eigentlich?«

Sie warf einen Blick ins Wohnzimmer, wenn sie noch einmal pinkeln musste.

»Gar nichts«, brummte Vater.

»Kommst du denn nicht ins Bett?«

»Noch nicht.«

Kurz darauf demolierte Vater sein Fahrrad, weil ein Reifen ein Loch hatte. Überbiss und ich sahen dabei zu. Er rastete total aus und trampelte auf den Reifen herum, bis sie schief und krumm waren. Er trat gegen die Schutzbleche. Er schmiss das Fahrrad mit voller Wucht auf den Boden.

»Verdammte Scheiße!«, brüllte er.

Wir standen in unserem Zimmer und beobachteten es durchs Fenster. Wir versteckten uns hinter der Gardine, weil wir Angst hatten, er könnte uns sehen. Mutter war nicht zu Hause. Er hörte überhaupt nicht wieder auf, gegen das Fahrrad zu treten. Wir versuchten, einen guten Grund zu finden, warum er sein Fahrrad kaputt machte, aber uns fiel nichts ein. Als wir zu Abend aßen, war es ganz still. Wir saßen alle nur da und schauten Vater an.

»Was glotzt ihr denn so?«

Wir wollten so tun, als wäre nichts passiert, aber es war zu spät.

»Zum Teufel, was glotzt ihr denn so?«

»Nichts, iss jetzt«, sagte Mutter.

»Ihr starrt mich die ganze Zeit an.«

»Jetzt reg dich nicht auf.«

»Verflucht noch mal, ich rege mich nicht auf!«

»Doch, tust du.«

Er fing an zu weinen. Zum ersten Mal passierte es an einem Abend, nachdem Überbiss und ich ins Bett gebracht worden waren.

»Kommst du mit ins Bett?«, fragte Mutter.

Er antwortete nicht. Wir konnten alles hören, weil unsere Tür nur angelehnt war.

»Du könntest mir zumindest antworten«, sagte Mutter.

Es begann sehr langsam.

»Ich bin es allmählich leid!«, rief Mutter.

Er keuchte. Es hörte sich an, als würde er erwürgt. Das ganze Fett schwabbelte, und das Geräusch drang bis in unser Zimmer.

»Axel?«, sagte sie.

Sie sagte es anders als gewöhnlich. Sie klang nicht verärgert. Sie klang auch nicht so, als wüsste sie alles besser als er.

»Ist irgendetwas nicht in Ordnung, Axel?«

Und nachdem es angefangen hatte, hörte es einfach nicht wieder auf. Wir dachten, irgendjemand wäre gestorben. Das Geräusch ging uns durch Mark und Bein.

»Es ist Frau Jensen«, flüsterte Überbiss.

»Über Frau Jensen würde er doch nicht so weinen«, sagte ich.

»Man weint immer, wenn Leute sterben«, sagte Überbiss.

»Halt die Klappe«, erwiderte ich.

»Sollen wir reingehen?«

»Nein«, sagte ich. Überbiss schien erleichtert zu sein. Wir hatten Vater nie zuvor weinen hören. Wir versuchten einzuschlafen, aber es war unmöglich. Es war noch schlimmer als die Geräusche beim Vögeln.

»Vielleicht ist es Opa oder Oma«, sagte Überbiss.

»Das Telefon hat nicht geklingelt.«

»Sie könnten doch trotzdem tot sein.«

»Aber dann hätte er keine Ahnung.«

»Vielleicht hat er sich wehgetan?«, überlegte Überbiss. Er glaubte selbst nicht daran. »Oder es ist ein Brief gekommen?«

Ich legte mich unter die Bettdecke und stopfte mir die Finger in die Ohren. Es dämpfte das Geräusch.

»Was ist denn nur los?«, fragte Mutter im Wohnzimmer. »Axel, willst du mir nicht erzählen, was du hast?«

Ich musste mal, und mir blieb nichts anderes übrig, als in einen Blumentopf zu pinkeln. Ich wollte auf keinen Fall zu ihnen hinein. Meine Blase platzte fast. Kurz zuvor hatte ich noch nichts gemerkt, jetzt konnte ich es nicht länger einhalten. Ich griff nach einem Kaktus mit einer Menge kleiner Kaktusblüten. Der Topf war nicht besonders groß. Ich stellte ihn auf den Boden und hockte mich auf die Knie. Ich musste sehr langsam pinkeln, sonst wäre er übergelaufen. Ich pinkelte eine Menge kurzer Strahlen, ohne meine Blase ganz zu leeren. Überbiss lag im Bett und sah mir zu.

»Kannst du nicht aus dem Fenster pissen?«, flüsterte er.

Schließlich gewöhnten wir uns an das Geräusch. Ich schlief ein paar Mal ein, schreckte aber immer wieder auf. Die Laternen am Fußweg wurden ausgeschaltet. In unserem Zimmer wurde es nachtgrau. Wenn wir normalerweise einschliefen, ließ das Laternenlicht, das durch die Gardinen fiel, das Zimmer immer ein bisschen glühen.

Wir redeten nicht miteinander. Es gab nichts zu reden. Es war überhaupt nichts in Ordnung, und wir wussten es beide. Wenn einer von uns weinte, konnte Mutter uns trösten. Weinte Mutter, konnte Vater sie trösten, aber war Mutter imstande, Vater zu trösten? Es hörte sich nicht so an. Er weinte noch immer. Ich erwachte und musste schon wieder pinkeln. Aber der Topf mit dem Kaktus war umgefallen und Pisse und Blumenerde breiteten sich auf dem Boden aus. Und ich hatte hineingetreten und in meinem Bett eine schmutzige Fußspur hinterlassen. Ich schlich in die Küche und sah sie im Wohnzimmer auf dem Fußboden liegen – Arme und Beine ineinander verschlungen. Es ließ sich nicht erkennen, wo einer aufhörte und der andere begann. Es handelte sich um ein großes, vielarmiges Wesen, das schwer atmete.

Hastig rannte ich zur Toilette und wieder zurück. Ich zog nicht ab. Es hätte zu viel Lärm verursacht. Überbiss schlief. Seine Bettdecke war heruntergefallen. Er lag auf dem Bauch, und ein Bein rutschte langsam über den

Rand des Bettes. Er fiel nachts oft aus dem Bett. Ich schob ihn wieder zurück und legte ihm die Decke über. Ich brachte ihn zu Bett, wie uns Mutter zu Bett brachte. Sie achtete immer darauf, dass wir die Bettdecke auch unter uns stopften, damit keine Löcher entstanden. Bei Löchern mussten wir sie rufen. Ich schloss die Augen und versuchte, an etwas anderes zu denken, doch die Löcher kehrten ständig zurück. Ich hatte im Wohnzimmer etwas gesehen, was ich nicht hätte sehen sollen.

Stinkbombe

Es hatte nichts mit Vater zu tun. Ich hatte dieses Gefühl schon immer gehabt. Es hing nicht damit zusammen, dass er mehrmals am Tag weinte. In meinem Inneren schien irgendetwas nicht in Ordnung zu sein – etwas, das schon immer verkehrt gewesen war.

Meine Bewegungen fühlten sich eigenartig an. Das Blut sauste. Irgendetwas zerrte an mir und ließ meinen Körper schief werden, außerdem geschah etwas mit meinem Zeitgefühl. Die Melodie in meinem Kopf hörte sich sonderbar an. Ich hatte verschiedene Melodien im Kopf. Lieder aus dem Radio, das Geräusch meiner Atemzüge oder einfach nur ein du-du-dup. Normalerweise beachtete ich die Melodien gar nicht, aber mit einem Mal schienen sie mir schief und verdreht zu sein. Auch die Uhr im Wohnzimmer tickte falsch. Ihr Geräusch wurde verzerrt.

Meine Finger und Zehen schwollen an und füllten das gesamte Zimmer aus. Ich konnte sie nicht mehr bewegen. Ich würde zerbrechen, wenn ich sie bewegte. Normalerweise dauerte dieser Zustand nicht sehr lange. Währenddessen war ich an zwei Orten gleichzeitig. Dort, wo ich mich gerade befand, aber auch direkt daneben.

Diesmal hatte es über zwei Stunden gedauert. Ich saß

still in unserem Zimmer und wartete darauf, dass es nachließ. Vater ging spazieren, und Mutter und Überbiss waren ebenfalls nicht zu Hause. War ich allein, wenn es mich überkam, dauerte es sehr viel länger als in Gesellschaft anderer. Und je dichter ich mich an der Fensterbank aufhielt, desto schlimmer wurde es. Die Fensterbank bestand aus Schiefer, die Struktur war uneben. Es gab viele Kalkablagerungen durch die Topfpflanzen. Gern hätte ich Abstand zur Fensterbank gehalten, aber sie zog mich an; ich kam ihr immer näher, obwohl ich mich rückwärts bewegte.

Hinterher fing ich Fliegen und steckte sie in ein rotes Pillenglas. Ich hatte gelesen, dass zwei Fliegen sich innerhalb eines Jahres zu einer Million Fliegen vermehren konnten, wenn sie nicht von anderen Tieren gefressen wurden. Sie bekamen etwas Brot und Wasser. Am nächsten Tag waren sechs von ihnen tot. Ich schüttete das Glas aus und gab ihnen neues Brot, es nützte nichts. Das Pillenglas stank. Ich fing zwei Schmetterlinge und sperrte sie zu den letzten fünf Fliegen. Ich fing Gartenkreuzspinnen, indem ich sie mit dem Zeigefinger aus dem Spinnennetz in das Pillenglas stupste. Sie waren ziemlich leicht zu fangen. Ich rechnete damit, dass sie die Fliegen fressen würden. Ich fing auch ein paar Schnecken, Käfer und Kellerasseln. Ich füllte das Glas bis zum Rand und streute etwas Zucker darüber. Ich hätte ein Marmeladenglas nehmen sollen, aber es war interessant, Insekten in das viel zu kleine Pillenglas zu stopfen.

Ich drehte den Deckel zu. Sie würden sich gegenseitig

auffressen. Die Kreuzspinnen würden die anderen fressen, vermutete ich. Ich fing eine große Waldschnecke und eine Handvoll Ameisen. Die Ameisen hatten sich in die Waldschnecke verbissen. Sie wand sich und konnte ihnen nicht entkommen. Ich stellte das Pillenglas hinter den Kaktus auf die Fensterbank und vergaß es völlig.

»Was ist das denn?«, fragte Mutter eines Morgens.

Sie schraubte den Deckel ab. Sie rümpfte die Nase. Hastig schraubte sie den Deckel wieder zu.

»Was ist das?«

Ich tat so, als würde ich schlafen.

»Lars«, sagte sie.

»Das ist eine Stinkbombe.«

Sie hielt das Pillenglas gegen das Licht, um hineinzuschauen. Ihr gefiel der Anblick nicht.

»Du musst sie wieder herauslassen, sonst sterben sie«, sagte sie.

Das wusste ich auch.

»Du darfst nicht so viele in so ein kleines Glas stecken.«

»Darf ich's mal sehen?«, fragte Überbiss.

»Nein«, sagte Mutter. Sie guckte mich an. Ich hatte Angst vor ihren Augen.

Die Stelle des Fensterbretts, auf der das Pillenglas stand, war am schlimmsten. Je näher ich ihr kam, umso ungleichmäßiger verging die Zeit. Nicht, weil das Pillenglas dort gestanden hatte. Es lag eher an genau dieser Stelle der Fensterbank, dass ich das Pillenglas sofort dorthin gestellt hatte.

Gelähmt

Vaters Körper wurde steif. Er sprach eigenartig, schleppend. Er war zwar da, aber auch wieder nicht. Er hatte keine Lust zu essen und ging stattdessen spazieren. Wir begegneten ihm unten am Moor.

»Ist das nicht dein Vater?«

Wir starrten ihn an. Er war in ein Wasserloch getreten und stand bis zu den Knien im Morast. Sein Schlips hing ihm aus der hinteren Hosentasche. Ich sah, dass er geweint hatte. Er ging zwischen den Bäumen im Moor umher. Ein Ast hatte sein Gesicht gestreift, auf der Stirn zeigte sich ein kleiner Ratscher. Normalerweise kamen die Erwachsenen nie ins Moor. Wir versteckten uns nicht vor ihm, sondern blieben hinter dem Busch stehen und hofften, er würde vorbeigehen. Frank stieg aus dem Baum. Olsenbande-Kjeld stand der Mund offen. Vater hatte Dreckspritzer im Gesicht. Einen unter dem linken Auge und einen am Kinn.

»Nein«, sagte ich.

Sie sahen mich an.

»Das ist er nicht.«

Sie sagten nichts, aber ich konnte es in ihren Augen sehen. Sie wussten, dass ich log. Vater ging nah an uns vorbei. Als er direkt neben uns stand, blickte er auf.

»Hallo«, sagte er.

Als Olsenbande-Kjeld damals glaubte, sein Vater sei tot, hatten wir auch nichts gesagt. Es war dasselbe mit Vater. Wir taten einfach so, als wäre er nicht da. Frank schüttete Mehlkleister ins Wasser, um Fische anzulocken. Jens schmiss mit Steinen nach den Fischen. Wir hatten nichts gefangen. Stattdessen fanden wir ein paar Kröten und ließen sie kunstspringen. Wir warfen sie in die Luft und horchten auf das Platschen, wenn sie auf die Wasseroberfläche trafen. Es musste tief und hohl klingen. Und es durfte nicht zu sehr spritzen. Die Kröten trieben noch einige Zeit auf dem Wasser. Dann wachten sie auf und kamen wieder zu sich.

Wir gingen zum Elternsprechtag in die Schule. Die Schüler waren immer dabei. Normalerweise schimpfte Vater auf dem Heimweg mit mir.

»Du sollst die anderen nicht ärgern. Du musst dich mehr am Unterricht beteiligen.«

»Mach ich doch.«

»Du sollst im Unterricht mehr mit deinen Lehrern und weniger mit deinen Klassenkameraden reden.«

Gewöhnlich schrieb er die Sachen auf ein Blatt Papier, wenn wir nach Hause kamen. Er hatte eine nahezu unleserliche Handschrift, auf die er allerdings sehr stolz war. Großen Bögen folgten kleine Schnörkel und am Ende dann wieder ein großer Bogen, der auf den Zeilen auslief. Es war eine Art schräge Schrägschrift.

»Du musst dir angewöhnen, keine Wörter zu sagen, die es nicht gibt.«

Aber die Wörter veränderten sich beinahe von allein. Es war lustig, sie auszusprechen, allerdings wusste ich nach einiger Zeit nicht mehr, welche Wörter richtig und welche falsch waren.

»Duf gerd dif tuf«, sagte ich.

»Hör auf damit«, sagte Mutter.

»Das ist nicht komisch«, sagte Vater.

»Dä dit dovt.«

Ein Wort gab das andere.

»Smait.«

Vater zog eine Augenbraue hoch.

»Darf, dit!«

Es fiel mir schwer, wieder aufzuhören, wenn ich erst einmal angefangen hatte. Normalerweise hängte Vater seinen Zettel an die Küchentafel, neben Stundenpläne, Postkarten, Zeichnungen von Überbiss und mir und einer Nadel mit einem Tropfen, die Mutter beim Blutspenden als Andenken bekommen hatte.

Diesmal war er nicht mitgekommen. Er saß zu Hause. Er hatte die Gardinen zugezogen, weil das Licht ihn störte.

Die Lehrer sagten dasselbe wie immer. Mutter saß auf dem Stuhl vor ihnen. Sie glich einem Schulmädchen. Sie fummelte an ihren Fingernägeln herum. Und jedes Mal, wenn sie etwas Neues über mich erzählten, wurde sie ein Stückchen kleiner. Ihre Stimme klang undeutlich, so redete sie auch mit Großvater am Telefon. Als hätte sie keine Lust zuzuhören. Ich wünschte, sie würde die Knie nicht so zusammenpressen, sie nur ein bisschen öffnen. Sie schaute mehr auf ihre Fingernägel als auf unsere Lehrer.

Es war besser mit Vater, denn er wurde nicht so nervös wie Mutter. Und auch Mutter war nicht so nervös, wenn er mit dabei war. Vater lachte laut und erzählte Dem Bart von seinen Geschäften, wenn alles überstanden war. Normalerweise beobachtete ich seine Augen, um herauszufinden, wie wütend er war. Vater lächelte und lachte, bis wir das Ende des Wegs erreicht hatten, der zur Schule führte. Dann fing er an, mir den Kopf zu waschen. Mutter schimpfte mich nie so aus, aber sie schämte sich für mich; und sie schämte sich für sich selbst, weil sie uns nicht ordentlich erzogen hatte.

»Er boykottiert konsequent seine Stunden bei der Logopädin«, sagte meine Dänischlehrerin.

Mutter breitete resignierend die Arme aus: »Er muss lernen, sich zu benehmen.«

»Willst du uns nicht erzählen, warum du nicht zu Inge gehen willst?«, fragte mich meine Dänischlehrerin.

»Ich weiß es nicht«, sagte ich.

»Findest du es peinlich, zu einer Logopädin zu gehen?«

Eines Tages war Inge in die Klasse gekommen. Eigentlich sollte ich ja zu ihr hinaufgehen, aber das tat ich nie. Entweder blieb ich in der Klasse, oder ich verschwand einfach.

Sie kam zu mir, ohne etwas zu sagen. Sie lächelte

unserer Dänischlehrerin zu und nahm mich am Handgelenk.

»Komm«, sagte sie.

Ich versuchte, mich loszureißen, aber sie zog mich mit einem festen Griff vom Stuhl. Ich ließ meine Beine schlaff werden. Sie schleppte mich quer durchs Klassenzimmer. Ich wollte mich nicht selbst zum Narren machen und fing an, wieder normal zu laufen. So gingen wir den ganzen Weg bis zu ihrem Büro. Ihre Hand brannte um mein Handgelenk. Ihre Handfläche war trocken und warm. Es war eigenartig, wenn ich daran dachte, dass ich mal Lust gehabt hatte, sie zu küssen.

Auf dem Heimweg vom Elternsprechtag sagte Mutter überhaupt nichts. Ich wünschte, sie hätte mich ausgeschimpft. Ich trat an einen der kleinen Laternenpfähle, die am Weg zur Schule standen, nur damit sie mit mir schimpfte. Sie guckte mich an. Sonst nichts. Ich starrte wütend zurück. Der Wind ließ ihr Haar flattern. Sie bekam die Haare ins Auge und musste sie mit einer Hand zurückhalten. Ich trat wieder zu. Jetzt wurden ihre Augen blank. Es war doch der Sinn der Sache, dass sie mir die Leviten las. Sie müsste mich an den Armen packen und schütteln, bis ich damit aufhörte, aber sie blieb einfach stehen. Tränen liefen ihr die Wangen hinunter.

»Dü ger nö rut und sagst TÖFF!«, brüllte ich und trat weiter gegen die Laternenpfähle.

»Du läufst jetzt rum und sagst ÖFF!« Ich schrie so laut ich konnte: »ÖFF! ÖFF!«

Eine Morgens konnte er sich nicht bewegen. Steif wie ein Brett lag er auf dem Wohnzimmerboden.

»Hilfe«, flüsterte er.

Seine Stimme klang anders. Er weinte, während er flüsterte. Wir bekamen Zuckerbrot zum Frühstück. Es schmeckte uns nicht. Überbiss kippte die Hälfte der Zuckerdose in seine Hosentasche, er wollte den Zucker in der Schule naschen.

»Das machst du nicht«, stöhnte Vater im Wohnzimmer. Mutter hatte einen Arzt anrufen wollen. Wir konnten ihn nicht allein aufs Sofa heben. Wir versuchten es, aber er war dabei überhaupt keine Hilfe. Wir zogen an seinen Armen. Er lag vollkommen leblos auf dem Boden und sah uns mit kugelrunden Augen an.

»Er darf nicht sterben«, sagte Überbiss.

»Er stirbt nicht«, sagte Mutter. Sie ging ins Badezimmer und blieb lange dort. Überbiss und ich legten uns neben Vater. Ich hätte ihm gern in den Bauch gehauen. Er war mehrere Wochen hintereinander zu Hause geblieben.

Mutter rief Vibeke an. Sie kam zehn Minuten später. Im Badezimmer tuschelten sie miteinander. Wir hörten alles, obwohl wir es nicht hören sollten.

»Ich weiß nicht, was ich machen soll«, sagte Mutter.

»Na, na«, meinte Vibeke.

»Ich erkenne ihn überhaupt nicht mehr wieder.«

»Das wird schon wieder werden.«

»Am liebsten würde ich das alles hinter mir lassen.«

Wir würden zu spät zur Schule kommen, weil sie so lange im Badezimmer blieben.

»Los, hoch mit dir, Dickerchen«, sagte Vibeke, als sie endlich wieder ins Wohnzimmer kamen und anfingen, an Vaters Armen zu zerren. Es half nichts. Vibekes Hintern ragte in die Luft. Vater sagte immer, sie hätte einen Arsch wie ein Scheunentor. Sie hatte langes braunes Haar, das bis über die Ohren reichte. Es war sehr glatt. Die Haare in der Stirn waren kurz. Manchmal nannten wir sie Kegel, weil sie die Figur eines Kegels hatte. Sie wuchtete so sehr an Vater herum, dass ihre Frisur total durcheinandergeriet.

»Ich weiß nicht, was wir ohne dich tun sollten«, sagte Mutter hinterher zu ihr.

Es war dumm von Mutter zu glauben, dass Vibeke uns helfen könnte. Ständig rief sie bei ihr an, aber Vibeke konnte Vater nicht helfen. Ich war nicht einmal sicher, ob Vater Vibeke leiden konnte. Mutter telefonierte nur mit ihr, um getröstet zu werden, um blöde Sachen über Vater zu sagen und sich einbilden zu können, dass ihre Freundin in der Lage wäre, uns zu helfen.

»Jetzt müsst ihr aber in die Schule«, sagte Mutter.

Als wir in der Schule waren, rief sie einen Arzt. Sie tat es, obwohl Vater gesagt hatte, sie dürfe es nicht.

Vater hingegen hatte keine Freunde. Jedenfalls hatte ich nie irgendjemanden gesehen oder davon gehört. Eigentlich wunderte es mich, wenn ich darüber nachdachte, denn er war keineswegs so schüchtern wie Mutter. Er hatte keine Angst vor Fremden. Er dämpfte seine

Stimme nicht, wenn er einen Laden betrat. Er wurde nicht nervös, wenn er mit unseren Lehrern redete. Er kannte eine Menge Leute, aber von ihnen kam nie jemand zu uns nach Hause. Onkel Karl war der Einzige, aber er kam auch so gut wie nie. Weihnachten feierten wir allein. Wenn ich Weihnachten oder an anderen Feiertagen zu meinen Freunden kam, war dort immer alles voller Menschen. Zu uns kam niemand. Mutter bekam Besuch von ihren Freundinnen. Ich konnte mich nicht erinnern, dass Vater jemals Besuch hatte.

Die Badewanne

Die Badewanne war nicht besonders lang, obwohl sie von einer Wand zur anderen reichte, aber sie war tief. Kleine Kinder hätten darin ertrinken können. Vater und Mutter standen beim Duschen immer in der Wanne. Überbiss und ich wurden normalerweise zusammen in die Wanne gesteckt. Einmal hatte Überbiss ins Wasser gekackt. Wir entdeckten es erst, als wir beide schon draußen waren. Am Boden der Wanne lag ein braunes Stück Scheiße. Mutter wollte es mit einer Schüssel herausfischen. Aber die Scheiße entglitt ihr ständig. Sie zog eine braune Wolke hinter sich her. Jedes Mal, wenn Mutter die Schüssel an die Wasseroberfläche hob, glitt die Kacke über den Rand wieder in die Wanne.

»Wieso bewegt sie sich?«, fragte Überbiss.

»Sie will sich nicht fangen lassen«, antwortete Mutter.

Sie fand es ziemlich lustig und rief Vater, damit er es sich auch ansehen konnte.

»Wer hätte das gedacht, dass so viel Scheiße in dir steckt«, hatte Vater zu Überbiss gesagt.

Das Badewasser wurde braun und undurchsichtig. Mutter konnte die Kacke mit der Schüssel nicht herausholen. Schließlich nahm sie es mit der Hand heraus.

Ich roch an meinen Armen, meinen Händen, meinen

Schultern. Ich stand auf einem Bein und versuchte, an meinen Zehen zu riechen. Ich wollte nie wieder zusammen mit Überbiss in die Badewanne.

»Ich will noch mal abgebraust werden«, sagte ich zu Mutter.

»Das ist nicht nötig.«

»Das war im Wasser.«

»Das hat sich bereits aufgelöst.«

»Meine Zehen stinken.«

Sie bückte sich und roch daran. Sie seufzte und klang, als wäre sie sehr müde.

»Die riechen wie saubere Jungenzehen«, sagte sie und tätschelte mir die Wange.

»Lass das«, sagte ich und wich zurück. Ich war nicht sicher, mit welcher Hand sie die Kacke hochgehoben hatte.

»Bist du sicher, dass sie nicht wie Schweinsfüße riechen?«, fragte Vater.

Überbiss und Mutter hatten angefangen zu lachen.

»Schweinsfüße, Schweinsfüße«, wiederholte Überbiss.

Ich fand es nicht komisch. Ich wollte noch mal duschen.

»Das ist widerlich«, sagte ich.

»So schlimm ist es nun auch wieder nicht«, entgegnete Mutter.

»Scheiße ist das Widerlichste, was es gibt.«

»Du bist doch sonst nicht so zart«, sagte Vater.

»Darf!«, schrie ich.

Seither waren wir nie wieder zusammen in die Badewanne gegangen. Entweder wechselten wir uns ab, oder
ich badete allein. Wenn wir nacheinander badeten, durften wir abwechselnd als Erster ins Wasser. Um mich zu
rächen, pinkelte ich ins Wasser, kurz bevor ich wieder
aus der Wanne stieg. Niemand merkte es, und daher war
es auch nicht besonders lustig. Aber Überbiss schluckte
normalerweise eine Menge Wasser, wenn er badete. Er
nahm es in den Mund und spritzte es in einem dünnen
Strahl heraus; ihm war es egal, dass ich vor ihm in der
Wanne gewesen war. Bei mir sollte die Badezimmertür
am liebsten ganz zu sein, außerdem ließ ich mir gern Zeit.

»Bist du bald fertig?«, rief Mutter durch die Tür.

»Du darfst nicht reinkommen!«

»Mikael muss auch noch ins Bad, bevor das Wasser
kalt ist.«

Ich bog den Körper nach oben, bis mein Pillermann
die Wasseroberfläche durchstieß. Wenn es viel Seifen-
schaum gab, spürte ich, wie die Seifenblasen an meinem
Pimmel zerplatzten. Es kitzelte. Ich spülte den Schaum
mit warmem Wasser weg. Ich nahm einen Mundvoll
Wasser und versuchte, mit dem Strahl meinen Pillermann zu treffen. Es war lustig. Ich tauchte unter und
hielt die Luft an, solange ich konnte. Dabei steckte ich
meinen Pillermann durch die Wasseroberfläche und
machte unter Wasser eine Brücke, mein Pimmel war
über, der Rest von mir unter Wasser.

»Was machst du denn da?« Mutter starrte mich an.

Ich bekam einen Schock.

»Geh raus!«

»Du könntest ausrutschen und dir wehtun.«

Meine Wangen glühten.

Als sie gegangen war, versuchte ich, die Türklinke mit meinen Sachen festzubinden. Es tropfte mir auf die Füße, Wasserdampf hüllte mich ein – ich wünschte, wir hätten einen Schlüssel. Ich ging zurück zur Badewanne und stieg wieder in das warme Wasser. Ich stellte mir vor, ich läge in einer heißen Quelle in der Wildnis, wo mich niemand störte. Mein Lederzelt hatte ich am Ufer aufgeschlagen. Ich wartete auf das Mädchen mit der Schlaghose, aber sie tauchte nicht auf. Ich duschte meinen Pillermann mit der Handbrause und drehte dabei abwechselnd heißes und kaltes Wasser auf. Hinterher schloss ich die Augen und stellte mir vor, die ganze Welt wäre überschwemmt, so dass ich überall hinschwimmen könnte. Die Bäume hatten sich in üppige Unterwasserwälder verwandelt. Das Wasser war herrlich warm. Irgendwo unter meinem Bauchnabel glühte beim Schwimmen eine rote Kugel in mir. Es war dasselbe Gefühl, das ich hatte, wenn wir im Gebüsch herumtollten.

Nach Schulschluss wartete ich in den Büschen am Sportplatz noch immer auf sie, aber sie kam nicht mehr. Hin und wieder sah ich sie in der Schule und versuchte, Augenkontakt zu bekommen. Sie spielte noch immer Jojo, aber sie guckte nur auf das Jojo, auf, ab, auf, ab. Ich ging an ihr vorbei. Sie schien viel größer zu sein als ich – fast erwachsen. Sie hatte sich die Lider blau geschminkt, nicht viel, aber ich sah es. Ihre Wimpern waren dunkler als früher, und sie trug ein schwarzes Plastikarmband um eines ihrer Handgelenke. Sie kaute Kaugummi und produzierte kleine Blasen, die mit einem Knall zerplatzten.

Eines Tages entdeckte ich sie in der Bibliothek, als ich von der Logopädin zurückkam. Ich schlich mich zu dem Regal, das ihr am nächsten stand, zog ein paar Bücher aus dem Fach und schaute sie mir an, sie las. Ich zählte bis fünfundzwanzig.

»Hej«, flüsterte ich.

Sie drehte sich um. Ihr Gesicht wurde sehr groß, eigentlich wurde alles größer: die Augen, die Nase und der Mund. Sie kam ganz nah an die Lücke im Regal, streckte mir die Zunge heraus und verschwand.

Auf dem Heimweg sah ich sie wieder. Sie stand mit Flammendes Inferno am Fahrradschuppen. Es regnete, weißer Rauch stieg vom Dach des Schuppens auf und wurde vom Regen verweht. Zigarettenrauch. Ich roch es aus weiter Entfernung. Sie zogen abwechselnd an der Zigarette und hielten dabei Händchen. Ich wollte mich umdrehen, aber sie hatten mich beide entdeckt. Flammendes Inferno legte einen Arm um sie und zog sie etwas näher an sich heran.

»Hej«, sagte sie, als ich vorbeiging.

»Hej«, wiederholte er.

Flammendes Inferno hatte »Hej« zu mir gesagt. Es war so unglaublich, dass ich einen Hustenanfall bekam. Mein Bauch gab merkwürdige Geräusche von sich. Die Luft sprudelte nur so aus mir heraus, es wollte nicht wieder aufhören.

Depripillen

Vater wollte seine Pillen nicht nehmen. Mutter hatte ihm aus der Apotheke drei Schachteln mitgebracht. Die erste Schachtel hatte er angebrochen.

»Du musst sie regelmäßig nehmen, sonst wirken sie nicht«, sagte sie.

»Dadurch sehe ich beim Gehen aus wie ein Spasti«, sagte Vater. Er nannte sie »Depripillen«, Mutter »Antidepressiva«.

»Es heißt ›Spastiker‹. Und wenn du sie nicht nimmst, kannst du dich überhaupt nicht bewegen. Das ist noch schlimmer.«

Man konnte auf viele Weisen gelähmt sein. Das Genick konnte brechen, eine Ader im Kopf platzen. Bei alten Menschen passierte das oft. Sie wurden wunderlich und mussten in ein Pflegeheim ziehen, so wie Brillen-Bos Urgroßvater. Ein Blutgerinnsel konnte eine ganze Seite bei einem Menschen lähmen. Auch das passierte meist alten Leuten. Junge Menschen konnten sich das Genick brechen, wenn sie mit ihrem Moped einen Unfall hatten. Ein Kind konnte in einen zugefrorenen See einbrechen und ins Koma fallen. Es konnte fünfzehn Jahre später wieder aufwachen. Der Körper des Kindes wäre erwachsen, aber in seinem Kopf wäre es noch immer ein Kind. Aber Vater war weder jung noch alt. Man konnte vor Kummer gelähmt sein, aber das war etwas anderes.

Alle im Paradiesgarten und in der Schule sahen, dass mit ihm irgendetwas nicht in Ordnung war, nur redeten sie nicht darüber. Meine Kameraden sagten nichts. Nach der Schule konnten wir nicht mehr zu mir nach Hause, aber sie taten, als ob es nie anders gewesen wäre.

Er war noch nie so lange zu Hause gewesen wie jetzt. Wenn Mutter arbeitete, lag er im Schlafzimmer. Wir durften die Tür nicht aufmachen. Oft lag er noch im Bett, wenn Überbiss und ich aus der Schule kamen. Im Schlafzimmer roch es ekelhaft. Er hatte nur seine Unterhose an. Wenn er auf dem Rücken lag, zerfloss sein Bauch nach beiden Seiten. Er trank eine Menge Kaffee und rauchte eine Menge Zigaretten, aber er aß nicht besonders viel. Jeden zweiten oder dritten Tag nahm er seine Pillen. Mutter versuchte, ihn zu überreden, sie jeden Abend zu schlucken. Es gelang ihr nicht immer.

Wenn Mutter von der Arbeit nach Hause kam, zog sie die Gardinen zur Seite und öffnete das Schlafzimmerfenster, damit der Gestank nach Schweiß und alten Fürzen abziehen konnte. Nicht immer durfte sie die Gardinen aufziehen.

Wenn wir am Nachmittag zu ihm ins Bett kletterten, begann er zu weinen. Seine Bartstoppeln stachen. Wir flohen nach draußen. Wir wollten lieber warten, bis Mutter nach Hause kam. Dabei hatten wir den ganzen Tag Angst gehabt, er könnte sterben, wenn wir in der

Schule waren. Er wollte uns selbst nicht im Schlafzimmer haben. Aber es war furchtbar, ihn zu verlassen. Er weinte, sobald wir die Tür schlossen.

Wir konnten nichts für ihn tun. Wir hätten alles getan, aber es gab nichts zu tun. Vielleicht hätten Solvej und das Baby etwas für ihn tun können. Wenn ich ihre Telefonnummer gekannt hätte, hätte ich angerufen. Manchmal hatte er gar nichts an, wenn wir aus der Schule nach Hause kamen. Sein Pimmel sah winzig aus, weil sein Bauch so dick war. Er lag da und sah uns mit einem leeren Ausdruck in den Augen an. Ich hielt meinen Blick auf seine Augen gerichtet. Es passierte nichts. Schließlich guckte ich weg. Es war doof. Ich sah etwas in seinen Augen, das mir nicht gefiel. Ich fühlte mich wie ein Geist, wie einer, der nirgendwohin gehört – einer, der ebenso gut hätte tot sein können.

»Wie lange bleibt er so?«, erkundigte sich Überbiss.

»Er ist krank«, antwortete Mutter.

Am gleichen Abend rief sie Großvater an. Das Gespräch war kurz. Ich wusste, dass es ihr Vater war, weil sie fragte, wie es mit seinen Anfällen stand. Hinterher saß sie lange da und hielt den Telefonhörer in der Hand. Man durfte sie nicht stören, wenn sie gerade mit ihrem Vater gesprochen hatte. Man durfte ohnehin nicht allzu viele Fragen stellen.

Vater versuchte, im Wohnzimmer auf dem Kopf zu stehen. Mutter hatte ihm ein Buch über Leute gekauft, die auf dem Kopf standen. Es ging nicht um Gymnastik, sondern um Yoga aus Indien. Es gelang ihm nicht. Sein Kopf war feuerrot. Er stöhnte wie ein Wahnsinniger. Die Kiefermuskulatur trat hervor.

»Wieso musst du auch gleich mit der schwersten Stellung anfangen?«, fragte Mutter. Sie schlug in dem Buch eine andere Position auf. Sie zeigte einen Mann, der mit geschlossenen Augen still auf dem Rücken lag.

»Schläft er?«, wollte Überbiss wissen.

Ich las den Text darunter. »Totenstill« stand dort.

»Nimm 'ne andere«, sagte ich.

»Nix da«, stöhnte Vater.

Als er sich die Hose anzog, um spazieren zu gehen, rutschte sie ihm über den Hintern und glitt zu Boden.

»Wieso hast du kein Buch über Bodybuilding gekauft?«, fragte er.

Bodybuilding kam aus Amerika. Yoga aus Indien. Woher Gymnastik kam, wusste ich nicht. Als ich Vater danach fragte, antwortete er: »Von zu Hause.«

Frode

Unsere Dänischlehrerin wurde schwanger, und wir bekamen eine Aushilfe. Die Aushilfe hieß Frode. Sein Bart war länger als sein Haar. Er lief barfuß und lächelte, als er das Klassenzimmer betrat. Wir dachten, wir müssten ihn ärgern, genau wie die anderen Aushilfen.

»Schreibt etwas«, sagte er.

»Was denn?«, fragte ein Mädchen.

»Das könnt ihr selbst entscheiden.«

»Eine Geschichte?«

»Wenn ihr Lust dazu habt.«

»Können wir über ein Fußballspiel schreiben?«, wollte Brillen-Bo wissen.

»Ja.«

»Wie viel denn?«, erkundigte sich Peter.

»Nicht zu viel und nicht zu wenig.«

»Ist eine halbe Seite zu wenig?«

»Wenn du auf einer halben Seite etwas Wichtiges aufschreiben kannst, ist es nicht zu wenig«, antwortete Frode und setzte sich im Schneidersitz aufs Pult.

»Ist eine Zeile zu wenig?« Wieder war es Brillen-Bo.

»Wenn du in einer Zeile etwas Interessantes über Fußball schreiben kannst, dann darfst du das gern tun.«

»Und was ist mit einem Wort? Dürfen wir eine Geschichte in einem Wort schreiben?«, fragte Olsenbande-Kjeld.

Wir hielten den Atem an vor Spannung. Gleich würde er explodieren.

»Ich bezweifle, dass du dich so präzise ausdrücken kannst.«

Wir grinsten.

»Ich habe mir gedacht, eine Geschichte über einen Hundehaufen zu schreiben, der reden kann. Wie findest du das?« Frank hatte die Frage gestellt.

Jetzt würde er explodieren.

»Großartige Idee!«, antwortete er.

»Dürfen wir auch rausgehen und dort schreiben?«, wollte Peter wissen.

»Natürlich.«

»Dürfen wir dabei Schlagball spielen?«, fragte Jens.

Frode rief ihn zum Lehrerpult. Jens lächelte nervös. Ich beugte mich gespannt vor – mein Herz klopfte.

»Frag noch mal«, forderte Frode ihn auf.

»Dürfen wir dabei Schlagball spielen?«

»Nein!«

Er brüllte so laut, dass Jens beinahe die Beine versagten. Wir lachten. Frode sollte über ein halbes Jahr bei uns bleiben. Es war fantastisch.

»Wie buchstabiert man ›Abseits‹?«, fragte Olsenbande-Kjeld kurz darauf.

»Schreib es einfach so, wie du es dir denkst«, sagte Frode.

»Ich glaube, es ist falsch«, sagte Olsenbande-Kjeld und schaute in sein Heft.

»Es gibt nichts Falsches«, sagte Frode.

»Aber sicher, auf jeden Fall«, widersprach Brillen-Bo.

»Es ist zweckmäßig, die Wörter so zu schreiben, dass andere Menschen sie verstehen können, aber das heißt nicht, dass das eine richtiger ist als das andere.«

»Das Richtige steht im Wörterbuch«, sagte Brillen-Bo.

»Das *Zweckmäßige* steht im Wörterbuch«, erwiderte Frode und nahm Brillen-Bo das Wörterbuch aus den Händen. Wir hatten noch nie etwas so Albernes gehört.

»Quatsch!«, rief eines der Mädchen.

»Das stimmt nicht«, sagte Brillen-Bo. Einige begannen zu lächeln und den Kopf zu schütteln.

Wir wollten ihn trotzdem ärgern, aber er kam uns zuvor. Eigentlich sah ich es, noch bevor er es getan hatte. Er ließ seinen Blick über die lachenden Schüler zum offenen Fenster schweifen, hielt einen Moment inne und warf das Wörterbuch dann in hohem Bogen in den Schulhof. Unsere alte Dänischlehrerin wäre ohnmächtig geworden. Es ging so schnell, dass ich zunächst nicht sicher war, ob ich richtig gesehen hatte. Niemand lachte mehr. In der Pause suchten wir nach dem Wörterbuch, aber es war verschwunden. Vielleicht war er selbst hinuntergegangen und hatte es aufgehoben.

Frode war auch nicht der Ansicht, dass an Wörtern, die es nicht gab, irgendetwas falsch war. Normalerweise halfen die Mädchen der Klasse unserer Dänischlehrerin.

»Jetzt macht er es schon wieder!«, riefen sie, wenn ich ein falsches Wort benutzte.

Wenn ich es mit Absicht tat, wurde ich ausgeschimpft. Die Mädchen und die Lehrerin hatten sich verbündet. Die Mädchen verpetzten mich, und die Lehrerin wies mich zurecht.

»Was macht er denn?«, fragte Frode.

»Wörter sagen, die es nicht gibt.«

»Wenn er sie sagt, dann gibt es sie doch auch, oder?«

»Aber es sind falsche, es gibt sie nicht wirklich.«

»Wie wirklich?«, fragte er.

Eine Woche später kam die Logopädin in die Klasse, um mich abzuholen.

»Wir haben eine Verabredung«, sagte sie.

Normalerweise ging ich freiwillig mit. Sie war stärker als ich. Jetzt hielt ich mich mit beiden Händen am Tisch fest. Meine Knöchel färbten sich weiß, sie müsste schon den Tisch und mich mitnehmen, wenn sie mich in ihr Büro bringen wollte. Sie blieb vor mir stehen, schüttelte den Kopf und blickte auf meine Hände, die die Tischkante umklammerten. Dann schüttelte sie wieder den Kopf. Sie griff nach meinem Handgelenk und zog, aber meine Hand ließ die Tischkante nicht los, stattdessen schrammte der Tisch mit einem schrillen Geräusch über den Boden. Sie lächelte angestrengt und bog mir plötzlich beide Daumen gleichzeitig nach hinten. Ein kalter Schmerz durchfuhr wie ein elektrischer Schlag meine Unterarme. Ich musste loslassen. Sie schubste mich mit dem Oberkörper, drückte mir einen Ellenbogen in die Seite und zerrte mich auf die Beine. Die Augen meiner Klassenkameraden strahlten. Die Logopädin würde mich den ganzen Weg bis zu ihrem Büro schleppen. Sie lächelte wieder, nun eine Spur entspannter, weil sie glaubte, gewonnen zu haben. Ich würde freiwillig mitgehen. Es gab richtige Wörter und es gab falsche. Mein Kopf war voll mit falschen. Sie wollte dafür sorgen, dass die Wörter in meinem Kopf ausgetauscht wurden. Indem wir Mensch ärgere dich nicht spielten: Während ich glaubte, wir täten etwas ganz anderes, wollte sie still und heimlich die Wörter in meinem Kopf verändern. Darin bestand ihre Arbeit. Und sie war gut. Sie hatte bereits eine Menge von meinen Wörtern kassiert, und ich war nicht einmal wütend auf sie, sondern hatte nur Lust gehabt, sie zu küssen.

Als sie eines meiner Handgelenke losließ, um besser gehen zu können, trat ich ihr mit aller Kraft gegens Schienbein. Es ertönte ein sehr hässliches Geräusch, als wäre ihr Bein gebrochen. Sie setzte sich augenblicklich auf den Fußboden. Ihre Apfelwangen flammten auf. Sie sah mich mit einem erstaunten Gesichtsausdruck an. Ich war mindestens ebenso verblüfft wie sie.

»Wenn er nicht will, muss er auch nicht«, sagte Frode. Er legte eine Hand auf meine Schulter.

Das war Pech für die Logopädin. Sie fasste sich ans Schienbein und machte einen vollkommen verwirrten Eindruck.

»Du weißt, wo das Problem liegt, oder?«

»Nein.« Frode schien es egal zu sein. »Ich sehe kein Problem.«

Ich konnte mir nicht erklären, warum er nicht mit mir schimpfte. Warum er nicht den Rektor holte oder bei meinen Eltern anrief, weil ich die Logopädin getreten hatte.

»Hast du mit seinen Eltern geredet?«, fauchte sie ihn an.

»Das erledige ich heute Abend.«

Sie knallte beim Hinaushumpeln die Tür zu.

Hypnose

Wir schnipsten gegenseitig vor unseren Gesichtern mit den Fingern und erteilten uns kurze Befehle: Steh auf einem Bein, kräh wie ein Hahn, schlaf ein. Wir hatten am Abend zuvor im Fernsehen eine Hypnoseshow gesehen. Frode behauptete, es sei eine abgekartete Sache gewesen. Er erzählte uns, wie man ein Huhn hypnotisiert. Es gab zwei Möglichkeiten. Entweder man zeichnete einen Strich vor die Füße des Huhns und ließ es auf den Strich schauen. Dabei streichelte man dem Huhn über den Nacken, und plötzlich fiel es dann in Trance. Oder man brachte das Huhn dazu, auf seinen Finger zu starren. Dann musste man den Finger in großen Kreisen rotieren lassen. Der Kopf des Huhns würde dem Finger folgen.

»Woher weißt du das?«, wollte Frank wissen.

»Ich habe einen Hühnerhof.«

Nach Schulschluss fuhren wir mit den Rädern zu dem Bauernhof hinter den Sportplätzen, um ein paar Hühner zu hypnotisieren. Nur Frank, ich und Brillen-Bo. Der Hof war heruntergekommen. Es gab Löcher im Zaun, und die Hühner liefen im Garten und auf der Straße herum. Am Ende des Gartens floss ein kleiner Bach. Wir sprangen über den Bach und versteckten uns hinter ein paar Weiden. Wir wussten nicht, wer auf dem Hof wohnte. Ein rotes Huhn spazierte durch den Garten. Es blieb stehen und starrte mich an. Es war dünn und hässlich und schien sehr alt zu sein. Ich hob meinen Zeigefinger und fing an, ihn in kleinen Kreisen vor meinen Augen zu drehen. Das Huhn zuckte ein paar Mal verschreckt mit dem Kopf und begann meinem Zeigefinger mit den Augen zu folgen. Der Kopf drehte sich mit. Es war dumm und neugierig. Ich ließ meine Armbewegungen größer werden. Es bewegte den Kopf weiter in großen Kreisen. Frank brüllte »Böh!«, aber es reagierte nicht. Brillen-Bo ging auf das Huhn zu. Es hatte jeglichen Kontakt zu seiner Umgebung verloren. Es stand still wie eine Statue und rührte sich nicht. Es befand sich in Trance. Ich hatte ein Huhn hypnotisiert, es war fantastisch.

Wir schlichen zum Wohngebäude und guckten in die Fenster. Sie waren ziemlich dreckig, überzogen mit Schmutz und Blütenstaub. Wir polierten das Glas mit den Ärmeln und drückten uns an der Scheibe die Nasen platt. Im Haus war niemand. Wir liefen zu einem zweiten Gebäude auf der anderen Seite des Grundstücks. Eine gelb gestrichene Holzscheune, aber der größte Teil der Farbe war abgeblättert. Das Tor stand ein Stück auf. Wir gingen hinein, es war dunkel. Es roch nach Schimmel und Erde. Frank schloss das Tor hinter uns.

»Und wenn hier jemand ist?« Brillen-Bo putzte mit dem Pullover seine Brille, um in dem Halbdunkel besser sehen zu können.

»Hier ist niemand.«

»Sie werden glauben, dass wir Diebe sind.«

»Das Haus ist verlassen.«

»Irgendjemand füttert die Hühner.«

Wir fingen an, die Sachen zu untersuchen. In der Scheune gab es vor allem Arbeitsgeräte, außerdem alte Maschinen, Brennholz und Heu.

»Spielen wir Sumo-Ringen im Heu.« Frank bewarf Brillen-Bo mit Heu. »Wir zwei zuerst. Hinterher kämpft Lars gegen den Gewinner.«

»Hab keine Lust.« Brillen-Bo nahm eine rostige Sense von der Wand.

»Du traust dich wohl nicht.« Frank fing an, ihm Schläge zu versetzen. Er schlug ihn drei Mal und entwand ihm die Sense. »Wir ziehen uns ganz aus.«

»Und wenn jemand kommt?«

»Hier kommt keiner.«

»Wir können ohne Klamotten nicht abhauen.«

»Die sind tot.« Frank deutete mit den Zeigefingern Vampirzähne an.

»Wir machen's mit nackten Oberkörpern, okay?«

Brillen-Bo hätte fast gewonnen. Seine Oberarme waren kräftiger, muskulöser geworden. Ich hatte es bisher nicht bemerkt. Seine Bauchmuskeln wölbten sich wie kleine Halbkugeln in gleichmäßig geraden Linien. Schließlich warf Frank ihn ins Heu und setzte sich auf ihn. Beide hatten rote Köpfe, ihre Augen leuchteten, und ihr stoßweises Atmen war in der ganzen Scheune zu hören. Sie keuchten.

Frank rutschte ein Stückchen höher und setzte seine Knie auf Brillen-Bos Arme. Sie waren übersät mit kleinen Halmen. Wenn Frank jetzt losließ, würde Brillen-Bo ihn ins Heu werfen. Es war nicht sicher, ob Frank noch einmal die Oberhand bekäme. Er presste Brillen-Bo seinen Unterleib ins Gesicht.

Brillen-Bo warf den Kopf von einer Seite zur anderen. Seine Brille fiel hinunter.

Frank bewegte seinen Unterleib, als würde er vögeln. »Ah, ah.«

»Igitt.«

»Ah, ah, ah.«

Brillen-Bo konnte sich nicht befreien.

»Ah, ah, ah.« Frank lachte laut. »Gefällt dir das nicht?«

Brillen-Bo spuckte Heu aus.

»Lars schon.«

»Glaub ich nicht.«

»Ihm gefällt's.«

Beide sahen mich an.

»Wir wollten doch Hühner hypnotisieren«, sagte ich.

»Haben wir doch gemacht.«

Frank lief mir nach, um mit mir zu kämpfen. Ich stieg über eine Leiter auf den Heuboden und konnte nicht wieder hinunterklettern. Frank folgte mir. Seine Augen glänzten. Er holte in kleinen, unregelmäßigen Stößen Luft durch die Nase. »Du musst gegen den Gewinner kämpfen!«, schrie er. Er war über und über mit Heu bedeckt, es klebte an seinem Oberkörper, es hatte sich in seinem Haar verfangen. Ich versuchte, die Leiter umzu-werfen, aber sie war an einem Balken befestigt. Sie be-wegte sich kein Stück. Ich trat dagegen. Ein dumpfes Geräusch von splitterndem Holz ertönte, dann kam Frank herauf. Die Leiter blieb stehen. Ich sprang. Es waren nicht mehr als zwei Meter bis unten. Ich tat mir nicht weh, aber der Aufprall warf mich um. Brillen-Bo stürzte sich auf mich, noch bevor ich wieder auf die Beine kam. Sein Oberkörper war heiß und schweiß-überströmt. Frank kam die Leiter herunter. Sie stürzten sich beide auf mich.

Ich wollte mir in der Erwachsenenbibliothek ein Buch über Traumreisen leihen. Ich konnte es selbst nicht fin-den und musste die Bibliothekarin fragen. Sie guckte mich mürrisch an, ihre Augen glichen einer Eule: groß und böse. Ich hatte Angst, sie würde mir das Buch trotz Mutters Bibliotheksausweis nicht ausleihen. Allerdings konnte ich mich nicht erinnern, in der Bibliothek schon einmal Ärger gemacht zu haben – aber vielleicht war es ja so.

Traumreisen waren wie eine Art Hypnose. Man konnte sich vorstellen, über eine Landschaft zu fliegen. Dass der Körper sich teilte – die eine Hälfte flog davon und erzählte der anderen, was sie sah. Ein dünner Sil-berfaden verband die beiden Körperteile. Ich versuchte die Traumreisen auswendig zu lernen, um mein eigener Reiseführer zu sein. Ich prägte mir eine der Reisen ein und probierte es, wenn ich im Bad war; ich versuchte es überall. Wenn die anderen zum Moor liefen, ging ich nach Hause, um in meinem Zimmer zu fliegen. Ich konnte es nicht lassen. Ich hatte ein Gefühl wie damals, als mich die Erscheinung in Brillen-Bos Gefriertruhe überkam, oder wie damals in Sofies Garten. Nur bestimmte ich jetzt selbst, ich schuf die Bilder in meinem Kopf, ich wurde nicht von irgendetwas Blödem überrascht. Als ich das Buch wieder abgeben musste, sagte ich Frode, ich müsse pinkeln, und schlich mich ins Büro, um die Traumreisen zu kopieren. Am Nachmittag versteckte ich die Fotokopien unter einer Ecke des Teppichs in unserem Zimmer.

Bevor ich abends einschlief, ging ich lange auf Reisen. Es fühlte sich an, als würden meine Arme einschlafen. Sie fingen an zu summen. Sie wurden sehr schwer und gleichzeitig sehr leicht. Dasselbe passierte mit meinen Beinen. Meine Atmung wurde tief, ich konnte mich nicht bewegen, ich musste mich anstrengen, um mich zu bewegen. So musste es Vater ergangen sein. Man musste sich eine Menge Dinge vorstellen und durfte sich dabei nicht bewegen. Das war sehr wichtig. Sich zu bewegen, würde den Zauber brechen. Wenn jemand den Silberfaden zerschnitt, konnte man nicht zurückfinden.

Man durfte sich nur schöne Dinge vorstellen, aber sie veränderten sich in mir. Ich sah die Dinge, die im Buch standen, vor mir: Eine Amsel auf einem Ast zum Beispiel, ihr gelber Schnabel, den Gesang einer Amsel, die vor dem eigenen Fenster singt. Aber die Amsel veränderte sich, während ich mich auf sie konzentrierte: Die Farben verschwanden, ihre Augen wurden trüb, die Federn fielen ihr aus. Man sollte sich einen Igel vorstellen, und ich sah einen Igel am Straßenrand. Der Schädel war zerquetscht, aus einem Auge krabbelten Ameisen.

Ich sah eine Kröte, die versuchte, auf die Beine zu kommen, Blut tropfte ihr aus dem Hintern. Die Hinterbeine hingen wie zwei Klumpen totes Fleisch an ihr, aber laut Buch sollte man sich nur einen Frosch an einem See vorstellen. Man sollte sich selbst in einer entspannten Situation sehen, und ich sah, wie ich Tennis mit der Kröte spielte, ich lachte und schlug, meine Füße trampelten auf ihr herum. Die Bilder explodierten in meinem Kopf. Ich konnte sie nicht aufhalten. Ich sah meinen Vater, wenn er weinte. Ich hatte mich selbst hypnotisiert, ich sah Kinder, die Schläge bekamen. Die meisten von ihnen kannte ich; die allermeisten hatte ich selbst verprügelt.

Ich sah die Rückseite einer Hand, die durch die Luft sauste und Franks Kopf traf. Die Hand gehörte Franks Vater. Ich sah, wie Franks große Schwester Franks Hinterkopf auf die Fliesen hämmerte, ich sah Frank, wie er ihr mit der Faust an die Brust schlug. Ich sah Lille Bjarne, wie er im Morast lag und aus der Nase blutete, seine Blutegel und Rückenschwimmer hatte jemand über ihm ausgekippt.

Ich sah Stiernacken und Sofie, Mechaniker-John und Roter Adler, Flammendes Inferno und Specknacken. Ich sah den Gesichtsausdruck von Überbiss bei den vielen Malen, an denen ich ihn verprügelt oder ihm Paprika in den Mund gestopft hatte. Ich sah, wie ich alles Wunderbare in etwas Widerwärtiges verwandelte. Es geschah in meinem Kopf. Ganz automatisch.

Und dann spürte ich irgendwo unter meinem Bauchnabel die rote Kugel. Ich hatte eines Nachts von ihr geträumt. Jetzt leuchtete sie in mir. Sie wurde größer und größer und begann zu rotieren, immer im Kreis herum. Es handelte sich um einen Planeten. Ich hatte einen Planeten im Bauch. Ich dehnte mich aus, ich stieg in die Luft, ich blickte auf mein Zimmer und sah mich selbst im Bett; ich sah von oben auf das Dach unseres Hauses, ich sah auf Paradiesgarten, das Moor und die Kläranlage. Ich dehnte mich immer weiter aus. Jetzt war der Paradiesgarten weit weg, ein ferner Fleck auf einer riesigen Halbkugel; es bedeutete nichts, es war ein Ort wie so viele andere auch.

Expedition ins Moor

Ich wollte Frank abholen. Er und Lena lagen in ihren Betten, mit den Gesichtern zur Wand. Lena schluchzte. Frank zog sich an und kam mit hinaus. Ich hätte ihm gern davon erzählt. Ich wollte ihn hypnotisieren, damit er das Gleiche erlebte, aber er wollte mich nicht verstehen. Ich verstand es ja selbst nicht. Er wollte sich auch nicht hypnotisieren lassen.

»Wir finden jemand, den wir verprügeln können«, flüsterte er. Wir kamen zum Parkplatz.

»He, Motzkuh!«, rief er.

Er hatte Sofie entdeckt.

»Haben die Vögel auf deinen Vater geschissen?«

Mit klopfenden Herzen rasten wir auf unseren Rädern durch den Paradiesgarten, bis wir sie abgeschüttelt hatten. Als wir zurückkamen, trug Franks Vater gerade Ersatzteile aus dem Auto in den Schuppen. Wir grüßten ihn nicht.

»Lena hat Stubenarrest«, sagte Frank.

»Wieso?«

»Sie ist heute Nacht erst um eins nach Hause gekommen.«

»Was hat sie gemacht?«

»Das will sie nicht sagen.«

Kurz darauf erschienen Olsenbande-Kjeld, Brillen-Bo und Jens auf den Parkplatz. Wir fuhren zu den Abwasserrohren und ließen unsere Fahrräder dort liegen. Wir rannten auf die Rohre, ich und Brillen-Bo auf das eine, Olsenbande-Kjeld, Frank und Jens auf das andere. Olsenbande-Kjeld hatte Kekse mitgebracht. Seine Taschen waren voll. Zwei verlor er beim Laufen, sie fielen ins Moor.

Brillen-Bo hatte eine Feldflasche mit Saft dabei. Genug für eine Expedition ins Moor. Wir hatten keine Angeln, aber Jens besaß einen Dolch, mit dem wir uns Speere schnitzen konnten.

Wir gingen durch das Gebiet mit den Hütten. Ein paar waren aus Brettern gebaut. Rostige Nägel standen heraus, die Dächer bestanden aus Gras und Plastik, das mit Schlamm abgedichtet war. Eine der größten Hütten hatte Brillen-Bos großer Bruder gebaut. Wir würden Prügel beziehen, wenn er sah, dass wir hineingingen, aber er kam inzwischen so gut wie nie mehr ins Moor.

Das Gras war heruntergetreten. Wir hörten Stimmen und schlichen uns an. Drei Kinder saßen in einer Hütte.

»Du musst es zuerst machen«, sagte eines der Kinder.

»Nein, du«, erwiderte ein anderes.

»Wir machen es gleichzeitig«, sagte das erste.

»Raus mit euch!«, brüllte Frank.

Drinnen wurde es still.

»Ihr bekommt Prügel, wenn ihr jetzt nicht herauskommt«, rief Olsenbande-Kjeld.

Sie waren kleiner als Überbiss und Jan. Wir wussten

nicht, wie sie hießen. Einem Jungen lief grüner Rotz aus der Nase. Die anderen beiden waren Mädchen. Sie standen dicht beieinander und sahen uns mit großen Augen an.

»Das ist unsere Hütte«, sagte Jens.

Das stimmte nicht. Wir hatten tiefer im Moor eine Hütte gebaut, weil wir vor Stiernacken und Mechaniker-John Angst hatten. Sie war nicht besonders groß. Wir benutzten sie nicht.

Frank ging zu dem Jungen. Er bückte sich und starrte ihm in die Augen.

»Sind das deine Geliebten?«, fragte er.

Der Junge zuckte die Achseln.

Frank versetzte ihm einen Stoß, dass er mehrere Schritte zurückflog. Er hatte nichts getan.

»Sag es!«

Der Junge begann zu weinen. Er weinte vollkommen lautlos. Eines der Mädchen nahm seine Hand und guckte Frank vorwurfsvoll an.

»Sag, dass es deine Geliebten sind«, sagte Frank und schubste ihn wieder.

»Das … das …« Der Junge verstummte. Er brachte es nicht über sich, so etwas zu sagen. Frank griff nach seiner Nase und kniff hinein. Er wollte ihn nicht gehen lassen. Der Junge war vollkommen am Ende. Er zitterte am ganzen Körper. Die Nase wurde rot.

»Wir lieben uns, okay?«, sagte eines der Mädchen. Sie schüttelte nachsichtig den Kopf über Frank und flüsterte irgendetwas, das wir nicht verstanden. Das hätte sie nicht tun sollen. Frank ließ den Jungen los, packte das Mädchen am Pferdeschwanz und zog ihren Kopf herunter.

»Was sagst du?«

Sie schrie erschrocken auf, griff um Franks Handgelenk und versuchte, ihn zum Loslassen zu bewegen. Aber er zwang sie auf die Knie.

»Tritt ihr in den Arsch!«, rief er und sah mich an. Er presste ihr Gesicht fast an den Boden. Ich zögerte. Ihr Hintern war schmal wie der eines Jungen und wand sich hin und her, weil sie versuchte, sich loszureißen. Frank nickte eifrig mit dem Kopf. Ich blickte auf den Hintern. Ich blickte auf Frank.

»Tritt zu!«

Normalerweise verprügelten wir keine Mädchen – jedenfalls nicht so oft.

»Tritt, tritt!«, schrie er.

Brillen-Bo drängelte sich an mir vorbei und verpasste ihr einen ordentlichen Tritt. Ihr Hintern flog ein paar Zentimeter in die Luft. Sie schrie auf. Auch Jens trat zu. Wieder schrie sie. Olsenbande-Kjeld begnügte sich damit, eine Kröte, die er gefunden hatte, nach ihr zu werfen. Die Kröte hinterließ einen feuchten Fleck auf ihrer Hose.

Wir liefen um die Wette. Wir hatten im Moor verschiedene Stellen markiert. Die meisten Stellen waren alte Bäume oder kleine Wasserläufe, über die wir springen mussten, um weiterzukommen. Unsere Hosen wurden von den Knien abwärts nass, weil das Gras hoch stand.

Wir blieben an einem alten Baum stehen, warfen uns auf die Erde und schauten in den Himmel, während wir langsam wieder zu Atem kamen.

Ich liebte es, in den Wolken Gesichter, Gnome, Motorräder oder Hochhäuser zu entdecken. Wir lagen ganz still da und erzählten uns, was wir sahen. Ein Gesicht wurde zu einem Berg. Der Berg wurde ein Hochhaus und hinterher zu einem Auto mit einem Mann darin. In der Ferne hörten wir Schritte und Stimmen, dann stürmte plötzlich Enkelkind aus dem Gebüsch. Er war ganz allein, hatte große, runde Augen und sein Haar stand ihm vom Kopf ab. Einen Augenblick hielt er inne, schätzte die Situation ein, dann rannte er weiter. Frank und Olsenbande-Kjeld liefen ihm nach. Brillen-Bo und Jens warteten einen Moment, dann folgten sie ihnen. Ich blieb liegen.

Es war unheimlich, ich hatte so etwas noch nie getan, ich schwitzte. Das Gesicht wurde wieder zu Wolken. Ich konnte nicht mehr erkennen, um was es sich handelte. Sie blieben lange weg.

Wieder versuchte ich, mich von oben zu sehen. Ich versuchte, Paradiesgarten aus der Luft zu sehen. Dadurch würde es leichter werden. Aber es gelang mir nicht. Ich stieg nicht auf, ich lag auf der Erde. Ich schaute hinauf. Nicht hinab.

Es kam nicht plötzlich, nicht so wie eine Mathematikaufgabe, die mit einem Mal aufgeht, oder wie die Antwort auf ein kompliziertes Rätsel. Es war einfach da. Und es war immer da gewesen: Mein Herz klopfte nicht mehr bei dem Gedanken, Ohrfeigen auszuteilen, mein Blut kam bei dem Gedanken an Enkelkind, der gleich gefangen würde und anfing zu heulen, nicht mehr auf die alte, wilde Art in Wallung; ich spürte dieses Kribbeln im Bauch nicht mehr. Möglicherweise empfand ich ähnlich wie Vater, wenn ich in seine Augen sah und ihn darin nicht finden konnte: das Sinnlose. Und mitten in diesem Sinnlosen: etwas Neues.

»Wo bleibst du denn?«, rief Olsenbande-Kjeld, als sie zurückkamen. Er hüpfte vor Begeisterung. Frank und Brillen-Bo schleppten Enkelkind mit. Olsenbande-Kjeld und Jens gingen voran.

»Er war zusammen mit René«, sagte Brillen-Bo. »Aber René konnte abhauen; ihm besorgen wir's ein andermal.«

Er schubste Enkelkind, bis er im Matsch auf die Knie fiel. Eine Hand patschte durch eine Schlammkruste und färbte sich ganz schwarz.

»Wieso musst du uns immer provozieren?«, fragte Jens und riss ihn hoch. Enkelkind heulte bereits. Noch hatten wir ihm gar nichts getan. Olsenbande-Kjeld versperrte ihm den Weg.

»Ich habe nichts gemacht«, jammerte Enkelkind.

»Halt die Klappe«, sagte Frank.

»Wir zwingen dich, etwas Ekelhaftes zu tun«, sagte Brillen-Bo.

»Wir nehmen dich mit auf die Rohre und schmeißen dich runter«, sagte Jens.

»Wir klauen deine Hose, wenn wir dich verprügelt haben«, sagte Olsenbande-Kjeld.

Es ging darum, ihm eine Menge Sachen anzudrohen. Das war ein Teil des Rituals. Die anderen sahen mich an, aber ich sagte nichts. Normalerweise konnte ich mir gut Sachen ausdenken – ich gehörte sogar zu den Besten. Es war eigenartig, jetzt damit aufzuhören.

»Wir begraben dich im Schlamm, bis nur noch dein Kopf rausguckt«, sagte Frank.

»Wir stopfen dir eine Kröte in den Mund, damit du die Klappe hältst.«

»Du musst irgendwas fressen, was wir finden.«

»Schlamm.«

»Schnecken.«

»Krötenscheiße.«

Jedes Mal, wenn sie etwas sagten, schiss er sich ein bisschen in die Hose. Er hatte aufgehört zu heulen. Er war ganz blass. Die anderen zählten noch immer eine Menge Dinge auf, die sie mit ihm anstellen wollten. Schließlich fiel ihnen nichts mehr ein. Brillen-Bo spuckte ihm ins Gesicht. Der Speicheltropfen lief Enkelkind übers Kinn und den Hals. Er war grün. Enkelkind wischte ihn mit dem Ärmel ab.

Brillen-Bo zog die Nase hoch und spuckte noch einmal.

Diesmal traf er ein Auge. Das Enkelkind fing wieder an zu heulen.

»Das brennt!«, schrie er und warf sich auf den Boden. Er hoffte, wir würden ihn gehen lassen, wenn es ihm nur einigermaßen wehtat.

»Wieso musst du uns immer so provozieren?«, fragte

jetzt Frank und platzierte seinen Fuß auf Enkelkinds Kopf.

»Ich habe nichts getan«, schluchzte Enkelkind. Sein Kopf wurde in den Schlamm gedrückt. Er traute sich nicht, Franks Fuß wegzustoßen.

»Ständig provozierst du uns«, sagte Frank.

»Sag bitte«, forderte Brillen-Bo ihn auf.

»Bitte«, sagte Enkelkind.

»Wir geben dir eine Chance«, erklärte Frank. »Du musst mit einem von uns sumo-ringen. Wenn du gewinnst, lassen wir dich frei.«

»Das ist unfair«, sagte Enkelkind.

»Das ist gerecht«, erwiderte Olsenbande-Kjeld. »Mit wem soll er kämpfen?«

»Mit mir!«, rief Jens und hüpfte auf und ab.

»Er darf es sich aussuchen«, sagte Olsenbande-Kjeld.

Wenn Enkelkind selbst hätte entscheiden dürfen, hätte er sich Brillen-Bo ausgesucht. Bis vor kurzem war Brillen-Bo der Schwächste gewesen, allerdings war er jetzt fast ebenso stark wie Frank. Außerdem kannte er eine Menge fieser Tricks. Enkelkind hatte gegen keinen von uns eine Chance.

»Er soll mit Lars sumo-ringen«, sagte Frank und sah mich an. Er war sauer, weil ich das Mädchen nicht getreten hatte.

»Verpass ihm eine Tracht Prügel«, sagte Olsenbande-Kjeld.

»Sagt erst, was ich gemacht habe«, stöhnte Enkelkind. Er wollte unbedingt Zeit schinden.

»Du sollst dich nicht an uns heranschleichen, das lassen wir uns nicht gefallen«, erklärte Frank.

»Das hab ich doch gar nicht gemacht.«

»Aber sicher.«

»Lasst ihn gehen«, sagte ich.

Sie glaubten, sie hätten sich verhört.

»Was?«, sagte Olsenbande-Kjeld.

»Ständig provoziert er«, sagte Jens.

»Er ist ein Rotzlöffel«, sagte Brillen-Bo.

Frank sagte nichts. Ein Auge sah mich an, das andere hielt er auf Enkelkind gerichtet, der noch immer auf der Erde lag. Frank hob die Hand und zeigte auf mich. Ich schüttelte den Kopf. Mein Herz klopfte. Es dauerte eine Ewigkeit. Er zeigte noch immer auf mich. Dann zog er sich mit der anderen Hand den Hosenschlitz auf, nestelte an seiner Unterhose und holte seinen Pimmel heraus. Ich dachte, er wollte von unseren Sumo-Ringer-Spielen reden, so wie ich damals von Peter Pan und Käpt'n Klöten erzählt hatte. Konnte er mein Geheimnis enthüllen, ohne sich selbst zu verraten? Er wollte mich dazu bringen, dass ich mich prügelte. Seine Augen flackerten verwirrt hin und her, er sah erst mich, dann Enkelkind an, kleine Zuckungen in den schwarzen Pupillen.

»Piss ihn an!«, schrie Brillen-Bo.

Frank blickte Brillen-Bo an. Er zog die Vorhaut zurück, um besser zielen zu können. Enkelkind rollte auf den Bauch, presste das Gesicht in den Dreck und versuchte, mit Armen und Händen seinen Hinterkopf zu schützen.

Vorher hatte er geschrien und protestiert. Jetzt lag er still im Schlamm, als es auf ihn hinabregnete.

Hinterher versetzten sie ihm noch ein paar Schläge, aber ich hatte die gute Stimmung zerstört. Ich sah es in ihren Augen. Sie benutzten Stöcke und Disteln, um keine Pisse an die Hände zu bekommen, wenn sie zuschlugen. Es machte ihnen keinen Spaß. Sie mussten es nur zu Ende bringen. Niemand redete hinterher mit mir. Sie verhielten sich, als hätte ich es nie gesagt. Sie liefen zwischen den Bäumen davon, ohne sich umzusehen.

Plunder

Eines Tages stand Vater aus dem Doppelbett auf, in dem er so gut wie immer lag. Er nahm *Braunes Pferd vor gelber Mühle* von der Wand und trug es in den Hof. Ich dachte, er wollte es wegwerfen, aber er stellte es an die Mauer zum Nachbargrundstück, so dass man es vom Küchenfenster aus sehen konnte. Dann ging er in die Küche und betrachtete es durchs Fenster. Früher hatte Vater nur lange Bartstoppeln, jetzt trug er einen richtigen Bart. Sein Haar stand ab.

Er nahm ein Geschirrtuch und rieb über das Fenster – mit dem Resultat, dass es noch verschmierter war als vorher. Deshalb füllte er einen Eimer mit Essigwasser und putzte das Fenster, bis es sauber war. Nun ließ sich das Gemälde besser erkennen. Vater kräuselte ein paar Mal die Oberlippe, als wäre er ausgesprochen unzufrieden mit dem, was er sah. Er rümpfte die Nase, kniff ein Auge halb zusammen, blieb eine Ewigkeit so stehen und starrte auf das Bild.

Ein paar Tage später stand an der gleichen Stelle eine stockfleckige Sperrholzplatte. Sie maß etwa ein mal anderthalb Meter und war an einer Seite faserig. Vater studierte die Platte auf die gleiche Weise wie das Gemälde durchs Küchenfenster, unzufrieden auch mit diesem Anblick, mürrisch.

Weitere Dinge tauchten auf: Plunder unterschiedlichster Art, alte Bilder mit zersplitterten Rahmen, ausgefranste Leinwände, Holzfaserplatten mit Beulen, verfärbte Tischdecken. Die Sachen standen im Hof, wenn wir aus der Schule kamen. Hin und wieder saß er auch am Küchentisch und sah sich die Sachen an. Er machte nichts mit ihnen. Betrachtete sie nur. In regelmäßigen Abständen stellte er die Dinge um und guckte sie sich erneut an. Sein Blick war verschlossen, er sagte Hallo, wenn wir vorbeikamen, aber er nahm uns nicht wirklich wahr. Uns war es egal. Wir freuten uns schon, weil er Hallo gesagt hatte. Das reichte uns. Auch Mutter bemerkte er nicht, wenn sie mit dem Fahrrad von der Arbeit nach Hause kam. Andererseits kommentierte sie die Sachen nicht, die sich allmählich im Hof anhäuften. Ihre Augen registrierten sie, aber ich wusste nicht, was sie darüber dachte. Es war nicht einfach zu entscheiden, ob die Sachen Fortschritt oder Rückschritt bedeuteten. Er hatte solche Sachen gesammelt, bevor ich geboren wurde. Das wusste ich. Ich kannte die Geschichte des Gemäldes, und ich hatte gehört, dass Oma und Opa besorgt waren, weil er Plunder sammelte, anstatt zu arbeiten. Das Gleiche tat er jetzt.

So vergingen seine Tage. Mutter versuchte nicht länger, ihn zu überreden, sich Arbeit zu suchen. Sie war zufrieden, dass er nicht mehr wie ein gestrandetes Walross hinter vorgezogenen Gardinen im Schlafzimmer lag. Und dass er nicht jedes Mal anfing zu weinen, wenn wir die Tür öffneten.

Wenn ich ihn hinter dem Küchenfenster sitzen sah, passierte es mir manchmal. Ich konnte ihn von einem Ort aus sehen, der nicht hier war, sondern weiter oben oder außerhalb. So wie damals, als ich mich selbst hypnotisiert hatte. Irgendetwas entglitt mir, bewegte sich im Kopf auseinander, und plötzlich sah ich ihn, wie er wirklich war: Ein Mann an einem Küchentisch, ein Mann in einem schmutzigen, fleckigen Hemd, ewig kettenrauchend und Kaffee trinkend, verschlossen in sich selbst und seine eigenen geheimen Gefühle, aus dem Fenster schauend und über etwas nachdenkend, das ich nicht verstand. Ich selbst war der Junge an der Küchenspüle. Ich befand mich gleichzeitig an zwei Orten. Ich stand an der Spüle, und ich war draußen oder oben: Ich war der Junge, der beobachtet wurde, und mir gehörten die Augen, die mich betrachteten. Wenn es passierte, wurde mir klar, dass der Mann am Küchentisch noch so viel mehr war als nur mein Vater. Er hatte hier seit langem gelebt und irgendwann mich bekommen. Das Fremde in ihm stammte aus der Zeit vor meiner Geburt und setzte sich nun auf eine Art und Weise in die Zukunft fort, die ich nicht verstand. In diesen Momenten wurde mir bewusst: Ich war nur ein sehr kleiner Teil von ihm, und er war nur ein winziger Teil von mir. Wir lebten in denselben Räumen, aber verschlossen in unsere eigenen persönlichen Geheimnisse. Der einzige Unterschied bestand darin, dass er mehr

Geheimnisse hatte als ich – er hatte länger gelebt. Irgendwann einmal würde ich ebenso erschöpft sein von den Geheimnissen, ebenso verschlossen in mich selbst. Aber ich wollte mich nicht so benehmen wie Vater – und ich wollte schon gar nicht so werden wie Opa. Ich wollte nicht so sein wie *irgendjemand* aus der Familie.

Eines Tages erschien er mit einem großen Esstisch, den jemand in einen Container am Straßenrand geworfen hatte. Er schleppte den Tisch in den Hof und stellte einen Teil des Plunders darauf, unter anderem das Bild eines Bauernhofs. Ein langer Riss zog sich waagerecht durch das Bild. Am nächsten Morgen vergrößerte er den Riss. Er zerstörte das Gemälde, zerriss es in zwei Teile: Die eine Hälfte zeigte den oberen Teil des Bauernhofs und den Himmel dahinter, die andere Hälfte den unteren Teil des Hofes und davor Felder.

Er holte eine Tube Klebstoff aus der Küchenschublade und klebte die beiden Leinwandstücke auf die Sperrholzplatte. Zwischen den beiden Teilen des Bauernhofs ließ er einen großen, ausgefransten Zwischenraum. Der Zwischenraum glich einem Mund. Vater holte zwei verbeulte Metalldeckel von gebrauchten Einmachgläsern aus dem Haus und klebte sie ans Dach des Bauernhofs. Die Metalldeckel bildeten die Augen des Hofs. Sie glotzten uns freundlich an. Vater ging in die Küche, setzte sich auf seinen gewohnten Platz und schaute aus dem Fenster – mit einem kleinen Lächeln, zufrieden mit dem Ergebnis.

Es fing an zu regnen. Das Wasser klatschte auf die Sperrholzplatte und spritzte in kleinen Fontänen wieder auf.

»Wir könnten einen Schuppen gebrauchen«, sagte Vater.

Als wir am nächsten Tag aus der Schule kamen, hatte er in kleinen Abständen eine Reihe rostiger Bolzen und Muttern um den Mund des Bauernhofs auf die Sperrholzplatte geklebt. Er hatte sie mit einem Hammer flach geklopft, in dem roten Rost schimmerten kleine silberfarbene Schlagspuren: Der Bauernhof hatte Zähne bekommen.

Außerdem hatte er die Sperrholzplatte mit einem Bleistift bekritzelt: eine Menge wüster, wilder Striche und Buchstaben. Die Platte sah jetzt aus wie eine bekritzelte Klotür, doch die Buchstaben ergaben keinen Sinn. Nur in einer Ecke stand etwas, das wir verstanden: *Grüner Bauernhof, gelbe Zähne.*

»Wo ist das Grüne und das Gelbe?«, fragte Überbiss.

Es war das erste Mal, dass jemand von uns den Plunder kommentierte.

Mit diesem konzentrierten Gesichtsausdruck, an den wir uns allmählich gewöhnten, betrachtete Vater die Sperrholzplatte.

»Das kommt eines Tages«, antwortete er. »Wartet's nur ab.«

Stadtfahrt

An einem Samstagvormittag nahm er uns mit in die Stadt, um Farbe zu kaufen. Wie immer tat Vater so, als wüsste er alles über die Malerei; er redete lange mit dem Verkäufer, diskutierte verschiedene Markenfabrikate und brachte den Verkäufer dazu, Farbproben auf ein Stück Papier zu malen, damit er den Unterschied sehen konnte, bevor er sich entschied. In seinem Portemonnaie steckten vier Hundertkronenscheine, die er von Mutter bekommen hatte.

Ich schaute mir den Verkäufer genau an, um an seinem Gesichtsausdruck abzulesen, ob Vater tatsächlich all das wusste, was er zu wissen behauptete. Ich dachte, es wäre leichter, es dem Gesicht des Verkäufers zu entnehmen, als Vaters Gesicht, aber ich kam lediglich zu dem Ergebnis, dass es Vater zumindest gelang, den Verkäufer zu überzeugen. Schließlich kaufte er eine Unmenge verschiedener Tuben.

In der Fußgängerzone verschwand er in einer öffentlichen Toilette. Überbiss und ich warteten draußen. Jemand hatte mit Filzstift alles Mögliche auf die Toilettentür geschrieben. Die Buchstaben tanzten mir vor den Augen. Wie die Buchstaben auf der Sperrholzplatte.

Als Vater wieder herauskam, bemerkte ich, wie seine alten Sachen an ihm hingen und schlotterten. Er lächelte uns zu – ein Auge schaute dabei ein bisschen nach unten.

»Irgendwann sollten wir mal wieder euren kleinen Bruder besuchen.«

»Gute Idee«, sagten wir.

Eigentlich war es eine glatte Lüge, aber er freute sich, als wir es sagten. Glücklicherweise nahmen wir sofort den Bus nach Hause. Vater unterhielt sich mit dem Fahrer genau so, wie er sich mit dem Verkäufer unterhalten hatte. Er lachte und schlug dem Fahrer auf die Schulter. Es war lange her, seit er sich so benommen hatte. Es war vor seiner Depression – und bevor ich aufgehört hatte, die Kleinen zu verprügeln.

Unsere Haltestelle war die zweitletzte der Fahrt. Der Fahrer hielt mehrere Minuten, um sich weiter mit Vater zu unterhalten. Man hätte meinen können, sie wären Freunde. Sie hörten überhaupt nicht wieder auf, sich zu unterhalten. Eine Dame räusperte sich laut. Dann fuhr der Bus los, und Vater plauderte mit Überbiss und mir, bis wir zum Paradiesgarten kamen und auf dem Parkplatz den grünen Kombi entdeckten.

Der Motor lief. Die Abgase krochen langsam über den Asphalt und verschwanden zwischen ein paar Büschen.

Vaters Gesichtsausdruck veränderte sich. Das Vergnügte verschwand. Er hörte auf zu reden, fasste uns an den Händen und ging schneller, aber er hatte uns bereits entdeckt.

Opa sprang aus dem Auto. Er schaute nur Vater an. Sein Mund bewegte sich. Er formte irgendwelche Wörter. Wir verstanden nicht ein einziges davon. Es sah aus, als wollte er unbedingt etwas sagen.

»Dä du … dä.« Er klang wie ich.

Opa fummelte in der Jackentasche nach seinem Asthmaspray und ließ es auf die Straße fallen. Es rollte ans Vorderrad und blieb dort liegen. Sein Legerhaar sah unfassbar lang aus, als er sich bückte, um die Spraydose aufzuheben. Es fiel ihm schwer, den Boden zu erreichen, aber schließlich bekam er das Asthmaspray zu fassen und konnte sich etwas in den Mund sprühen.

»Was machst du hier?«, wollte Vater von ihm wissen. »Bist du besoffen?«

Opa schnappte nach Luft.

»Natürlich bist du besoffen.«

»Natürlich ist er besoffen«, wiederholte Überbiss.

»Wieso fährst du nicht stattdessen zu Karl?«, fragte Vater mit einem steifen Lächeln. »Ihr zwei seid doch auch sonst immer so verdammt gute Freunde.«

Opas Gesicht war rotfleckig, seine Augen geschwollen.

»Du verdirbst mir die gute Laune«, zischte Vater.

Opa hatte ein paar weiße Laken über den verdreckten Boden, die eingetrocknete Farbe und die Bierkästen im Kombi gelegt. Er hatte versucht, es so ordentlich wie möglich aussehen zu lassen. Außerdem lagen Blumen im Auto. Und er trug Hemd und Weste. Normalerweise lief er in alten, dreckigen Pullovern herum.

Vater drehte ihm den Rücken zu und ging die Treppe hinauf zu den Gängen zwischen den Häuserzeilen. Er wollte nicht mehr reden und ruderte gereizt mit den Armen. Überbiss folgte ihm und ahmte ihn nach. Ich wollte auch mitgehen, doch als ich mich umdrehte, entdeckte ich eine Hand zwischen den Laken auf der Ladefläche des Kombis. Sie war gelblich weiß. Die Oberfläche war matt. Das Farbenspiel seltsam tot. Die Hand sah aus wie ein Teil einer Puppe oder einer Wachsfigur.

Ein Bröckchen Kotze stieg mir durch die Speiseröhre in den Mund. Ich würgte es wieder hinunter und wollte Vater und Überbiss nachlaufen, bevor sie ganz verschwunden waren, aber noch immer stieg es mir auf – und außerdem war ich nicht imstande, meine Beine zu bewegen.

Opa starrte ihnen mit einem dämlichen Gesichtsausdruck hinterher. Aus einer der Westentaschen ragte eine Fliege. Er ging zum Auto, öffnete die Beifahrertür und fing an, mit einer in mehrere Teile zerlegten Schubkarre zu hantieren. Er hob die einzelnen Teile vom Vordersitz und baute sie mit einem Engländer und einem Schraubenzieher zusammen. Seine Wurstfinger arbeiteten konzentriert. Auf dem Beifahrersitz und auf dem Boden davor lagen alte halb volle Tüten mit Süßigkeiten, dreckverschmiert. Als er die Schubkarre zusammengebaut hatte, warf er ein Laken und ein Kissen darauf. Dann zog er die Fliege aus der Westentasche und band sie sich sorgfältig um, wobei er in den verdreckten Seitenspiegel blickte. Etwas Eigenartiges lag in seinen Augen – etwas, das vorher nicht da gewesen war. Ein Glühen oder ein Funke. Etwas sehr Entschlossenes oder sehr Wahnsinniges.

Er sprühte sich eine große Dosis Asthmaspray in den Mund. Dann kämmte er sich mit einem grünen Plastikkamm, den er aus der hinteren Tasche seiner schwarzen Hose zog. Er atmete tief durch, schob die Schubkarre hinter den Wagen und öffnete mit verbissener Miene die Heckklappe.

Es war schwierig, die Schubkarre zu beladen; er musste mehrfach innehalten, verschnaufen und Atem schöpfen. Er hatte Angst, es fallen zu lassen. Mittendrin kam Überbiss zurück und blickte mit einem leeren Ausdruck in den Augen auf die Schubkarre.

Schließlich hatte es Opa geschafft. Doch in dem Moment, als er seine Last in der Schubkarre ablegte, glitt das Laken ein Stück zur Seite, und Omas Gesicht kam zum Vorschein. Ihr Mund stand offen, als stieße sie gerade einen langsamen Schrei aus. Oder einen tiefen und müden Seufzer. Die Augen waren beinahe geschlossen, eines ein wenig mehr als das andere. Irgendetwas lief aus ihrem Gesicht, aber ich sah nicht, ob es aus der Nase oder ihrem Mund kam. Ob es Spucke war oder Blut. Der Kopf saß steif auf dem Körper. Er fiel nicht auf die Brust, sondern hielt sich in einer etwas verdrehten Position, auch nachdem Opa ihr das Laken wieder übers Gesicht gezogen hatte.

Wir hatten noch nie einen Toten gesehen. Wir hatten uns nur heimlich Frau Jensens tote Beine angesehen.

Alles erschien mir sehr deutlich und klar: Opas weiße Wurstfinger um die rostigen Griffe der Schubkarre, die keuchenden Geräusche seiner Lungen, die weichen Falten des Lakens, die vielen Menschen, die uns anglotzten, als wir an der Schubkarre standen. Ich sah Stiernacken und Mechaniker-John, ein Stück weiter entfernt stand Olsenbande-Kjeld. Er hielt seine Mutter an der Hand. Frank kam mit Brillen-Bo auf dem Fahrrad, sie sprangen am Kombi vom Rad und blieben stehen, die Arme hatten sie sich gegenseitig über die Schultern gelegt. Die Mutter des Spastis ging mit einer Einkaufstüte vorbei.

Opas Stimme klang wie ein Automat, obwohl er sie jetzt ein wenig besser unter Kontrolle hatte: »Sie-war-ganz-kalt-als-ich-heute-Morgen-aufwachte. Neben mir im Bett. Der-Teufel-soll-mich-holen-ich-fahre-nicht-bevor-er-sich-nicht-anständig-verabschiedet-hat.«

Die Geschichte einer Gans

Nach dem Begräbnis tranken wir in einem Wirtshaus Kaffee und aßen Plunderstücke mit Opa, Onkel Karl, Tante Marie und sieben anderen alten Menschen, die wir nie gesehen hatten. Vater sagte nicht besonders viel im Laufe des Tages. Er hatte auf dem Friedhof in die Luft geguckt, über den Sarg und den Leichenwagen hinweg, auf die flachen Felder und den grauen Horizont. Er weinte nicht, aber seine Augen waren rot. Er sah Onkel Karl ähnlich. Allerdings war Vater kleiner. Sie hatten fast das gleiche an.

Hinterher saß er am Kaffeetisch und schaute über die Köpfe der Alten auf den Eingangsbereich aus Glas. Durch das Glas konnte man kurz die Autos sehen, die auf der Landstraße vorbeifuhren. Die Alten unterhielten sich. Sie gossen den Kaffee in die Untertassen und tranken ihn daraus. Die Kinder bekamen rote Brause, aber keine Untertassen, um daraus zu trinken.

Opa saß bei den Alten. Auch er hatte nichts gesagt. Weder vor der Kirche, wo wir neben ihm gestanden hatten, noch hinterher, als der Leichenwagen mit dem Sarg davonfuhr und sie alle drei in einer Reihe nebeneinanderstanden: Opa als der Kleinste, Vater als der Dickste und Onkel Karl als der Größte.

Sie glichen drei regungslosen Rüstungen, ihre Bewegungen wirkten unbeholfen und steif. Und je näher sie sich kamen, desto ungeschickter und hilfloser kamen sie mir vor. Je weiter sie sich voneinander entfernten, umso mehr entspannten sie sich wieder. Es gab keine einfache Erklärung für diesen Zustand. Es steckte in ihren Körpern. Er war ihnen physisch unmöglich, etwas anderes zu tun. Zu irgendeinem Zeitpunkt waren ihre Körper so geworden. Irgendetwas hatte sie so werden lassen. Irgendetwas. Oder eine Vielzahl von Dingen.

Einer der Alten konnte seinen linken Arm nicht mehr bewegen, ein Auge blickte starr in eine Richtung. Er erzählte eine Geschichte über Oma: In einem Winter vor vielen Jahren hatte sie auf dem Hof Lappen in einem Waschkessel ausgekocht. Es musste 1953 gewesen sein, meinte er. Es schneite. Während sie mit einem Stab in dem Waschkessel rührte, kam ein Landstreicher auf den Hofplatz und bettelte um Essen. Großmutter wollte ihn mit dem Stab davonjagen. Das tat sie immer. In jenem Winter wurden sie von Landstreichern ziemlich belästigt. Doch in diesem Moment kam etwas vom Himmel herabgeflogen und landete in dem Kessel, dass die Lappen herausflogen und brühend heißes Wasser nach allen Seiten spritzte. Es handelte sich um eine gewaltige Gans. Sie schlug noch einmal mit den Flügeln, dann versank sie im blubbernden Wasser des Waschkessels.

Der Alte lächelte und sein gesundes Auge zwinkerte, als wollte er uns auffordern, an der Wahrhaftigkeit seiner Geschichte zu zweifeln.

»Also gab es Gänsebraten für alle, und euer Opa guckte in die Röhre. War es nicht so, Magnus?«

Opa erwiderte das Lächeln, aber es sah aus, als ob ihn das Lächeln schmerzte. Als hätte der Mann eine ganz andere Geschichte erzählt, die alle außer mir verstanden. Wieso guckte Großvater in die Röhre? Woher kam die Gans? Stets gab es mehr Fragen als Antworten.

Wenn wir Oma gekannt hätten, wären wir trauriger gewesen. So war es eher merkwürdig. Als hätte man uns um etwas betrogen, um das Recht, traurig zu sein, und um das Wissen, was es mit der Geschichte mit der Gans und dem Waschkessel auf sich hatte.

Auf dem Heimweg begann Mutter über ihren Vater zu reden.

»Irgendwann fahren wir mal hin und besuchen ihn.«

Wir hatten lange nicht über ihn gesprochen.

»Wen?«, fragte Überbiss.

»Meinen Vater, euren Großvater.«

Überbiss sah uns verwirrt an.

»Haben wir …« Seine Augen flackerten. »*Wen?*«

Mutter rutschte auf ihrem Sitz nach vorn.

Ich schüttelte den Kopf und versuchte zu lachen. Ich tippte mir mit dem Zeigefinger an die Schläfe, um zu zeigen, dass Überbiss übergeschnappt war. Ich beugte mich zu ihm hinüber und flüsterte ihm ins Ohr: »Der, der nachts anruft.«

»Der Telefonmann?«

Das verwirrte ihn umso mehr.

»Ist der Telefonmann Mutters Vater, unser Groß-vater?«

»Das weißt du doch genau«, sagte ich zu Überbiss.

Überbiss lächelte dämlich, als hätte man ihn beim Lügen oder Stehlen erwischt.

»Ich hatte es bloß vergessen.«

Inhaltsverzeichnis